El despertar del ángel

NACHO ROS BERNAL

KOLIMA
BOOKS

Título original: *El despertar del ángel*

Primera edición: Enero 2022

www.editorialkolima.com

Autor: Nacho Ros Bernal
Dirección editorial: Marta Prieto Asirón
Maquetación de cubierta: Beatriz Fernández Pecci
Maquetación: Carolina Hernández Alarcón
Imágenes: Nacho Ros Bernal y @Shutterstock

ISBN: 978-84-18811-52-4
Depósito legal: M-417-2022
Impreso en España

A mi familia, lo que más quiero de este mundo.

A Marta Prieto por haber creído en El despertar del ángel desde el primer minuto y por el cariño puesto en esta edición.

A los ángeles que nos acompañan.

Nota del autor:

Todos los hechos que se narran –los de aquí y los de allá– están inspirados en hechos reales. Algunos, bien es cierto, han sido leyendas, que no dejan de ser aquellas historias que no se pudieron escribir como esta, y que pasaron de boca en boca durante generaciones para llegar hasta hoy, salpicadas con el imaginario de cada uno. Pero lo que cada cual añadió no hace menos real el hecho en sí. Creerlo o no creerlo es un hermoso camino que te queda recorrer a ti, como ha hecho Pablo, nuestro personaje.

Con el deseo de que disfrutes del camino.

1

Hubo un tiempo en que fui un soñador. Pensaba que mi equipo podía remontar, que siempre tendría trabajo, que todos los sueños se cumplirían si me esforzaba. Pensaba que la vida iría razonablemente bien porque yo era una buena persona y lo merecía. Creía que a las buenas personas no les sucedían cosas malas, y que la muerte, cuando llegase, aparecería dulcemente, casi pidiendo permiso para quedarse.

Luego llegó la llamada, el accidente... creo que no hay día en que no se repita en mi mente. ¡Cómo había querido a Irene! La foto de su imagen en el café de la plaza de los pintores seguía iluminando mi casa. Ese viaje a París nunca lo olvidaríamos. Aquel crep de queso calentito compartido en Montmartre tras esa lluvia traicionera. Será un tópico, pero es que París tiene un algo; y ese algo me hacía sentirme diferente, hasta el punto de creer, sin albergar ninguna duda, que podría convertirme en lo que me propusiese. Es difícil estar en París y no sentirse artista. En una noche mágica como aquella debimos concebir a Marina. Siempre tuve esa intuición. Bueno, eso y que luego estuvimos los dos resfriados casi dos semanas. Las cuentas no fallan.

Y es que Marina siempre ha tenido la magia de aquel lugar. Hoy tiene ocho añitos, ojitos negros traviesos, esa mirada de «sé algo que tú no sabes». Marina me inspira todo aquello: un crep calentito en una noche de lluvia, los adoquines parisinos mojados e iluminados por las luces del café, aquella luna redonda inmensa que vimos por el ventanuco de la buhardilla, la esbelta torre Eiffel emergiendo de entre los tejados... tan sorprendentemente real. Ella me hace sentir que aún puedo con todo, aunque no puedo con casi nada. Me estoy hundiendo. Ella me ha animado a pintar con sus acuarelas infantiles. Dice que así cada momento se inmortaliza y que de ese modo además lo puedo revivir.

Supongo que pintando aquello se repite en mi memoria, o tal vez lo hago porque simplemente es idea suya. Y cualquier idea suya me encanta, aunque no tenga pies ni cabeza. Como cuando me pidió que pusiéramos los adornos navideños en verano por si los Reyes Magos veraneaban cerca.

–Porque tendrán que veranear, ¿no? –me dijo.

–Pero en esta época no hacen regalos –procuré razonar.

–Ya, pero al menos así se sienten más como en casa.

Aún recuerdo el rostro de aquella mujer asiática cuando le pregunté por los espumillones y las luces de Navidad mientras se cobraba dos ventiladores. Vociferó unas palabras en chino y el hombre no se molestó en contestar. No sé si le estaba transmitiendo mi pedido o si simplemente se desahogaba por tener a un indeseable como yo en su tienda. Pero yo haría eso por Marina, y lo que fuera; supongo que cualquier padre lo haría. Y más cuando tu hija de ocho años está tan grave. No, el maldito cáncer no hace amigos.

Ahora me encontraba en ese hospital infantil, lleno de paredes de colores, de enfermeras llenas de vida, de juegos de todo tipo, de rincones con cuentos con los lomos más bien destrozados, de televisiones vomitando dibujos animados sin descanso, pero mi cabeza andaba ya muy lejos de allí. Cada sanitario se desvivía por hacer más llevadero nuestro tiempo allí prodigando amabilidad.

Solo quería volver a tener a Marina en casa, recuperada, yendo sonriente al cole con su mochila a la espalda, y salir de esa pesadilla. En ese momento el sonido del móvil me sacó de mi mundo de sombras. No lo hubiera cogido, pero al ver en la pantalla «Beatriz mamá Andrea» no lo dudé.

–¡Pablo! Soy Beatriz. Por favor, tenemos que hablar.

2

En el año 708, Avranches amanecía como un día cualquiera, sin que nadie sospechara que aquella misma noche había comenzado una increíble historia. Al obispo Auberto le gustaba levantarse antes que el sol y acercarse a los pueblos colindantes, saludar a los campesinos a su paso, soportando con humor las bromas propias de la rivalidad existente entre las poblaciones cercanas.

Recorría el camino de una media legua desde Avranches hasta Le Val Saint Paul, así que en un breve paseo de paradas y saludos se asomaba al Atlántico. En los últimos años la zona había crecido y se repoblaba con gentes del mar trayendo mercancías desde la costa inglesa. Mucho antes de que comenzaran las invasiones, Auberto solía sentarse en una pequeña roca y desde allí contemplaba los primeros rayos de sol reflejándose en las agitadas olas del océano.

Como muchos otros días, se encontró con el hermano Gérard, un monje con el que le unía una amistad desde la niñez. Con el paso del tiempo desarrolló un respeto casi reverencial por su amigo. Esta confianza forjada a lo largo de más de treinta años hacía que ambos pudieran llegar a permanecer en silencio durante dos horas sin mediar palabra entre ellos, absortos en la contemplación de la grandiosa obra de Dios. Sin embargo, aquella mañana Auberto tenía algo que confesarle.

–¡Buenos días, querido Gérard! –le saludó enérgico.

–Buenos días nos dé Dios –le contestó su amigo, sonriéndole con sinceridad.

–Tengo que contarte algo. Sé que puedo confiar en ti sin tener que recurrir a la confesión.

–Claro, bien lo sabe. ¿Qué ocurre?

–Antes quiero que sepas que no tiene mucha importancia... pero la suficiente para que no salga de nosotros.

–Tranquilo, por algo mi nombre significa...

–Guardián... me lo has contado mil veces –lo interrumpió sonriente.

–Guardián valiente, que es más que guardián –advirtió con humor Gérard.

Auberto se sentó, tomó aire y perdió sus ojos en el mar. Un mar bravo y despierto, como él mismo, que apuntaba ya crestas en el horizonte anunciando cambios. El aire marino sacudía con fuerza su cabello rizado, mientras él parecía perderse en sus pensamientos por un instante.

–Hoy tuve un sueño especial. Un sueño diferente. No parecía un sueño; ya sabes a qué me refiero. Hay sueños que te transportan el alma a otra dimensión; como si hubiesen sido tan reales como que ahora estoy hablando contigo.

El monje asintió en un gesto, dándole a entender que comprendía aquello de lo que hablaba e invitándole a continuar. El obispo prosiguió:

–En el sueño se me aparecía un ser parecido a un ángel. Era tan luminoso y hermoso que no pude mirarlo. Desprendía una paz inmensa y al tiempo yo sentía una congoja enorme, por lo que no podía dirigirle la palabra, ni tan siquiera abrir la boca. Era algo tan de otro mundo que solo podía mostrar reverencia. Toda la estancia se llenó de una poderosa luz blanca, tan intensa que los objetos no se diferenciaban los unos de los otros. No logro explicarlo con palabras, pero sentí una felicidad y un gozo desbordantes.

–Su rostro lo expresa mejor que sus palabras.

–Habrá sido solo un sueño, pero... ¡vaya sueño! –El obispo guardó silencio, buscando reponerse de una emoción no contenida. ¿Cómo saber si se trataba de algo más que un sueño?

–No sé decirle, hermano. –Gérard se frotó las manos intentando aterrizar una idea que estuviese al tiempo dentro de la lógica y el discernimiento espiritual–. Bien conoce que Dios habla de muchas formas, y desde siempre una de ellas han sido los sueños. Su corazón sabe que ha vivido algo de otro mundo; así lo ha expresado. Así que, por algún motivo que desconocemos, pienso que debe estar muy atento, receptivo y encomendarse en sus oraciones.

Los dos se miraron fijamente. Auberto miraba el horizonte como quien busca una respuesta en la lejanía. Pero esa respuesta no llegaba, o escapaba a su comprensión.

–Gracias, querido Gérard. Hay algo más.

Gérard lo miró con curiosidad y atención.

–Me habló. Era una voz de hombre. La voz me dijo: «Construye un templo en mi honor».

–¿En su honor? ¿Quién era?

–Creo que un ángel. No estoy seguro. Todo esto es de locos. Yo no soy nadie, y creo que tan solo es un sueño.

–¿Le dijo dónde construirlo?

–Sí.

Auberto de Avranches se levantó y miró hacia el oeste, señalando un abrupto monte en la lejanía.

–Allí.

3

Beatriz ya estaba esperando sentada en la cafetería del hospital. En cuanto aparecí se levantó a darme dos besos.

–Gracias, Pablo por haber venido tan rápido.

–No pasa nada. Estamos para ayudarnos.

Beatriz y yo habíamos coincidido en un mismo tiempo y situación. Ella divorciada desde poco después de dar a luz a Andrea. Yo viudo desde hacía cinco años. Casualmente los dos teníamos el apoyo de los suegros; Teresa, la madre de Irene, siempre siguió conmigo y ahora con la leucemia de Marina no había dejado de estar junto a su nieta cada día. A Marina se le iluminaba la cara cuando entraba en la habitación del hospital.

Beatriz era una madre coraje, una de esas que se enfrentan con quien sea con tal de obtener la ayuda y el tratamiento mejor para su hija. A veces las situaciones la llevaban a blasfemar cuando su hija no estaba delante, aunque enseguida pedía perdón. A los dos nos unía el dolor de ver a nuestras hijas ser víctimas de una cruel enfermedad que no solía invitar a muchas esperanzas. No podíamos comprender por qué la muerte llamaba a la puerta de los niños, y supongo que en nuestro concepto de Dios no había lugar para la injusticia. Eso y las muchas contradicciones que observábamos en los que decían tener fe, amén de lo que ocurría con tantas religiones por las que la gente perdía la cabeza y en nombre de cuyo dios acababan con sus hermanos, me alejaron definitivamente de hacerme preguntas. La verdad es que no sé si en ese momento era ateo o no; simplemente no pensaba en todo aquello. Siempre había sido, eso sí, un buscador, aunque en ese momento mi mundo se estaba descomponiendo.

–Pablo, estoy destrozada. Mi hija... mi hija se nos va. –Beatriz se vino abajo, aunque sacó fuerzas para reponerse y seguir hablando. No se hacía la fuerte; era fuerte. Puse mi mano en su hombro; quería transmitirle el poco ánimo que me quedaba.

–¿Por qué dices eso, Beatriz?

–Pablo, lo sé. No responde a la quimio. Los médicos me dicen que está muy difícil, por no decirme que ya no hay esperanza.

Me sorprendió que una leve sonrisa apareciera en su cara de repente. Pensé por un momento que estaba perdiendo la cabeza. Pero entonces me habló con más convicción que nunca.

–Pablo, hoy me ha pasado algo increíble. Cuando vine de comer, mi madre se marchó a descansar y me quedé con Andrea a solas en la habitación. Estaba... estaba muy tranquila, como nunca la había visto.

Su mirada se nubló; yo la seguía con mucho interés.

–Ella me debió ver llorosa y triste; me cogió la mano, con una calma más propia de un adulto. Entonces me dijo con una sonrisa: «Mamá, no te preocupes; estate tranquila. Voy a ir a un sitio increíble, aunque tú no puedes venir conmigo».

4

Debía ser media noche cuando Auberto se despertó sobresaltado, jadeando y empapado en sudor. Buscó un modo de iluminar la modesta habitación y así arrojar un poco de realidad a lo que acababa de vivir. El silencio invadía la estancia y su pelo oscuro aún estaba erizado. Se secó el sudor de la frente con la sábana y casi se arrastró hasta la alfombra, situada al pie del lecho. Permaneció por unos segundos inmóvil. Luego comenzó a dirigir una plegaria juntando las manos.

Apenas hubo despuntado el sol, después de la oración de Laudes, ya estaba en su rincón preferido. Desde allí las gaviotas sobrevolaban la extensa costa. El río Couesnon volcaba sus aguas al Atlántico sin que sus ojos pudieran distinguir muy bien si el agua se marchaba o regresaba. Eran aquellos tiempos de paz, mucho antes de ser el lugar una línea entre Normandía y Bretaña. Y cercanos se podían ver los ríos Sélune y Sée apareciendo y desapareciendo a capricho de la marea. Estaba absorto en sus pensamientos cuando escuchó la amigable voz de Gérard a su espalda.

–Buenos días, maestro –saludó el hermano con energía.

–Buenos días, Gérard. Sabes que no me gusta que me llames maestro. Maestro solo hay uno –le espetó.

–Perdóneme –dijo el aludido bajando ligeramente la cabeza, disculpándose como el niño que ha robado una golosina–, pero así lo siento.

A Gérard era imposible regañarle. Aunaba esa espontaneidad infantil a una vitalidad casi insultante. Tenía una de esas miradas limpias y honestas que no se olvidan jamás a pesar de haber soportado hambruna, soledad y tiempos de oscuridad.

–Algo le preocupa, ¿me equivoco? –le preguntó.

–Está todo bien –quiso restarle importancia–. Aunque he vuelto a tener aquel sueño.

–¿De veras? –preguntó sorprendido–. ¿Era igual que el otro?

–Básicamente sí. El ángel de nuevo me decía lo mismo: que construyera un templo en su honor en aquel monte prominente de allí.

–¿El monte Tombe? –Gérard cambió totalmente la expresión del rostro y miró hacia la hierba, procurando encontrar respuestas allí–. Es muy extraño.

–¿Por qué lo dices? –le preguntó el obispo.

–Es un lugar en medio de la nada, solo accesible en la bajamar. Allí viven algunos ermitaños que se dedican a la contemplación. Es un lugar mágico. De hecho algunos le llaman la Roca Mágica. Hay un dolmen; la leyenda cuenta que los druidas del bosque de Scissy se reunían allí para hacer sus conjuros y culto al dios sol. También se han encontrado restos celtas. Hay lugares en este mundo que emanan una energía especial, y creo que la Roca Mágica es uno de ellos.

–¿No estás yendo un poco lejos?

–Conoce tan bien como yo estas tierras. Cuando la marea sube es un lugar muy peligroso. La mar sube por aquí hasta nueve brazas... Me oye bien, ¡nueve brazas! Viene a una velocidad infernal de forma traicionera. A su paso ya se ha tragado a muchas personas –dijo santiguándose–. Por no hablar de las arenas movedizas que rodean el monte. Varios navíos embarrancaron allá y el mar los engulló para siempre. Desde luego es un lugar diferente, y el que usted maestro no conozca todo esto me hace pensar con más motivo que ese sueño puede ser algo más que un sueño.

–¿En serio piensas que este sueño podría venir de Dios?

–De Dios, o de un mensajero de Dios, que al final es lo que me relató hace días.

–No sé, no sé... –carraspeó–; son tiempos difíciles. Es fácil sugestionarse. Bien puedo estar impresionándome yo solo... es sencillo. Y además, ¿quién soy yo para recibir un mensaje divino?

–Usted sabe bien que estas cosas no suelen revelárseles a los reyes. Nos pasamos la vida pidiendo al Señor que nos hable, y cuando lo hace tenemos tan poca fe que nos excusamos de mil maneras para no tomarlo en serio.

–Sí, amigo Gérard; yo soy un poco como el apóstol Tomás: necesito ver para creer. Hay que vislumbrar y discernir cuándo algo es producto de nuestra imaginación de aquello que viene del Altísimo.

–Si quiere podemos planear acercarnos. Conozco dos hermanos que viven allí en una pequeña ermita. Tal vez podría encontrar respuestas en el lugar señalado.

–De momento no –dijo el obispo abriendo los brazos y deteniéndolo con las manos–. Prefiero pedir una señal; hay que ir poco a poco, con prudencia.

–Por cierto, me dijo que el último sueño tenía algo diferente del otro. ¿De qué se trata?

–El sueño era igual. Pero la verdad, sigo impresionado –confirmó con los ojos humedecidos–, solo que esta vez el ángel me indicó claramente quién era.

Gérard abrió los ojos hasta el punto de que parecía que se le iban a salir de su espacio geográfico.

–¿Quién era? –imploró.

Auberto de Avranches tragó saliva y lo agarró de la manga.

–Antes promete que sellarás tus labios.

–Soy el guardián valiente. Su secreto está a salvo –prometió con un gesto sujetándolo de los codos–. ¿Quién era?

El obispo perdió su mirada en el horizonte infinito del Atlántico. Una parte de él se resistía a pronunciar palabra alguna, una parte racional y poco amiga de darle crédito a un sueño. Otra parte, sin conocer muy bien de dónde procedía, lo impulsó al fin a pronunciar su nombre.

–El arcángel Miguel.

5

Aquella revelación en boca de una niña como Andrea me había dejado fuera de juego. Reconozco que me puso los pelos de punta. Beatriz me había confesado que nunca había creído en nada, y menos cuando comenzó la enfermedad, pero que desde que pasaba los días junto a su hija estaba cambiando de opinión. Ahora no lo tenía tan claro. ¿Por qué una niña le iba a hablar con tal rotundidad? Los niños no están condicionados como nosotros. Ellos sí que son libres y espontáneos. A nosotros los adultos, en cuanto alguien opina entramos en un proceso de evaluación y el cerebro tiende a llevarnos por un perverso camino de etiquetas y prejuicios. Así somos. Como periodista de una revista provincial, mis últimos artículos me habían hecho soltar todo el veneno que llevaba dentro sobre tanto ingenuo crédulo y fanático. El mundo estaba lleno de gente que se agarraba a un clavo ardiendo para defender su fe, y yo comenzaba a mostrar una alergia tremenda hacia tanto meapilas. Mucho incauto cae en manos de aquellos que se autoproclaman salvadores. En el último número llegó una carta de un lector que decía sentirse pisoteado por mis palabras. Insistía en que el mundo necesitaba creer.

Creer o no creer, ¿importaba mucho? Yo lo único que deseaba con toda mi alma era volver a ver a Marina junto a mí. Sin darme cuenta había ido olvidando muchas cosas, como que hay un horario para comer o para dormir. Me había ido abandonando, sin más ilusión que ver sonreír a mi hija sin esperar otra noticia que el que aquellos malditos marcadores tumorales bajasen hasta convertirse en historia.

En medio de esa apatía, la narración de Beatriz me sacudió como al prisionero que lleva en un agujero semanas y lo exponen al sol. ¿Y si decía la verdad? Seguramente habrían sido los efectos de la quimio. Pero Beatriz me aseguraba que llevaba unos días sin tratamiento. Intentaba volver a mirar a las personas y las escenas con otros ojos, como esperando ver algo que hasta entonces no hubiera distinguido.

Entonces, casi sin ser muy consciente de ello, tecleé en el ordenador «vida tras la muerte», cuando detrás de mí escuché a la misma muerte.

–¿Vida tras la muerte? ¿En serio, Pablo? –Era mi jefe, Emilio. Un tipo que se las daba de comprensivo, y a veces realmente lo parecía, mientras se vendieran ejemplares, claro. Sentí que la tierra me devoraba.

–Mira, Pablo, entiendo por lo que estás pasando.

Se sentó sobre la mesa de mi escritorio y casi sobre el teclado, pues Emilio era muy corpulento.

–Si necesitas unas vacaciones, o unos días, no tienes más que pedirlos, pero mientras estés aquí no puedes estar buscando chorradas, ¿me entiendes? Tus últimos artículos no son como los de antes. El de las sectas era bueno, pero los demás no nos traen más que quejas, y encima cada vez tardas más en hacer las malditas entregas. Sabes cómo estamos; no somos más que una humilde revista de sociedad que trata de hacer pasar un buen rato a la gente en la era de Internet. Si quieres seguir aquí tienes que darme ese reportaje sobre el *reality show* que lo va a petar, y lo quiero el jueves en mi mesa. Y si esto no cambia, espero que encuentres vida, pero después de este trabajo.

Me puso la mano en el hombro, tratando de mostrar sus habilidades mal aprendidas en algún curso de liderazgo, cambió el tono de voz y me dijo, perdonándome la vida:

–Mucho ánimo. Tal vez necesites seguir estando con tu hija; no sé si esta vuelta tiene sentido. Puedes trabajar fuera, pero solo mientras cumplas, y venir aquí a rendir cuentas, que no soy yo el que tiene que ir tras de ti.

–Tranquilo, Emilio; está todo bien. Solo es una época difícil. Todo irá bien.

¿Un *reality show*? ¿En serio quería que escribiese sobre un grupo de gente al que le pagan para mostrar lo peor de la especie humana mientras millones de personas lo siguen sin nada más emocionante que hacer? Como si sus propias vidas no importasen.

En cuanto Emilio se marchó, posiblemente pensando en lo bien que había gestionado la situación, abrí otra pestaña en el navegador. Cuando observé que estaba libre de miradas volví a la página y seguí indagando. El periodista de investigación que había sido no quería morir aún y me salté una vez más las normas. Al poco comprobé tres de los elementos comunes en los miles de casos que parecía que se habían estudiado sobre el tema.

Según parecía, las personas clínicamente muertas dicen flotar y ver sus cuerpos desde lo alto. La segunda coincidencia es que les invade una gran paz y luz, que dicen ser como de otro mundo. Finalmente, todas las investigaciones y testimonios señalaban que los familiares y otros seres luminosos los recibían desde otro lugar.

Recordé la paz y la tranquilidad a las que Beatriz se refería al escuchar a Andrea. Volvió a mi cabeza el aplomo con el que Andrea hablaba de aquel lugar, pensando que allí iba a ser feliz. No es que no tuviera miedo; es que parecía tener la certeza de que aquello iba a ser así. Y eso no podía más que encerrar lo que yo llamaba un sano escepticismo.

Fue entonces, ya de regreso a la habitación, como en un chispazo de mi memoria recordé que en su relato había hablado de su abuela fallecida. No sé si fue el sentirme asqueado en la redacción, más tarde al entrevistar al iluminado creador del programa, o simplemente al estar junto a

Andrea, que la duda hasta entonces inaceptable comenzó a hacerse razonable en mi cabeza: ¿y si no estuviéramos tan solos como parece?, ¿y si alrededor nuestro hubiera algo más?

Con aquellas preguntas en la mente caí rendido en la cama en cuanto comprobé que Marina estaba bien. Como al enfermo al que sedan justo antes de entrar en quirófano, en esa fina frontera en la que uno tiene un pie en este mundo y otro en el de lo onírico, los últimos pensamientos con los que me introduje en el país de los sueños fueron: «Abre la mente, Pablo, abre la mente».

6

Auberto de Avranches caminaba tranquilo por el recogido claustro del monasterio. Era uno de sus lugares preferidos antes de despedir el día, para luego, como un reloj, abrirse a los campos a contemplar el atardecer. El sol comenzaba a declinar, dibujando una suavc luz dorada que entraba por cada uno de los arcos del patio, y el obispo recorría aquel lugar saboreando cada paso como si fuese el primero y el último de su vida. Esta vez no habría paseo al atardecer, pues Gérard lo esperaba impaciente en la biblioteca, y ciertamente le parecía un tanto inoportuno saltarse aquella hora sagrada.

Abrió la gruesa portezuela de la estancia; la luz se colaba diagonalmente por unos ventanales elevados ofreciendo al visitante un lugar de recogimiento. Una atmósfera templada serenaba cada rincón. A pesar de su modesto tamaño podían presumir de tener una buena selección de manuscritos de gran valor, entre ellos algunas copias originales de las *Confesiones* de san Agustín o de *Teología mística* de Dionisio, agrupados en altas estanterías de madera de roble. En el centro había unas mesas amplias para estudiar. Allí lo esperaba absorto el hermano Gérard, que pasaba con suavidad las páginas de un antiguo ejemplar atrincherado entre varias torres de diferentes manuscritos. Tan sumido estaba en lo que hacía que no adivinó la llegada de su amigo y confidente, sobresaltándose cuando Auberto apoyó la mano en su hombro.

–¿Qué te agita tanto como para privarme de la puesta de sol? –dijo con las manos en la cintura.

–Gracias por venir, Auberto. Por favor, siéntate; tienes que ver esto.

El obispo se sentó con expectación, arrimando el asiento a la mesa.

–Mira, he estado estudiando al arcángel Miguel; hasta tres o cuatro veces se le nombra en las Escrituras. Daniel 12-4 dice: «*En aquel tiempo surgirá Miguel, el gran Príncipe que defiende a los hijos de tu pueblo*». También en el Apocalipsis: «*Entonces se entabló una batalla en el cielo: Miguel y sus ángeles combatieron con el dragón*», y en...

Auberto lo interrumpió.

–Querido Gérard; no quiero pecar de orgullo, pero conozco estos escritos. Sé que una de sus misiones es rescatar las almas del poder del enemigo, y especialmente a la hora de la muerte.

–Hay más. Miguel es algo así como el jefe de la milicia celestial. El Apocalipsis relata como en los últimos tiempos tendrá lugar el combate contra el demonio, representado con el dragón. Ayudado por sus ángeles, san Miguel logra vencer a la bestia, que se precipita por el abismo.

Estaban tan ensimismados que no se habían dado cuenta de que el cielo se había oscurecido y unos grandes nubarrones amenazaban con tormenta. Un relámpago iluminó la estancia. Gérard prendió una vela y la aproximó, procurando alumbrar, aunque levemente, el pergamino.

–Tal vez su aparición sea como esta vela: se enciende para arrojar luz sobre la oscuridad, para establecer un vínculo con lo divino.

–Hermano Gérard, estás yendo muy lejos. Si esto es tan claro como dices, ¿por qué yo no consigo verlo con tus ojos? Necesito una señal más clara; puede ser solo un sueño, demasiado real sí, pero un sueño. –Auberto bajó la mirada–. Son demasiadas preguntas: ¿Por qué una iglesia en un monte perdido? ¿Por qué se aparece en sueños? ¿Qué sé yo de construcciones?

Gérard miró alrededor asegurándose de no ser escuchado.

–Bien sabe que en esta biblioteca se guardan manuscritos de otras religiones, e incluso algunos apócrifos y prohibidos –dijo bajando el tono de voz y mirando de nuevo a un lado y a otro.

–¿Estás perdiendo la cabeza? ¿Ahora quieres convertirte en un hereje? ¿A dónde quieres ir a parar?

El hermano Gérard le hizo un gesto de calma con las manos.

–Mire por dónde, padre, tanto judíos, cristianos como musulmanes no nos ponemos de acuerdo al hablar del Altísimo pero sí en lo que respecta al arcángel Miguel. Las tres religiones coinciden en considerarlo, si no el más importante, sí uno de los principales ángeles mediadores entre Dios y los hombres. Mire estas letras:

El monje le señaló una palabra en árabe:

ميخائيل

–Mijal, que significa Miguel, principal ángel de las bendiciones, incluso en el Corán.

–¿Qué quieres decirme? –inquirió el obispo, que cada vez se sentía más perdido.

–Si Dios quisiese indicarle algo importante lo haría mediante san Miguel.

De repente, al pasar las páginas Auberto de Avranches pareció fijarse en algo.

–A ver, vuelve a la página anterior.

El hermano Gérard volvió atrás las páginas, dejando ver una imagen de san Miguel pisando la cabeza del dragón.

–¿Qué ocurre, Auberto? –preguntó.

–Esa espada que porta y ese símbolo. Son exactamente iguales a los del sueño –señaló, mirando desconcertado el grabado–. Y he de decirte que jamás había visto esta ilustración.

7

La densa niebla rodea el lugar. Sobre un extenso arenal, una hermosa mujer de cabello rizado color cobrizo viste de blanco marfil; el traje pareciera hecho de seda con unos ribetes dorados en las mangas que recuerdan antiguos símbolos celtas. En la cabeza luce una diadema construida con diminutas florecillas moradas que hacen resaltar sus rasgados ojos color miel. Monta a lomos de un elegante corcel blanco, que baila la melena al son de la brisa, llevando el paso de un modo hipnotizante, dejando tras de sí una estela de espuma. La mujer lleva sujeto a ella lo que parece un bebé envuelto en un paño de lino. Le echa una mirada maternal, sin dejar de manejar las riendas. De repente, el caballo da un traspiés; parece asustado y la mujer casi se va al suelo. Desde atrás, una ola de fuerza inusitada amenaza con tirarlos, de modo que, a un golpe de las riendas y apretando las piernas, el caballo hace por liberarse de la presión y sale al trote. Jinete y animal tratan de ser uno, pero ella advierte como las olas comienzan a alcanzarlos a una velocidad endiablada. Ella procura controlar el miedo y sujeta con más fuerza al bebé, pero el caballo está asustado; decide golpearlo fuertemente con el talón y llevarlo al galope, pero el mar, embrujado, no está dispuesto a perder la carrera. Caballo y mar llevan su duelo a una lucha de titanes en la que el caballo va perdiendo terreno poco a poco. La ola es más rápida que el caballo. El agua lanza su hechizo contra el animal, envolviéndolo de espuma, mientras sus patas quedan sumergidas. La mujer se esfuerza por sujetarlo y que ella y el bebé no caigan al agua. El corcel ahora parece estar atrapado por arenas demoníacas que comienzan a tragárselo, y ya no puede avanzar. El mar sigue subiendo a un ritmo inusual; ella protege con su cuerpo al niño, pero el animal está ya descontrolado. La mujer grita, está sola. El animal en su lucha parece estar siendo engullido por una bestia invisible. Están a punto de perecer. De repente, a lo lejos alguien parece haber advertido el peligro de muerte. Del caballo ya solo asoma de la arena su bella y asustada cabeza; la mujer tiene que desasirse de la montura y eleva al bebé, pero el mar parece querer fagocitarlos a todos. Todo ocurre en un momento. La mujer comienza a tragar agua, desesperada, procurando sacar sus últimas fuerzas para salvar al bebé. Es el fin. De pronto una mano de hombre agarra milagrosamente al infante, poniéndolo a resguardo en una barca, sin perder tiempo, aunque la mujer ha desaparecido. El hombre grita, mira alrededor nervioso; solo se observa la silueta de algo parecido a una gran fortaleza lejana que la niebla permite descubrir por un instante, así que se pone en pie para obtener una mejor visión... y sin pensárselo se lanza de cabeza al agua... No la ve... El agua está turbia y no se distingue nada... Al fondo vislumbra una mancha blanca inerte que comienza a desvanecerse...

Marina me tocó con suavidad en el brazo:

–¡Papá!, ¡papá! ¡despierta! –Y así lo hice recobrándome con un grito ahogado y empapado en sudor. Hasta me parecía que mi sudor era más salino que nunca y que realmente era agua del mar.

–¡Tranquila, cariño!, era una pesadilla. Siento haberte despertado.

–No pasa nada –me tranquilizó poniéndome la mano en el muslo–. Estás temblando.

En cuanto me repuse encendí una pequeña luz, la acompañé a la cama, la tapé, me sequé el sudor y me cambié de pijama, procurando serenarla también a ella antes de regresar a los brazos de Morfeo. Traté de olvidar el sueño y recobrar la tranquilidad.

Al día siguiente, justo después de cenar, Marina me insistió en que le contase el sueño, pero yo quería olvidar la sensación asfixiante que me había dejado.

–Papá, yo te he contado mi sueño; ahora tú tienes que contarme el tuyo –me dijo medio enfadada.

–Marina, el tuyo era un sueño bonito; el mío no te gustaría nada.

Pero si a Marina se le metía algo en la cabeza era difícil desviar su atención hacia otros temas. Así que procuré relatárselo quitándole el drama y la angustia que yo había sentido; no quería que tuviera pesadillas, que bastante tenía ya. Al narrarlo, mi piel delataba que aquellas imágenes se habían quedado impresas en mi memoria con gran fuerza. Tras el relato, Marina se quedó pensativa y rompió de nuevo mis esquemas con esa madurez tan impropia de su edad, jugando a interpretar los sueños.

–Ese bebé... podría ser yo, y tú el hombre que la salvó. Y la mujer...

–Anda... procura descansar, cariño –dije besándola–; solo era un sueño.

8

Auberto continuó su vida rutinaria. Buscó recuperar la serenidad entre paseos, salmos, oraciones y atendiendo a los feligreses de Avranches. Había adquirido una buena reputación y su popularidad como confesor se había extendido, atrayendo fieles de Caen, Mortain, Courance, Evreux o Rennes. A través de su mirada sabía cómo descifrar el interior de cada alma, tratando de encontrar las palabras más idóneas para cada devoto.

Sin embargo era un mar de dudas; toda la fe y el empuje que transmitía a los demás parecían no servirle para con él mismo.

Tras la liturgia se retiró a descansar, sin presagiar que un acontecimiento extraordinario iba a sacudir definitivamente su vida, y con ella la del resto de miles de almas en los siglos venideros.

En mitad de la noche una luz intensísima lo despertó, como si el mismo sol hubiese salido en su alcoba; al instante toda la habitación se llenó de una calma y una paz extraordinarias. El obispo se echó al suelo y se postró de rodillas, intuyendo que el arcángel se había dignado a visitarlo de nuevo.

Una voz de hombre límpida y serena se escuchó con gran claridad, sin saberse muy bien de qué punto procedía, como si la advirtiera dentro y fuera de él al mismo tiempo. La voz se dirigió a él con una mezcla al tiempo de gravedad y ternura.

–Dichosos los que creen sin ver. Tres veces he venido a ti para confiarte esta misión desde lo Alto.

»Construirás una iglesia en el monte Tombe en mi nombre para la gente del mar y para todas las personas de bien que protegerá de todo mal a quienes se acerquen, y que atraerá a fieles de todos los lugares del mundo a alabar la Gloria de Dios. Será ahí, donde cielo, tierra y mar se unen.

Entonces Auberto de Avranches sintió que la presencia de aquel ser increíble se acercaba sobre él, y postrándose aún más si cabe bajó la cabeza absolutamente estremecido. Trató de mirar de reojo su ropaje y tocarlo, pues todo él resplandecía, buscando comprobar si estaba dentro de un sueño que se le antojaba demasiado real.

–Te otorgaré la gracia de la Fe para que sepas que este mensaje te llega de lo Alto; nunca vuelvas a dudar. Que esta señal te advierta para cumplir mi mandato.

El obispo sintió un intenso y profundo calor en la parte superior de la cabeza. El arcángel hizo descender su mano sobre él y posó el dedo sobre su frente. El obispo experimentó una energía que se extendía de arriba abajo por todo su cuerpo de un modo tan grandioso que sintió como si se fuese a desintegrar y fusionar en esa fuente de luz.

Luego, tan pronto como se sintió sacudido por esa descarga energética astral de otra dimensión, la misma desapareció, dejándole una sensación indeleble de amor que nunca lograría expresar con palabras. Durante un tiempo dejó de sentir su cuerpo. Quedó un buen rato echado en el suelo, inerte, sobrecogido y conmocionado.

Allí seguía tendido cuando despuntó el primer rayo de sol que traspasaba un ventanuco. Despertando, se miró las manos y las ropas. Muy lentamente se acercó a vestirse, dejando escapar una lágrima. Por primera vez desde hacía mucho tiempo sabía con certeza cómo debía proceder, aunque ni por asomo tenía todas las respuestas.

Saliendo del pequeño monasterio se dirigió a buen paso a encontrarse con el hermano Gérard.

9

Aquella tarde Marina se encontraba de un humor excelente, y eso afectaba directamente a mi estado de ánimo. Pidió sus lápices y su bloc de dibujo y se puso a pintar, así que la besé en la frente y aproveché para salir del hospital a caminar y hacer alguna llamada.

Solía recorrer siempre la misma planta, pero esta vez, posiblemente por mover un poco las piernas, comencé a subir escaleras. Creo que en el fondo deseaba obtener una vista de la ciudad desde lo alto; supongo que cuando las personas estamos en una espiral derrotista y negativa necesitamos distanciarnos y obtener perspectiva. Y desde cualquier azotea se puede otear el horizonte. Un cartel me advirtió de que no podía continuar por obras. Hasta el «perdonen las molestias» me irritaba.

–Ponen eso y todo arreglado; así cualquier cosa vale –mascullé.

Comprobando que no había camino hacia arriba se me ocurrió pasear por la duodécima planta, buscando un recodo con ventana donde satisfacer mi deseo y curiosidad de asomarme, pero no aparecía. Entonces sonó el teléfono, aunque se cortó inmediatamente. Supuse que sería una llamada equivocada. Al girarme advertí un triste tablero con un solo cartel ladeado, sujeto por una chincheta. Una pequeña ráfaga de aire se coló por el pasillo y se lo llevó. Perseguirlo y ponerlo en el corcho supongo que era lo más interesante que tenía que hacer esa tarde fuera de la habitación 408, pues me incomodaba ver papeles en el suelo.

–Perdone, ¿busca algo? –me asaltó una enfermera.

–No, estaba... dando una vuelta.

–Aquí no se puede estar; solo hay oficinas y es una zona reservada al personal sanitario.

–¡Ah!, pues perdón, ya me voy... Se había volado el cartel y...

Me imagino que mi justificación le importaba lo mismo que a mí la situación política, así que me quedé allí solo apretando la chincheta. Entonces leí el papel.

Miércoles 12 de marzo; 19:00 h.
Salón de actos del hospital.
Conferencia:
«Descubre tu propio camino en la vida»
Dr. Alejandro Martín Velasco
Experto en Psicología, coaching y orientación espiritual

En ese momento caí en que era 12 de marzo y miré el reloj: las 20:05 h.

A esas horas la conferencia estaría finalizando. Pero la curiosidad me tiraba de la camisa hacia el salón de actos; al fin y al cabo me había encontrado el dichoso cartelito de un modo peculiar.

El salón de actos estaba situado en la entreplanta. Al entrar vi el aforo bastante lleno, lo cual me pareció sorprendente. Alguien que debía moderar un turno de preguntas se dirigía al público.

–Tenemos que ir acabando; última pregunta, por favor...

Una mujer de mediana edad intervino:

–Muchas gracias por la charla –dijo tomando el micrófono–. Veo que usted se ha referido a la importancia de seguir la intuición como forma de inteligencia más compleja. ¿Pero cómo saber si es intuición u otra cosa?

El ponente contestó con mucha amabilidad. Al hablar transmitía mucha calma.

–Todos tenemos ese acceso interior para escuchar la intuición, pero el problema es que lo tenemos bloqueado por muchas de las razones de las que hemos hablado antes. Sin embargo, cuando escuchamos sucede lo que se conoce como «sincronicidad». Jung hablaba de la sincronicidad como de la simultaneidad de dos sucesos vinculados por una coincidencia temporal... sucesos aparentemente inconexos entre sí pero que tienen un significado para la persona que los experimenta. Así sucede que pienso en algo, y ocurre.

Hizo una breve pausa y se quedó pensativo. Yo también me quedé inmóvil.

–No sé; tal vez no es el caso, pero piensen sin ir más lejos en cómo se enteraron ustedes de esta charla. Seguir las señales es importante.

Mis ojos debieron abrirse como los de un búho; sus últimas palabras quedaron resonando en mi mente. Aquello era muy extraño, como si alguien lo hubiese orquestado.

–Vaya casualidad –pensé.

De vuelta a la habitación Marina adivinó mi ruido mental.

–Hola papi! –exclamó–. Vaya cara; parece que has visto un ángel.

Sacó *El principito*, del cual yo comenzaba a estar cansado, pero ella lo adoraba. Supongo que yo era uno de esos tipos grises que ven el sombrero en el dibujo de la primera página y no un elefante. Y así, junto a la princesita y su principito, nos quedamos dormidos.

10

Gérard se encontraba en el pequeño huerto que lindaba con el camino de Le Val Saint, próximo a unas viviendas humildes en las que se habían establecido algunos pescadores; allí lo encontró Auberto, removiendo la tierra, rodeado de hortalizas y silencio, como a él le gustaba estar.

–Buenos días nos dé Dios –saludó incorporándose y secándose el sudor de la frente con la manga del hábito.

–Loado sea el Señor –respondió Auberto, con señales de que parecía llevar un tiempo buscándolo.

Gérard colocó la azada en un lugar recogido, y sin mediar conversación, ambos comenzaron a pasear por la vereda que llevaba hacia la costa, como tantas otras veces.

–¿Qué hay de nuevo, padre? –saludó el hermano desenfadadamente–. No trae hoy muy buena cara.

–Lo que traigo es un dolor impresionante de cabeza –dijo el obispo sosteniéndose la coronilla.

–¿No durmió bien?

–He vuelto a tener la visión –afirmó Auberto, haciendo detener la marcha a su compañero–. Necesito que me confieses.

–Claro, lo que necesite –dijo Gérard muy dispuesto.

A pesar de la confianza de su amistad, consideraba un honor y una responsabilidad muy grande cada vez que el obispo venía a él como penitente solicitándole el sacramento del perdón.

–¿Vamos a la capilla o prefiere que sea aquí mismo?

–Aquí mismo, por favor –pidió como el que lleva un fardo muy grande de piedras.

Los dos clérigos buscaron un lugar cercano y se sentaron en una roca lejos de las miradas de curiosos, adentrándose en un bosquecillo. El obispo se situó entonces de rodillas, sin saltarse ningún paso de la liturgia del sacramento. Quiso llegar cuanto antes a la confesión; el monje lo escuchaba con respeto y atención total.

–Me arrepiento de ser débil, perezoso, de haber faltado a la fe, de no haber creído pese a que Dios me había tenido en cuenta en sus designios. He sido un desconfiado, he necesitado tocar la herida para creer. No soy digno de que Dios Todopoderoso cuente conmigo para sus planes, y no entiendo por qué he sido escogido, pero... aquí estoy.

El hermano Gérard no deseaba interrumpirlo, pero le dirigió unas palabras de consuelo:

–Todos somos insignificantes, pero lo hermoso es que Él cuenta con nosotros...

–Esta noche de nuevo se apareció el ángel. Sentí su mano en mi cabeza; lo quiso así porque soy un descreído.

Porque hasta tres veces vino a visitarme y no le hice caso. Fue todo tan de otro mundo...

El obispo se quedó en silencio por un instante, visiblemente conmovido; parecía que no pudiera salir una palabra más de su boca, pero logró continuar.

–Finalmente... puso su mano en mi cabeza, cuya señal es esta jaqueca tan fuerte que siento. Pienso que fue una consecuencia evidente de mi descrédito por no ser capaz de distinguir sueño de aparición. Le pido, hermano Gérard, que guarde mi secreto de confesión con celo, y le ruego que por favor me ayude en esta tarea que se me ha encomendado de construir un templo en su nombre

–Así sea, padre –le respondió el hermano poniendo la mano en su hombro.

–Desconozco qué debo hacer... –dijo encogiéndose de hombros–, y por dónde comenzar esta iglesia. Yo no sé de construcciones, pero aún así quiero decir sí a esta tarea con generosidad.

Tras un breve silencio, y observando que el obispo había expiado sus faltas con verdadero arrepentimiento y contrición, le ordenó prepararse para la absolución. Fue al situar su mano sobre la cabeza cuando observó algo extraño.

–¡Loado sea Dios! Pero... ¡si está sangrando!

El hermano Gérard Lemoine agarró con las manos la cabeza de Auberto por las sienes, examinando una herida que parecía profunda en la coronilla. No podía apenas abrir la boca, cuando apartando el escaso cabello que cubría la herida observó perplejo que tenía una clara forma de cruz.

11

—¡Pablo!, ¡Pablo! –Beatriz me llamaba con insistencia asomando la cabeza a través de la puerta de la habitación, sin llegar a entrar. Marina mojaba una galleta en la leche y miraba de reojo un tebeo.

Hizo un gesto con el brazo y acudí rápidamente a su encuentro. Beatriz parecía haber perdido buena parte de la vitalidad. Se le marcaban las ojeras, señal de que había llorado más de lo habitual. Todo en ella me hizo ponerme en alerta.

–Pablo –tragó saliva; se notaba que no sabía cómo decirme lo que le pasaba.

–Andrea quiere jugar un rato con Marina; si está como para que la dejen salir de la habitación, claro. Marina... Marina...

La mujer no pudo contener por más tiempo las lágrimas y rompió a llorar. Acostumbrado a la madre fuerte que conocía, pese a nuestra confianza y todo lo que estábamos viviendo con nuestras hijas, no supe reaccionar. Así pues me limité a poner mi mano en su hombro y nos acomodamos en unas butacas cercanas al recibidor. Mientras buscábamos un lugar en el que sentarnos, venía a mi memoria aquella escena de *El Principito* que tantas veces me hacía leer Marina últimamente: «*No sabía qué más decirle. No sabía cómo llegar hasta él, dónde encontrarlo. Me sentía muy torpe... Es tan misterioso el país de las lágrimas*».

Y es que no hacía falta ser muy listo para darse cuenta de que las cosas estaban empeorando. Beatriz se repuso.

–Siento que contigo puedo llorar sin problema –dijo esforzándose por sonreírme.

Yo le devolví el gesto con una sonrisa de aprecio sincero. Ella comenzó a explicarse con detenimiento, permitiéndonos los dos todas las pausas del mundo.

–Los médicos dicen que de hoy no pasa. Ella dice que quiere jugar con Andrea, pero yo sé que quiere despedirse. Es muy extraño, Pablo... estoy deshecha por dentro, pero ella... Ella lo está viviendo con una fuerza y una entereza impropias de alguien de su edad... Y ya no sé si lo veo así por ser su madre, o que realmente lo está llevando de un modo heroico.

Volvió a pasarse el pañuelo por los ojos, secándose las mejillas. Pensé algo muy tonto: ¿cómo podríamos contener tantas lágrimas? Se tomó un nuevo respiro. Por su hija Beatriz había dejado atrás el olor a tabaco que impregnaba toda su ropa, ya desde hacía muchos meses. Sin embargo, como suele sucederles a los que vivimos en la orilla de la muerte de un ser querido, su cara iba palideciendo, perdiendo vitalidad, salvo por esa mirada viva que tenían sus ojos verdes, a pesar de no parar de humedecerse día tras día.

–Es una niña. En una persona adulta podrías sospechar que son los efectos de la puñetera medicina, que es algo que dice por hacer sentir bien a los familiares, o por intentar convertir esto una lucha heroica. Pero ella... ella es una niña, y nada de esto le importa. Lo vive con una naturalidad y un...

–Valor –quise ayudarla.

–Sí, pero no –comenzó a hablar pisándose las palabras–. Porque ella, y ya sé que para nosotros es difícil de entender, ella... lo vive sin miedo, ¿me entiendes? ¡Sin miedo! –exclamó agarrándome del antebrazo–. Ella está segura de que allí va a estar mejor... Es de locos, pero no es que lo crea ¿sabes?... ¡Para ella es una certeza!

Me dirigió una mirada inquisitiva. Yo no sabía qué decirle. Hablaba de corazón y rebosaba honestidad. Meses atrás, cuando las niñas dormían cruzábamos palabras llenas de rabia. Conversábamos más de una vez acerca de nuestra falta de fe, y no pocas veces nuestros labios había escupido mucha rabia. Solo el escuchar aquellas palabras hacía que me desarmasen por dentro. Descolocaban todo mi mundo racional, me hacían sentirme un Pablo distinto. No mejor ni peor; simplemente distinto. Y pensé que yo ya no estaba para aquellas batallas intelectuales y que si había Dios, o como se llamase, nos lo tenía que haber puesto más fácil. Comenzaba a sentirme pequeño, ridículo, ignorante de todo. Pero, ¿quién era yo para intentar hacer razonar a Beatriz, que estaba a punto de perder lo que más amaba? Por un momento pensé en cómo podría ser el estar así, al borde del abismo; ¿acaso yo no me plantearía las preguntas que ella se hacía?

Beatriz era una mujer con un empuje y una fuerza increíbles; en otras circunstancias nadie sabe si me habría fijado en ella, pero a mí no me quedaban ganas ni tiempo para pensar en tener de nuevo una pareja. Yo ni habría caído en esa posibilidad si no hubiese sido por mi querida y sorprendente suegra, Teresa, que tanto adoraba a su niña del alma que por momentos parecía que quisiera enredarme con una mujer con tal de que Marina volviese a tener una madre.

Beatriz rompió el silencio y el ruido de mis pensamientos, y con una entereza propia de ella mostró su mejor sonrisa y me dijo casi susurrando:

–¡Anda!, vamos a llevar a Marina con Andrea. Se lo debemos a las dos.

12

Con algunas pocas provisiones para el día, los dos clérigos se encontraron en la roca sobre la que tantas veces habían charlado mirando la inmensidad del océano. Se dieron un abrazo entusiasta y se pusieron a caminar por la costa en dirección al Monte Tombe.

Ya había salido el sol cuando se adentraron por el bosque de Scissy. Antiguamente había sido vasto y extenso, pero las mareas y las tormentas se habían tragado buena parte del mismo. Los rayos del sol se colaban entre la fuerte espesura de las ramas más altas. Gérard hacía las veces de guía, mostrando al obispo las particularidades de algunas plantas.

–Mire, esto es árnica; le iría muy bien para su herida de la cabeza –explicó recogiendo un puñado y guardándolo en una pequeña alforja.

–Y aquello de allá es Bardana –dijo, cambiando la dirección de su marcha.

–No nos entretengamos mucho, amigo mío –pidió el obispo, que tenía deseos de llegar al monte.

–Tranquilo. No se construirá en un día y esto solo nos llevará un instante. Disfrute de la oportunidad.

Los dos caminaron por una zona especialmente frondosa, en la que las ramas jugaban por encima de sus cabezas sin apenas dejar ver el cielo, como si rindieran homenaje a los dos caminantes.

–Siempre suele crecer en la sombra; este es un buen lugar. Nos ayudará para esos dolores de articulaciones –dijo el monje confiado mientras arrancaba un manojo.

–¡Mire, padre! ¡Allí! –exclamó señalando–. ¿No es sorprendente? Se dice que son restos megalíticos… Allí se reunían los druidas con sus plantas y fabricaban sus brebajes y medicinas. Por aquí cuenta la leyenda que alababan a Belenos, dios del sol. Sin duda este sigue siendo un lugar especial. En breve alcanzaremos el peñasco . Allí también hay unas piedras similares a estas.

El hermano Gérard se quedó ensimismado, mientras imaginaba a los druidas cocinando sus pócimas, escogiendo aquí y allá unas hojas de plantas de diferentes especies; seguramente en las noches despejadas de nubes observarían el cielo estrellado, procurando escudriñar en cada nuevo movimiento de los astros los destinos del universo.

–¿Quién sabe? Quizá ellos también obtuvieran señales del cielo –dijo pensando en alto.

–¿Por qué dices eso? –exclamó el obispo, sabiendo que en otro lugar esa conversación podía considerarse incluso herejía.

–Sin duda muchas leyendas envuelven este lugar –hizo una pausa–. El hombre siempre ha buscado a Dios. Ellos vivieron mucho antes de Jesucristo, pero no creo que el Padre les haya dejado solos.

–Hay algo que no te negaré; este lugar tiene un magnetismo especial. Podría llamar a cualquier alma. Es como si nos hubiera estado esperando...

–¿Sabe qué, maestro? –preguntó el joven monje mientras proseguían su caminata.

–No me llames maestro... –lo corrigió el otro casi canturreando.

–Creo que algún día vendrán aquí peregrinos de todo el mundo movidos por este lugar mágico.

Siguieron avanzando, mientras a cada paso podía escucharse cada vez más cercano el sonido del agua. A su izquierda, el río Couesnon iba adquiriendo protagonismo, definiendo lo que años más tarde sería la frontera natural que separaría Bretaña de Normandía. Se adentraron en lo que parecía un grupo de últimos pinos, entre los cuales se comenzaba a divisar el monte Tombe; ahí estaba, al fin, solitaria, una gran elevación en medio de la nada, majestuosa en medio de aquella gran extensión sin civilización. Al norte se intuían lejanos brillos del sol jugando con un océano retirado de la tierra, mientras un silencio imponente rodeaba tan grandiosa explanada de tierra.

Allí permanecieron un tiempo sin mediar palabra; Gérard miraba de soslayo a Auberto, que parecía hipnotizado desde que hubo clavado sus ojos en aquel monte. Pareciera que en su cabeza estuviese imaginando por dónde llevarían los materiales, cómo lograrían hacerles ascender hasta ese punto, y, tal vez, en dónde se construiría aquel espacio sagrado.

Después de un tiempo rompió el silencio.

–Desde luego, si hay un lugar en el mundo para construir un templo, es este. Vamos a encomendarnos; lo necesitaremos.

Ambos se postraron por un momento y Auberto dirigió una breve oración improvisada al arcángel Miguel. Al finalizar, Gérard lo animó a continuar la marcha.

–¿Vamos? Tengo que presentarle a alguien –dijo.

–¿Qué es esto? –exclamó Auberto mirándose los pies, que estaban de repente en medio de un agua turbia.

–Es del río; está entrando desde atrás, por eso nos ha sorprendido. La marea está comenzando a subir. Ya le dije que crece de un modo vertiginoso en toda la bahía.

–Vayamos pues antes de que tengamos que nadar. Por cierto, ¿a quién me presentarás?

–Al hermano Pierre. Es un monje que se crió en Saint-Maló; aprendió el oficio de constructor de su padre. Pensé que podía ser importante para nuestra causa.

Los dos clérigos se descalzaron, se remangaron las túnicas y se pusieron en marcha. A medida que avanzaban, algunas zonas estaban encharcadas mientras otras permanecían secas, pero el terreno era engañoso y pronto aquella tierra aparentemente seca no era sino un gran barrizal por el que debían caminar muy lentos para evitar un buen resbalón. A cada paso Auberto de Avranches entendía que aquella empresa no iba a ser nada fácil; el terreno, según en qué lugar, se convertía en un cenagal, y había que extremar la prudencia para no verse hundidos en el barro hasta las rodillas. Y, sin embargo, el lugar parecía que convirtiese cada paso en una oportunidad para reafirmarse en su propósito divino.

Mientras caminaban conversaban sobre la posibilidad de transportar los materiales con la marea desde una embarcación. Eran conscientes de que las mareas cambiaban y que no todas eran iguales según la época del año. Iban compartiendo su parecer hasta que casi sin darse cuenta se encontraron a un paso del relieve del monte. Aprovecharon para limpiarse el barro de las piernas en una hondonada cubierta de agua marina y treparon hasta un pequeño promontorio.

Sus pies ya estaban sobre el monte y comenzaron el ascenso. Desde abajo apenas se divisaban restos de edificación alguna en la cima.

A medida que ascendían se intuía un camino natural a base de algunas pisadas que se colaba entre varios arbustos; el viento comenzaba a sentirse con más fuerza conforme ganaban altura, aunque podía incluso llegar a detenerse, dependiendo de si el camino se dirigía más hacia el este o al oeste. Al fin divisaron una humilde edificación en lo alto. El hermano Gérard hizo un gesto a Auberto para que lo esperase y se introdujo en un diminuto patio. Enseguida regresó junto a dos monjes.

–Padre Auberto –dijo con una generosa sonrisa uno de ellos, el más corpulento–, soy el hermano Pierre y este es Bellmont. Gérard ha tenido a bien contarnos su proyecto, y estamos deseosos de escucharle. –Los tres intercambiaron un saludo respetuoso mientras el obispo miraba de reojo con picardía y complicidad a Gérard.

–Debe saber, antes de nada –intervino Bellmont–, que haremos todo lo posible por contribuir a esta obra de Dios.

–Pasad a nuestro humilde comedor, podemos ofreceros un buen queso de vaca de la zona –los invitó Pierre, tan deseoso de hablar con ellos como de degustar el exquisito manjar.

Lo seguía Bellmont, un asceta a quien no parecían importarle tanto los asuntos del estómago como los del espíritu. Los dos amigos se quedaron atrás siguiendo sus pasos, mientras el hermano Gérard agarró del brazo derecho a su compañero y le susurró al oído, como si le hubiese leído el pensamiento al obispo:

–No albergue dudas, señor obispo; pese a lo que pudiera parecer, puede estar tranquilo: su secreto está a salvo conmigo.

13

Cuando Marina regresó a la habitación parecía ausente. En un hospital experimentas la relatividad del tiempo. Un minuto puede ser una hora, y en un día puedes ver como ha brotado una cana casi de la mañana a la noche. En cualquier lugar del mundo un paseo es solo eso, un paseo. En un hospital, un paseo se transforma en una excursión de un país a otro país, otra habitación en la que vive otra persona. Por el camino puedes experimentar como el carrito con el que se recogen las comidas o se repone el jabón líquido de manos se convierte en algo digno de ser contado, porque todo se mueve a cámara lenta y tu mundo se estrecha como si estuviera encerrado en una burbuja.

Cuando mi princesa regresó de jugar con Andrea parecía que hubiese paseado por su infancia y adolescencia de una tacada. Sentía la extraña sensación de que al regresar de la habitación ya no era la misma personita que se marchó de ella.

–¡Andrea! –exclamé feliz de verla, mientras me levantaba de la cama, convertida ahora en sofá y reposa-periódicos.

Ella venía compungida, con una mirada que me rompió el alma. Una mirada que nunca había visto en su rostro. Una mirada que no me atrevía a traspasar con palabras. Aceleró levemente el paso y me buscó con sus brazos, hundiendo la cabeza en mi estómago. No sabía qué decirle. Solo sabía abrazar. Abrazar y besar. Y estrecharla fuerte entre mis brazos. Poco más de una hora antes era una niña alegre, llena de vida, sin cuestionarse nada, y ahora parecía alguien que se hubiera enfrentado a las preguntas principales de la vida.

Así, tras un momento de silencio, quise dar pie al difícil reto de poner palabras a lo que presumía iba a ser una gran grieta en su alma de niña.

–Marina, ¿cómo estás, cariño?... ¿Jugaste con Andrea? –Procuré darle una posibilidad de rodear la herida.

–Papá, jugamos a «qué quieres ser de mayor». Yo hacía preguntas; era una periodista que recorría el mundo buscando noticias y entrevistando a la gente. Ella hacía de cantante famosa; luego hizo de señora que había sufrido unas inundaciones, y de una niña que participaba en «El Rey León»; después era una fotógrafa de leones... Lo estábamos pasando genial. Yo me partía de risa con lo bien que lo hacía Andrea, sobre todo cuando imitó a una señora del pueblo con un acento muy raro. Me decía que le encantaba mi risa.

Mientras me lo contaba, yo la miraba divertido y asombrado de cómo, mientras yo me moría de aburrimiento en la habitación 408, ella en la 421 había viajado por varios lugares del mundo. Entonces cambió con brusquedad el tono, como si continuase jugando a las entrevistas, solo que esta vez no había actuación.

–Luego le dije: «Andrea, ahora eliges tú...» y va y me dice: «No, Marina, yo me voy a marchar a otro lugar; me voy a morir y no llegaré a ser mayor. Pero tranquila porque desde donde estaré veré siempre lo bien que haces de periodista. Y ese será uno de mis trabajos: ayudarte a que lo hagas muy bien». ¡Y me lo dijo tan tranquila!

Sus ojos se humedecieron y sentí como sus brazos de niña me apretaban con más fuerza.

Me asaltó con una ristra de preguntas, a las que yo no supe contestar salvo devolviéndole el abrazo con una fuerza proporcional.

–¿Por qué no puede ser mi ayudante, pero aquí en la Tierra? ¿Por qué le tiene que pasar esto, papá? ¿A dónde van las personas como ella cuando se mueren?

No se me ocurría qué decir. No sabía cómo reaccionar. Me sentía inútil. La abracé, la besé y nos sentamos en el sofá, pero no podía soltarla. Entonces, como son esas cosas de los niños, pasó del llanto a la risa. Por un lado respiraba por volver a encontrarme con la Marina risueña que conocía, pero por otro tenía miedo de que perdiera la cabeza; muchas personas cambian cuando están encerradas entre las paredes de un hospital. Y yo me estaba volviendo un ser asustadizo.

–¿De qué te ríes, Marina? –le pregunté sorprendido.

–De cómo hablaba Andrea cuando hacía de pueblerina... –dijo con una leve mueca alegre y la mirada extraviada, estallando en una carcajada–. Y ¿sabes qué?... Le pregunté: «¿Y cómo voy a saber cuándo me ayudas desde allí arriba?». –Las lágrimas provocadas por la risa afloraron...–. ¿Y sabes qué me dijo?

–No; dime, cariño.

–Me dijo: «Cuando te rías así, como te reías cuando yo he imitado a la abuelita sin dientes pero sin motivo ninguno, sabrás que estoy contigo».

14

En unos pocos días, los cuatro frailes habían conseguido completar un pequeño ejército de personas que trabajaban de sol a sol construyendo el templo, formado por los otros cuatro ermitaños que ya vivían en el monte, varios fieles de las zonas de alrededor, incluidos algunos pescadores de la zona que habían aportado sus barcos para el transporte de granito. Contaban con dos carretas tiradas por cuatro mulas, ya que debían ascender más de doscientos codos hasta la base del promontorio. Pero sin duda la mayor dificultad era buscar el centro adecuado para sostener aquellos muros en la cima del monte, que era profuso en desniveles.

Hizo Auberto valer su posición como obispo de la comarca para atraer ayudas, contrató albañiles, y algunos de sus penitentes se convirtieron en grandes fieles a la causa, contribuyendo con su tiempo, monedas, materiales, y sobre todo con buena mano de obra desde Ruan y desde comarcas cercanas a Avranches. Cuando advertía intereses usureros en algunos foráneos los despedía con iguales dosis de severidad y amabilidad.

Los días se sucedieron alrededor de los andamios. Aquella obra iba formando además una pequeña comunidad de personas en torno al monte Tombe que soñaban con hacer algo realmente grande con sus vidas. Las pequeñas divisiones territoriales no existían dentro de aquella gran elevación. Construir un templo en honor al arcángel Miguel se convirtió en una tarea con la que devolverle al mundo un remanso de paz y espiritualidad.

Al atardecer solían detenerse para descansar de la jornada; encendían un fuego y entonces el obispo Auberto dirigía al cielo unas palabras de agradecimiento. Cada atardecer era diferente y majestuoso aquel verano del año 709. El martes 29 de septiembre el cielo entero se prendió de un rojo intenso bajo el cual el monte Tombe parecía un volcán en el centro del universo, escupiendo lava en todas las direcciones. Belmont no podía apartar la mirada del grandioso y colorista espectáculo. Solo se escuchaba el crepitar del fuego y el sonido de las olas que rompían espaciadas contra la isla. Tan abstraídos estaban que no oyeron llegar a un hombre corpulento, cuyo aspecto arrollador los sobresaltó al instante. Pierre, el único que podía hacerle sombra por tamaño, se levantó.

–Buenas tardes, ¿qué le trae por aquí, señor? –preguntó un tanto a la defensiva.

–Siento haberles asustado; no era mi intención. Mi nombre es Adrien Charron. Soy marinero; he anclado mi embarcación al sur de la isla. Vi este lugar a lo lejos y me he decidido a venir –dijo con rudeza.

Ni Pierre, ni posiblemente ninguno de los miembros del grupo que se sentaban en torno a la hoguera, se sentían del todo seguros con aquella visita inesperada, aunque el rostro, los brazos y las manos de aquel hombre no podían ser de alguien que no hubiese vivido muchos años en la mar. Auberto lo invitó a sentarse, intuyendo que traía algún mensaje.

–Siéntese; creo que tiene algo que decirnos.

Adrien Charrion se sentó, al tiempo que Pierre procuraba hacerle un hueco en la asamblea.

–Cuando he visto a lo lejos este monte y que parecía que alguien poblaba este lugar me tuve que frotar los ojos. Siempre procuro navegar lejos de este maldito lugar, pero la marea me ha acercado hasta aquí más de lo que deseaba. Luego vi el fuego y me atreví a advertirles. Ustedes están en peligro; deben saberlo.

–¿En peligro? –preguntó Pierre con cierta socarronería.

–Sabía que perdía el tiempo; no ha sido buena idea venir aquí –dijo levantándose y sacudiéndose el polvo de dos manotazos.

Auberto se levantó e intervino.

–Perdónenos, no queremos importunarle. Pierre, por favor, tráele algo de vino al señor Charrion. No estamos habituados a escuchar estas palabras; no queremos ofenderle –le rogó haciendo un gesto amable para que tomara asiento otra vez. Hizo una breve pausa.

–Por favor, siéntese con nosotros y cuéntenos con detalle. ¿Qué le hizo entonces venir con su embarcación a avisarnos?

–Provengo de varias generaciones de marinos y no estaré muy equivocado si les digo que van más allá del nacimiento de Cristo. De voz en voz, todas nuestras generaciones nos advertían acerca de este maldito lugar –dijo santiguándose de un modo torpe–. En ningún lugar del océano hay mareas como estas, capaces de engullir a cualquiera. Mi abuelo me contó que su padre tuvo que luchar con sus propias manos con un ser marino que estaba causando estragos en la población.

–¿Un ser marino? –lo interrumpió Gérard, que nunca no podía dejar preguntas sin respuesta.

–Era como una serpiente gigante de varias brazas, tal vez diez o doce, pero su cabeza no era de serpiente. Dicen... que era lo más parecido a una cabeza de dragón.

Pierre ocultó disimulando una leve sonrisita, mientras se llevaba algo de pan a la boca. Le sorprendió que el propio Gérard le siguiera de ese modo la corriente cuando le preguntó:

–¿Qué hizo esa especie de dragón?

–Golpeaba las barcas de pescadores, haciendo caer a más de un incauto a la mar. Allí desaparecían, y algunos vieron cómo los devoraban. Durante años solo los más audaces e intrépidos se aventuraban a salir a navegar. Se contaba que a veces el monstruo podía acercarse cuando la mar estaba baja, sorprendiendo a más de un infeliz con el agua por las rodillas. Podía entrar desde la tierra, por las arenas movedizas que todo el mundo sabe que existen en este lugar, y volver a desaparecer con el almuerzo entre las fauces.

–¿Y qué ocurrió entonces? –preguntó absorto Gérard–. ¿Qué pasó con aquel monstruo marino?

–Se cuenta que llevaba muchos años atemorizando a la población. Mucho tiempo atrás decían que este lugar atrajo a viajeros venidos de muy lejos. A aquel bosque, el de Scissy o algo así, acudían de diversos lugares buscando el modo de acabar con la bestia.

El grupo quedó sumido en un gran silencio. Todos sabían que aquel lugar era diferente a cualquier otro, poseedor de una atracción diferente, y se relataban accidentes que habían sucedido a lo largo y ancho de la bahía, aunque aquello parecía demasiado. Bellmont, siempre callado, de repente sorprendió a todos con sus palabras:

–Todo el mundo sabe que siempre hubo una lucha entre el bien y el mal; aquí y en toda la Tierra. Tal vez este sea un lugar en el que antaño esta batalla fue particularmente feroz. Pero en algún momento, el obispo Auberto de Avranches

–detalló mientras lo señalaba– tuvo a bien la idea de construirle un templo a san Miguel Arcángel. Como bien se sabe, en todas las tradiciones es el ángel que lucha con el demonio. Todos nosotros creemos que su causa es necesaria en este y en cualquier lugar del mundo. Porque la oscuridad aún no se ha ido, aunque el Todopoderoso guía nuestros pasos.

Mientras aparecían las primeras estrellas de la noche, el cielo había ido dejando atrás su espectacular colorido y en su oscuridad creciente estaba a punto de dar la mano a la Tierra.

–Dice el Apocalipsis: «En aquel tiempo surgirá Miguel, el gran Príncipe que defiende a los hijos de su pueblo». Somos humildes siervos de Dios y desconocemos el por qué de esta construcción, pero cuando el hermano Gérard nos contó que el padre Auberto deseaba construir un templo en honor a san Miguel ninguno de nosotros dudó un instante.

–Perdóneme... yo no soy muy creyente. A veces, cuando paso largas jornadas lejos de mi gente pareciera que la mar y todo lo que hay alrededor me hablaran. A veces allí, echando mis redes en cualquier lugar perdido en el océano... Es de locos, pero siento... siento que no estoy solo. ¿Saben? Pensarán que estoy chiflado, pero con el tiempo he sabido que muchos marineros tienen esa misma impresión.

»Así que –prosiguió–, si ustedes hacen esto para ahuyentar esos malos espíritus... y traer el bien a este lugar, tienen todo mi apoyo y reconocimiento. Tener aquí esto... –dijo titubeando–; seguro que esta isla será una fortaleza en medio de tanto peligro. Pueden disponer de Adrien Charron para lo que necesiten.

–Le agradecemos su apoyo. Puede quedarse hoy aquí a pasar la noche si lo desea.

El fornido marinero hizo un gesto con la mano y desapareció, regresando poco después con una red llena de pescado y algo de marisco. En cuanto Pierre vio reaparecer cuesta arriba la silueta del navegante con los manjares le habilitó rápidamente un lugar para poder cocinar.

–Si me permiten, hoy les prepararé un guiso que aprendí por el sur. ¿Tienen algo de ajo?

–¿Cómo se llama? –preguntó curioso Pierre, a quien Adrien ya se lo había ganado.

–Es una especie de sopa a base de pescado que hacen por la Provenza; creo que la llaman *bouillabaisse*.

–Pues la acompañaremos de un buen queso de Aquitania que nos dejó un paisano y de buen vino de Borgoña –sonrió Pierre.

Fuera la noche había caído. Bellmont, Gérard y Auberto permanecieron junto al fuego, mientras este iba apagándose. Pierre y el marinero guisaban en una rústica cocina. Un colosal espectáculo de estrellas salpicaba el cielo. Auberto tomó la palabra.

–Hermanos, el oratorio está prácticamente finalizado. Nuestro san Miguel pisará la serpiente. He pensado ya en una fecha: celebraremos la primera Eucaristía el 16 de octubre. Debemos hacérselo saber a todos los fieles del lugar.

Mientras las últimas brasas se consumían, Bellmont, que llevaba en silencio todo el tiempo, se dirigió al obispo.

–Padre Auberto, desearía hacerle una pregunta, pero no quiero importunarlo. Si no desea responder, lo comprenderé.

Hizo una pausa, pidiendo con ella su aprobación. Luego continuó:

–¿Por qué aquí y por qué al arcángel Miguel?

Gérard se movió en su sitio visiblemente incómodo mirando a su amigo de reojo.

El obispo lo tranquilizó con una mirada, y al fin contestó:

–Dios me envió un mensajero. Yo... no le quise creer.

Auberto le contó las tres apariciones a Bellmont tal y como se sucedieron. De sus ojos asomaban lágrimas, que la oscuridad de la noche ya no permitiría que fueran descubiertas. Luego añadió:

–Hermano Bellmont, esto no debe conocerse; si algún día los peregrinos llegan hasta aquí, que sea así por su fe en Cristo y no por supersticiones.

La luna comenzaba a reflejar su esplendor sobre el mar. Bellmont se acercó a besarle la mano en señal de devoción. Cerca de sus espaldas, el marinero Adrien Charron, que había salido a un pequeño pórtico para avisarles de que la cena estaba lista, no había querido interrumpir la escena. Permanecía allí de pie, paralizado y conmocionado. Sin saber cómo reaccionar, y sintiéndose superado, volvió sobre sus pasos, ocultándose entre los calderos.

15

Odio decirlo, pero mi jefe tenía razón. Pedí un permiso por asuntos y procuré dedicarme a Marina. Ella era mis objetivos semanales, ella era mi agenda, mis reuniones y tareas. Creo que en aquel tiempo comencé a esconderme en ello. Me decía a mí mismo que no lograba tener tiempo para pararme un momento a pensar qué quería hacer con mi vida. Había una mezcla de cobardía y otra muy grande de evitación. Y es que Marina, sin proponérselo, me ayudaba a no tener que buscar respuestas en todo aquel caos.

Poco a poco me iba apagando, anulando, sin darme cuenta. Solía rechazar con cortesía las llamadas de los amigos, y con mis negativas se iba reduciendo la frecuencia de las llamadas. Los *whatsapps* me parecían cada vez más estúpidos y repetitivos. Decenas de bolitas verdes me indicaban los mensajes sin leer. Abrí un grupo de viejos amigos del instituto con 183 mensajes sin leer. Aquello me producía mucha ansiedad. No me aportaba. Y no estaba yo como para aportar nada; así que muchos amigos comenzaron a ver «Pablo ha salido del grupo».

Aquella mañana, hastiado del repetitivo día de la marmota, en un ridículo gesto de rebeldía evité realizar la cola del autoservicio del restaurante del hospital; parece mentira, pero mi desayuno de barra con aceite, café y zumo era uno de mis momentos de respiro. La rutina y los números de la analítica de Marina terminaban por hacer mella en mí. Los mismos nubarrones grises que había fuera. Comenzó a llover y salí al restaurante de enfrente. Me empapaba, pero no aceleraba el paso, como si quisiese que el agua se llevase mis malos rollos.

Entré en la cafetería situada justo enfrente del hospital y me senté en un lugar junto a la ventana; me encantaba ver la lluvia desde el cristal, y entonces lamenté mi paseo tranquilo bajo el agua, pues allí se estaba realmente bien. Alguien me estaba observando, pero no me había dado cuenta.

–Vaya, ¡cómo se ha puesto! Pues sí que está lloviendo –escuché de una melodiosa voz femenina en la mesa contigua.

–Pues... sí, sí... –respondí algo cortado–. Aunque también me lo he buscado un poco –dije, sonriendo con mucha timidez. Aquella cara me era familiar; entonces caí.

–Perdone, ¿usted... estaba en la charla del otro día en el hospital?

–¿La de Alejandro Martín? –me preguntó, buscando confirmación.

–Sí, sí, eso es; llegué al final, y me dio mucha rabia perdérmela. Le extrañará, pero llegué justo cuando usted hizo una pregunta sobre... creo que era sobre la intuición y cómo saber si una casualidad es solo eso o algo más. Me gustó su intervención.

–Pues sí, era yo. Por favor, puede tutearme.

Entonces se levantó y me dio la mano. Nos presentamos. Se llamaba Luna. Tendría cuarenta años, el pelo claro, rizado y ahuecado, y a través de sus lentes se vislumbraban unos vivos ojos pardos. Parecía una mujer inteligente, cultivada, y ciertamente decidida; apenas cruzamos unas palabras me preguntó si podía sentarse.

–¡Claro, claro!, cómo no –le dije con naturalidad como si eso me ocurriese todos los días y tratando de disimular mi timidez.

Comenzamos charlando de por qué habíamos ido a la conferencia, así que le hablé de Marina, del cartelito que quiso volar cuando pasé delante de él, del cáncer, de la vida en un hospital. Ella debió oler mi ánimo rancio y melancólico, así que hablaba maravillas del tal doctor Martín, de cómo le había ayudado a superar la ruptura con su pareja y de su ojo clínico mientras yo la miraba seguramente con escepticismo.

–Pablo –me dijo, como adivinando mis pensamientos–, todos sabemos que hay mucho charlatán hoy en día. Piénsalo bien... a quién no le gustaría poder ayudar de verdad a su prójimo. Antes íbamos a los sacerdotes, pero siempre fue difícil encontrar a alguien con el don del discernimiento.

–¿Don del discernimiento? –pregunté sorprendido.

–Sí; conocer bien el alma humana, saber mirar en la profundidad de cada uno y guiar con un respeto inmenso el punto en el que se encuentra la persona y no desde otro lugar, lo que llevaría a error. Es un arte que no estoy segura de que se pueda aprender en un curso ni dos. Pero la verdad es que, aunque muchas personas desearían ser verdaderos guías, creo que solo hay unos pocos elegidos –enfatizó mientras simulaba unas comillas con los dedos–. Y te aseguro que Alejandro es unos de ellos.

Sin saber cómo le abrí mi corazón a esa desconocida. Ella me hablaba de la necesidad de escuchar el corazón y de otras cosas que yo no entendía muy bien pero que me sonaban razonables.

Cuando quise darme cuenta había pasado una hora y el café seguía en la mesa. Nos dimos dos besos formales y salí de allí con la tarjeta y el teléfono del famoso orientador espiritual. Héctor, uno de los pocos amigos al que seguía cogiéndole las llamadas, enseguida me lo echó en cara. Ese enorme cuerpo bonachón con patas, pero rebosante de humor, solía sacarme una sonrisa.

–Realmente estás fatal. Te vas con el teléfono del *coach* en lugar del suyo.

–Seguro que vuelvo a verla –le dije, sorprendido de mi ingenua confianza.

Y Héctor, amigo de juegos de palabras y dobles sentidos, me contestó:

–Estás en la luna, macho. Bueno... ya quisieras.

16

Llegó el día señalado. La bahía se vistió de guirnaldas. Un camino de antorchas llevaba hacia la cima del monte Tombe, sobre el que se alzaba una sobria pero hermosa iglesia en honor al arcángel Miguel. Todas las gentes de las comarcas vecinas dejaron sus quehaceres para celebrar un día diferente. Acudían con los mejores ropajes sin importar su condición social. Poco antes de la hora sexta llegaban los primeros peregrinos aprovechando que la bajamar sería sobre el mediodía y comenzaron a cruzar a pie. Los monjes de la abadía habían elegido esa fecha por ser un día en el que «incluso en la noche, todo será luz», conociendo de antemano que, si las nubes lo permitían, habría una gran luna llena. Un día de encuentros y banquete compartido con cordero y viandas que aportaría cada familia.

En el altar del circular oratorio, la ceremonia era presidida por el obispo Auberto de Avranches, que iba acompañado de los obispos de Rennes y Burdeos. Finalizando la liturgia, en el momento de la Acción de Gracias, Auberto tomó la palabra ante los numerosos fieles:

–Hoy, 16 de octubre del año 709 de Nuestro Señor, inauguramos este templo, que será refugio en medio de las olas, de la tempestad y de todo peligro para vuestras familias, para vosotros... campesinos, pescadores, comerciantes, personas de bien venidas de tantos rincones. En adelante, Dios mediante, encontraremos en este lugar divino el recuerdo de que la Tierra un día quiso darle la mano al cielo y ser uno. Aquí, en esta isla en medio del mar, cuando nuestro mundo se derrumbe, buscaremos el Reino de Dios, pidiendo la intercesión del arcángel Miguel, quien hoy coronará este lugar situado entre la Tierra y el infinito.

El obispo guardó silencio; solo se escuchaba el sonido incesante de las olas rompiendo y las gaviotas que sobrevolaban la prominente elevación.

–Queremos deciros, queridos hermanos, que en previsión de que esta pequeña abadía crezca con el devenir de los años, colocaremos la piedra angular en la que, a modo de caja del tiempo, introduciremos algunos símbolos y escritos, que previamente bendeciremos.

Los hermanos Pierre y Bellmont mostraron entonces con reverencia una gran arcón forjado en hierro. Auberto introdujo una oración a san Miguel que previamente había compartido de viva voz en el oficio. También un crucifijo, un dibujo de los planos de la construcción de la iglesia, un pequeño grabado que un artesano local había realizado del arcángel y un mapa de la región.

Luego invitó a todos los hermanos y a los fieles asistentes a introducir algún objeto significativo o a escribir unas letras en unos pergaminos que se habían dejado sobre una mesa.

Bellmont portaba un manuscrito, pero pensándoselo mejor en su lugar introdujo un medallón. Pierre depositó una vela con los signos alfa y omega, y la fecha del día. Otros ermitaños que habitaban con ellos dejaron objetos rústicos y sencillos como una piedra, una moneda o pequeños medallones. Finalmente, mientras sonaba la música de un arpa, algunos fieles se acercaron a la arqueta.

Con gran silencio y solemnidad, el obispo de Avranches bendijo aquella caja y después los fieles se acercaron, depositando una gran variedad de objetos de valor sentimental para cada familia. Pierre, ayudado por Eugene y Jacques, dos hombres devotos de Avranches que habían contribuido con muchas horas a la construcción del oratorio dedicado a san Miguel, procedieron a introducir la caja en un hueco, tapándolo con una gran loseta de mármol, mientras Auberto recitaba en latín *Sancte Michael Archangele, defende nos in proelio, contra nequitiam et insidias diaboli esto praesidium*.

Bajo la influencia de una grandiosa luna refulgente que comenzaba a alzarse en el cielo, ya en plena pleamar, la isla se erguía orgullosa sobre el océano. Las embarcaciones, sin importar su tamaño, esperaban amarradas para cruzar hasta tierra en la falda del monte.

Las antorchas de los fieles aldeanos rodeaban la cima del monte Tombe despidiendo el día. El astro de la noche comenzó a cubrirse parcialmente por algunas nubes que parecían adivinar lluvias. Desde aquel momento, el monte, rodeado por la niebla y las mareas en un horizonte infinito, comenzaría a extender su hechizo de alma en alma de un modo prodigioso.

Gérard contemplaba extasiado el espectáculo nocturno. Hubiera deseado detener el tiempo. Ni por asomo imaginaba todo lo que le aguardaba a su querido monte.

17

No podía creer lo que estaba haciendo, pero allí estaba, junto al telefonillo del lugar donde pasaba consulta Alejandro Martín. Tenía la agenda llena, pero al parecer había habido una baja y me llamó. En cuanto le conté cómo había ido a parar aquella hoja a mis manos al finalizar la conferencia y cómo conocí a Luna, Marina no dudó un instante. Y la verdad es que yo trataba de hacer caso a cualquier cosa que ella veía clara. Hubo momentos en que pensaba que me estaba volviendo loco al hacer más caso a una niña de ocho años que a mi propia razón. Pero lo cierto es que mi razón tampoco me había llevado muy lejos. Me parecía encontrarme sumido en un eterno lago de melancolía, que recorría en barco de orilla a orilla sin atreverme a dar el paso de salir del bote. Entonces Marina me invitó a abandonarlo, y por si aún albergara alguna duda, la abuela Teresa me sacó de él casi a empujones.

—¡Anda, papi, vete a ver a ese señor! Que estás muy serio y seguro que te anima. Y además luego vienes y me cuentas, que por lo menos me contarás algo interesante… Que de pruebas, pinchazos y quimios ya estoy harta.

Su guiño del ojo hizo el resto. No me podía negar, aunque me hubiera pedido ir a ver a uno de sus cantantes horteras de la tele para pedirle un autógrafo; con ese guiño hubiese ido al fin del mundo. Me sentía vendido por la «enana». Al fin y al cabo sentía curiosidad, aunque me hallaba paralizado solo de imaginarme tumbado en un diván. Resoplé, y tras pensármelo por un momento, toqué el telefonillo.

Alejandro rondaría los cincuenta y cinco años. Tenía el pelo castaño, tupido para su edad, cubierto de numerosas canas. Vestía de un modo sencillo pero elegante. Su despacho estaba lleno de preciosas imágenes de naturaleza, que despertaron el recuerdo de mi época de fotógrafo aficionado. Un sinfín de libros ordenados por temas le guardaban las espaldas; varias plantas y un amplio ventanal daban a la habitación un aire fresco y confortable.

Transmitía una paz que desarmaba. Solo su presencia y su manera de mirar hacía que sintieras que tu miseria no era tanta, lo cual no servía de mucho pero reconfortaba.

Decía que la conexión entre los dos era necesaria y que si no la había, podía sentirme muy libre de no regresar y él me devolvería el dinero de la sesión. Aquello me tranquilizó; de entrada no parecía un charlatán. Escuchaba y anotaba en su cuaderno frases que yo decía. Hablamos de muchas cosas; de mi niñez, de mis padres, de mi relación con Irene, y ahí es cuando fui consciente de la carga emocional de la sesión. Yo tenía dudas de si Alejandro actuaría más como psicólogo, como *coach* o como qué sé yo, pero mis dudas se fueron disipando conforme pasaban los minutos. Ese tipo, como diría Robert de Niro en la película, era muy bueno; me reía por dentro al recordarlo aunque sin dejar de castigarme. Y es que a veces me preguntaba qué demonios hacía allí y me sentía avergonzado, y otras me sentía incluso orgulloso de haber llegado a lo que solía llamar un loquero.

Entonces me contó algo sorprendente, algo que hasta entonces jamás había visto de forma tan clara y nítida. Decía que nuestra vida era como un viaje en el que siempre conduce la misma persona, que es uno mismo. En un momento dado, en la parte de atrás del automóvil viaja un niño. El niño de repente se queja y dice que quiere hacer pis, pero el conductor le dice «más adelante, más adelante». El niño se calla, pero tras unos cuantos kilómetros vuelve a pedir bajar y el conductor le dice «aguántate un poquito». «Al final, como adivinarás –me dijo–, antes o después tiene que parar sí o sí. El niño es una parte de nosotros. Un lado espontáneo y también emocional que nos pide algo, al que podemos hacerle caso omiso o acallar, pues para eso es un niño, pero que, tarde o temprano se volverá contra nosotros».

Yo me quedé pegado. Comprendí que llevaba demasiado tiempo aguantando un trabajo que no me llenaba, que los años se me escapaban y que cualquier día, como me decía mi amigo Héctor, «te da un chungo y hasta luego Lucas». Aquel relato no podía describirme mejor. El niño estaba a punto de orinarse encima y estallar en una rabieta. El estado de Marina no había hecho más que poner sobre la mesa lo que de verdad me importaba. Debía haber otro modo de vivir la vida. Sin tantas pretensiones, objetivos, carreras por el éxito o simplemente por las lentejas. Sin tanto estrés. Solo había un pequeño problema. Comenzaba a saber lo que no quería en mi vida, y aquello era un comienzo, pero no tenía ni idea de lo que quería realmente.

Entonces, casi terminando nuestro primer encuentro, Alejandro me sorprendió mirando ausente las fotografías que decoraban su despacho.

–Se te escapa la mirada hacia las fotos. Pablo, ¿cómo te sientes cuando estás en la naturaleza?

Con la imaginación me transporté súbitamente a aquellos días en la playa, que se me antojaban muy lejanos. La pregunta fue suficiente para desarmarme y se me debieron humedecer los ojos. Como la pregunta que no debía ser pronunciada.

–El mar... el mar... –comencé a tartamudear– me calma; siempre he pensado que me hace reconectar y sacar lo mejor de mí.

Acordamos como tarea principal que antes de volver a encontrarnos debía ir, aunque fuera dos días, al mar. A mí me parecía un exceso; luego me di cuenta de que Marina llevaba unos días mejor y que tal vez podría llevármela.

Alejandro se despidió efusivo y me entregó dos sobres, bajo promesa de que los abriera solo cuando estuviera frente al mar. La sesión me había dejado algo tocado. Una cosa estaba clara: aquel niño tenía que bajarse del coche enseguida.

18

Había pasado casi un año desde aquella noche rebosante de antorchas a la luz de las estrellas con las que el obispo había consagrado el oratorio a san Miguel Arcángel. Aquella mañana Adrien Charron llegó con su barcaza junto con Rodolphe Laroche, otro hombre curtido por el aire del mar, de tez y mirada oscura, rostro arrugado y poco amigo de las palabras. Era infatigable y el compañero que todo marinero quisiera tener con él en una noche de bravo oleaje. Animados por Adrien se acercaron a la ribera del monte Tombe, en otros tantos botes, Louis, Eugene, Fréderic y Marius, al que lo acompañaban su esposa Nadine y su hija Paulette de siete años. Decidieron abarloar unas embarcaciones a otras, contemplando la cara oeste de la isla, localizada a apenas cien brazas de su orilla.

–La verdad es que no exagerabas, Adrien; este lugar es realmente espectacular –dijo Nadine con los brazos en jarra contemplando el monasterio–. ¿Verdad, Paulette?

La niña asentía y miraba con curiosidad sentada en la proa, mientras Marius preparaba los cabos.

–Bueno, marineros, que no hemos venido a pasear –dijo Eugene cortante–. ¿El bosque de Scissy es aquel de allá? –Eugene era un tipo alto y fuerte, trabajador infatigable, de gesto adusto y terco como pocos.

–Sí, aquel es –señaló Adrien, que ya conocía bien toda la bahía desde su creciente amistad con los monjes–. Pero pensé que os gustaría visitar la iglesia y conocer a Auberto.

–Mira el cielo, Adrien. Este viento del norte no trae nada bueno; podría aguantar la media mañana y luego habrá tormenta. No me gustaría verme en este mar con ella –advirtió severamente Fréderic.

–Además, hemos venido a lo que hemos venido. Ya hemos visto tu iglesia –sentenció Eugene con su rudeza habitual–, y bien sabes que no somos muy amigos de la beatería. Vamos al bosque, agarramos las hierbas, las setas y todos esos frutos que dices que hay ahí, y seguimos nuestra travesía.

Adrien miró al tripulante del «Bon Voyage» situado a estribor.

–¿Tú qué dices, Louis?

Louis era el mayor de todos los pescadores, por lo que su voz y sus canas tenían ascendiente entre el grupo de marineros.

–Tiene razón, Fréderic; posiblemente el cielo se encapote antes de lo que pensamos. No da tiempo a las dos cosas, así que elegid una.

–«En mar y amores entrarás cuando quieras y saldrás cuando puedas» –intervino Rodolphe, que como de costumbre había permanecido callado–. Cojamos las malditas hierbas cuanto antes y vayámonos.

–Está bien; vayamos a Scissy pues –dijo Adrien, decepcionado por no poder visitar la abadía.

–Además –aconsejó Marius–, estando Nadine encinta no creo que subir ese monte sea conveniente.

Marius preparó los aparejos y encabezó la comitiva; los botes pusieron rumbo hacia Scissy, dejando a su estela el monte Tombe.

–Mamá, pues a mí me hubiera gustado subir –susurró Paulette para no ser reprendida por ninguno de los pescadores.

–A mí también, pero otra vez será –dijo Nadine acariciando dulcemente el cabello de su hija.

Comenzaban a aproximarse a tierra cuando en la orilla vieron a un grupo de personas que parecían peregrinos; la fama del monte Tombe había ido en aumento en poco tiempo, y como suele ocurrir, también había atraído a proscritos y bandidos, de modo que extremaron la precaución, acercándose con lentitud. Parecían estar dialogando entre ellos. Entonces Adrien saltó al agua, que le alcanzaba por las rodillas, y con el cabo bien sujeto condujo el bote a un lado, donde sobresalía un grupo de encinas rodeado de multitud de adelfas, a las que amarró la embarcación.

–Buenos días nos dé Dios –saludó a lo lejos un hombre de unos sesenta años, de pelo y barba canos.

–Buenos días –saludó secamente Adrien.

–Somos peregrinos; venimos desde Caen y Ruan, hemos caminado juntos muchas jornadas esperando alcanzar este bello lugar sagrado, pero la marea está alta y estamos deseosos de alcanzar el monte.

–Aquí cerca podríamos acampar –continuó un hombre más joven–, pero apenas nos quedan viandas y no parece que haya ninguna posada cerca. ¿Ustedes tendrían la bondad de acercarnos a la isla?

–Somos marineros, no barqueros –dijo con aspereza Eugene.

–Perdonen, no queríamos ofenderlos –se disculpó el joven–. Rogamos acepten este queso de Aquitania. Tal vez podríamos reunir algunas monedas –dijo mirando al resto.

Nadine miró a Marius de un modo que él entendía muy bien, así que se acercó a Louis y a Adrien compadecido y les dijo en voz baja:

–Tienen mujeres y críos. Quizás después podríamos...

Eugene ya había buscado el apoyo de Frédéric, haciéndose fuerte.

–Lo siento; nosotros no vamos a cargar con ellos. Vinimos a otra cosa –soltó abruptamente.

Mientras tanto Paulette se había desprendido de las manos de su madre y se había puesto a jugar con Isabelle, una preciosa niña de su edad de largas trenzas rubias, que dejó de tocar su pequeña flauta en cuanto la vio. Ajeno a la escena, Adrien comenzaba a impacientarse con la situación, cuando de repente enmudeció. Frente a él una paloma blanca descendió y se posó en su barca.

–A ver si ahora ha bajado el Espíritu Santo –dijo enfadado Eugene contemplando la escena.

Al momento decenas de gaviotas se acercaron a los árboles y todos se miraron extrañados.

–«Gaviota a tierra volando, marinero velas rizando» –sentenció Rodolphe, que solo hablaba con pareados para decir algo importante.

–Eugene; Rodolphe tiene razón: no nos va a dar tiempo a regresar. Es preferible recoger velas e ir a refugio, y de paso podemos intentar llevar a estas personas –intervino Louis, procurando mediar.

El cielo comenzó a envenenarse y el aire se agitó con más fuerza, levantando a su paso las hojas de la orilla.

–Está bien, pero yo no llevaré a más de cuatro personas en mi barca –puso como condición un enfurruñado Eugene.

Adrien miró con desaprobación la actitud de su compañero, sobre todo porque la suya era la barca con más eslora. El mar comenzó a agitarse y temieron lo peor. Las corrientes comenzaron a zarandear las barcazas. Subieron muchos peregrinos repartiéndose en ellas, pero poniendo en peligro la estabilidad de las embarcaciones y a la tripulación. En la orilla había quedado un hombre mayor que acompañaba a su hijo y a su mujer, así como Isabelle y sus padres. Comenzó a llover finamente, pero Eugene no daba su brazo a torcer. Los demás botes estaban a rebosar, haciendo posible el zozobrar.

–No se preocupen por nosotros; preferimos ir juntos –le gritó uno de los hombres a Adrien y a sus compañeros de peregrinaje–; acamparemos aquí y en cuanto baje la marea cruzaremos.

Cuando se estaban alejando, sucedió algo inesperado. Paulette dio un salto desde la popa. El agua le llegaba por el cuello y cada ola hacía desaparecer por un momento a la chiquilla. Nadine fue la primera que alertó a todos con un grito desesperado.

–¡Paulette! ¡Paulette!¡ Ven aquí!... ¡Dios mío, se va a ahogar!

Marius saltó también al agua y fue tras ella. Paulette avanzaba hacia la orilla. Con gran frialdad, la niña se dio la vuelta y gritó:

–¡Si ella no viene, yo tampoco!

Mientras, al otro lado de la orilla, al contemplar la escena, los peregrinos se echaron al mar en busca de Paulette, temiendo que la niña se cansase o entrase en algún remolino. Marius estaba a punto de alcanzarla cuando ella llegó hasta el padre de Isabelle, que se había adentrado en el mar a socorrerla.

–Señor –dijo Paulette mirándolo fijamente con una seguridad y una madurez impropias de su edad–, está lloviendo y nosotros podríamos llevar a Isabelle. Si ustedes nos dan su permiso. Yo no me voy sin ella.

–Me llamo Marius; con nosotros estará bien. –El padre de Paulette apoyó a la petición, sorprendido por el coraje de su hija.

–Tiene una hija de la que puede estar orgulloso –dijo el padre de Isabelle–. Mi nombre es Jean Gaudet. –Los dos hombres se dieron un apretón de manos.

Jean miró a su mujer y esta sonrió, consintiendo con un gesto para que la misma subiese al bote. Entonces Paulette caminó con el agua por los tobillos hacia Isabelle y le ofreció la mano. Sus padres le hicieron una seña para dejarle marchar. Las dos niñas se dieron la mano y caminaron hacia la embarcación.

Los marineros pusieron toda su destreza en la maniobra mientras el agua arreciaba cada vez con más fuerza. No sin dificultad, llegaron al monte de San Miguel y ascendieron por él a buen ritmo, ya que el cielo comenzaba a oscurecerse a cada segundo. A lo lejos se dibujaban en el cielo unos relámpagos sobrecogedores que, en lugar de ir hacia tierra, se desplazaban de lado a lado, alumbrando toda la bahía.

Al llegar a la cima, el hermano Gérard salió junto con Pierre, respondiendo a las voces de Adrien.

–¡Caramba! Vaya cielo; menos mal que el arcángel nos protege. ¿Es hermoso, verdad? –dijo mirando fugazmente hacia lo profundo del océano–. Pero vayamos adentro a calentarnos. Supongo que desearán comer algo y conocer a Auberto.

–Sería todo un honor –dijo profundamente agradecido el hombre más anciano.

Todos siguieron a Pierre y a Gérard, que acogieron con caridad cristiana a los peregrinos. De repente, a lo lejos se escuchó una voz. Era Paulette que, junto a Isabelle, se había quedado absorta mirando el mar.

–¡Mamá! ¿Qué es eso? –exclamó la niña señalando con el dedo el horizonte.

Todos se detuvieron y se giraron observando.

–¿Qué? –preguntó extrañada Nadine.

–¡Eso! –gritó ella con más fuerza agitando con vehemencia el brazo.

–¡Dios mío! –exclamó Nadine. Un escalofrío le recorrió el cuerpo y agarró a Paulette con miedo.

Todos se acercaron, sobresaltados y estremecidos por la expresión de la niña. El resto de hermanos, incluido Auberto, salieron alertados al oír los gritos, pero estaban tan espeluznados por lo que veían que ni siquiera les oyeron llegar. Bellmont juntó las manos, llevándoselas al pecho, en actitud de plegaria. Desde allí contemplaron aterrorizados como una ola oscura de proporciones descomunales avanzaba a gran velocidad hacia el monte.

19

Marina acababa de desayunar su ristra de galletas mojadas en leche. Lucía un simpático bigote lácteo cuando entró su abuela, y, como siempre que aparecía, la cordura tuvo permiso para irse de fiesta.

–¡Ay, mi niñaaaaaaa! –exclamó la mujer sin detener su garganta mientras avanzaba hacia ella, dejaba su bolso, se limpiaba las manos con el gel desinfectante y abrazaba con afecto a su nieta.

El cantarín saludo solo se vio interrumpido por un rosario de besos sonoros. Con esa capacidad pulmonar podría haber sido la envidia de muchas sopranos. La verdad es que era entrar por la puerta y a Marina se le transfiguraba la cara. Aquella sucesión de besos dados casi sin respirar me recordaba con nostalgia los frecuentes efluvios cariñosos de Irene con Marina y conmigo, aunque claro, no en modo «abuela».

–Mira, cariño, te traigo un regalito –dijo, mientras yo pensaba que la sorpresa hubiera sido que no hubiera habido sorpresa.

Marina rasgó ilusionada el papel con dibujos del ratón Mickey.

–Te he comprado unas nuevas acuarelas y lápices, y ese bloc para que sigas con tus dibujos de artista, que eres una artista –dijo mientras revisaba sus dibujos y volvía a abrazarla, prosiguiendo con su retahíla de besos.

–Porque... ¿te puedo dar besos hoy, verdad? ¿Las defensas están bien, no? Bueno, me he lavado las manos, ¿eh? –insistía mientras le acariciaba el pelo y se lo retiraba de la frente.

Iba a comentarle la última analítica, pero no tenía sentido. Los besos habrían caído igualmente. No me puedo quejar; al fin y al cabo, tener a Teresa como suegra había sido mucho más que una tabla de salvación para mí. Después de dejarlas un rato a sus anchas, entró el médico, y como siempre, nos cuadramos. Entró mirando los últimos informes, con las gafas en la punta de la nariz.

–Traigo buenas noticias. Los resultados de la analítica son positivos. Hay una remisión, y creo que Marina podrá salir una temporada del hospital. Pero tenemos que ir paso a paso, ¿de acuerdo? En dos semanas nos volvemos a ver.

–Qué bien, mi niña –exclamó la abuela, mientras la besaba en la frente.

–Entonces, ¿podemos irnos hoy? –pregunté.

–No, hoy es viernes y mañana por la mañana queremos hacerle una pruebecita; es para quedarnos tranquilos. El lunes podrás salir, ¿de acuerdo? –dijo el doctor mientras le agarraba con cariño un pie a mi hija.

Antes de que quisiéramos hacer más preguntas, como suele ocurrir con los médicos, se despidió y salió disparado hacia otra habitación. Teresa debió intuir algo en mi gesto. Pensé que el fin de semana podía ser buen momento de ir con Marina a la playa, pero pensándolo mejor, podría dedicarlo a ir preparando el viaje. Héctor me había ofrecido hasta la saciedad su casa de Asturias, y aunque el cuerpo me pedía sol, allí podríamos tener montaña y playa, y sobre todo espacio y horizonte. Recordaba haber ido allí muchos años atrás y haberme sentido reconectar con la vida en aquella zona de espectaculares castros, playas interminables para pasear de una a otra cuando bajaba la mar, a veces sin distinguir muy bien dónde comenzaba una y finalizaba la otra. Es cierto que Marina no podría jugar con el agua, y menos aún en esa época del año, pero podríamos hacer muchos otros planes: ir a la cueva de El Soplao, a Fuente De, o a cualquiera de los maravillosos pueblecitos de la zona.

–¿Qué piensas, Pablo? –Teresa interrumpió mis pensamientos.

–Que sería buen momento para ir a Asturias. Podríamos pasar unos días allí los tres. También te podrías traer una amiga si quieres, Marina. Mi amigo Héctor nos dejaría la casa que está junto al mar.

–Me parece muy buen plan. Fíjate, Pablo que te íbamos a proponer otra cosa –dijo mi suegra mirando cómplice a Marina.

–Quería llevármela al pueblo con su amiga Elisa. ¡Un plan de chicas! –exclamó entusiasmada mientras me sentía como el niño al que sacan del partido nada más comenzar.

–Papá, ayer mismo me contaste que ese señor te había dicho que salieras a la naturaleza. ¿Por qué no te vas tú y luego nos vemos todos?

–Eso, pasamos unos días juntos y luego subimos a Asturias si quieres –propuso Teresa con seguridad.

–Pablo, tú estás agotado; llevas meses sin salir de aquí y también creo que necesitas un poco de espacio y tranquilidad; te vendrá bien cambiar de aires y nosotras vamos a estar bien. Y luego, en unos días si te parece, nos reunimos allí todos.

De pronto la idea me pareció que podía encajar; me había comprometido con Alejandro a seguir lo que me propusiera y aunque pensar en estar unos días solo sin Marina me descolocaba, podría ayudarme. Las dos se miraban impacientes como dos niñas traviesas, así que no me resistí mucho.

–¡Está bien! Pero por favor, Teresa, dos cosas te pido.

–Dime, rey.

–Una –dije acentuando mis palabras con el dedo–, cuatro o cinco días. Y dos: por favor, no hagáis locuras, que os conozco.

–Sí a la primera... y ya veremos a la segunda. –Las dos se miraron y estallaron de risa.

Lo cierto es que me encantaba verlas reír así. Aquello, y la posibilidad de volver a pasear por la orilla del mar, me hacía feliz; sin percatarme, algo parecía volver a brillar en mi mundo de sombras.

–Bueno, niños –exclamó exultante–, yo tengo que hacer algunas compritas antes de que nos vayamos al pueblo para esta princesita, así que os dejo y vengo más tarde; sobre las seis o así estoy aquí, ¿os parece?

Asentimos los dos, mientras se ella despedía ruidosamente con una sucesión de besos, cariños y abrazos. Marina volvió a sus hojas de dibujo. De repente observé algo que me dejó petrificado. Mi hija adivinó enseguida mi expresión.

–Marina, cariño ¿me enseñas el dibujo que has pasado antes?

Marina removió los papeles hasta que encontró el que buscaba.

–¿Recuerdas el sueño que te conté? –le pregunté.

–Sí –me dijo con los ojos muy abiertos, llena de curiosidad.

–Pues ese es el lugar con el que soñé, el Monte Saint-Michel –confesé, absorto en sus coloridos dibujos.

No salía de mi asombro, pero ahora ella era la que parecía más fuera de sí que yo mismo.

–¡Papá! ¿Te acuerdas de que soñé con un lugar precioso en medio del mar, que era como un palacio mágico?

–Claro, Marina –confirmé confundido.

–Pues era este... y este –dijo señalando otra lámina muy colorida– ... y estos de aquí.

Sacó hasta cuatro o cinco dibujos que tenían un parecido sorprendente con el Monte San Michel.

–¡Son preciosos! –exclamé con total sinceridad–. ¿De dónde los copiaste?

Marina me miró como si fuera un niño descarriado y, encogiendo los hombros, me dijo, sorprendida de que no terminara de aclararme:

–¡Papá!... ¡Yo no había visto este sitio en mi vida!

20

Un silencio sobrecogedor invadía la bahía. Todo sucedió muy rápido. Nadine cobijó a las niñas en su regazo. Auberto se santiguó. La ola gigante se abalanzaba hacia el monte como un guerrero envenenado de odio que va a la batalla. La ola estalló contra la cara norte provocando un estruendo seco y ensordecedor al romper contra los muros. Paulette se tapó los oídos. La espuma furiosa saltó elevándose desafiante sobre el monte como si quisiera sobrevolarlo, anegando al instante buena parte de la ladera. Nadine sintió como Isabelle se soltaba de sus brazos y corría por la cima hacia la vertiente sur, siguiendo con la mirada el recorrido de la ola, que se recomponía a pesar de que el monte había hecho de dique protector. Pronto el resto de los canónigos y peregrinos cayeron en la cuenta de que la brutal ola se acercaba implacable hacia tierra, la misma tierra en la que un momento antes habían puesto los pies.

–¡Dios mío! –gritó Marius al percatarse de lo que iba a suceder.

–¡Mamá! ¡mamá! ¡papá! –Isabelle gritaba mientras corría desesperadamente como si con ello pudiese alcanzar la ola.

Nadine llegó a tiempo de evitar que pudiera rodar ladera abajo, lanzándose sobre ella para abrazarla con fuerza. La apretó contra su pecho impidiendo así que la niña pudiera contemplar como el tsunami devoraba la costa y el bosque de Scissy... y se adentraba rabiosa hacia el interior engullendo todo a su paso trazando un mapa apocalíptico.

Varios hombres y mujeres cayeron de rodillas presos del pánico. A Marius le temblaban las piernas, pero consiguió abrazar a Paulette que, tras la fuerte impresión recibida, rompió a llorar y chillar. Adrien y Fréderic permanecían conmocionados con las manos en la cabeza, buscando una respuesta a lo que estaba sucediendo. Auberto, acompañado de sus monjes, lanzó una plegaria desesperada en medio de un silencio siniestro, que fue interrumpido por el llanto desconsolado de Eugene, que estaba tendido en el suelo sobre las rodillas y los antebrazos.

Adrien fue el primer en caer en la cuenta de que debían reaccionar y actuar.

–¡Vamos! ¡vamos! –comenzó a jalear a sus compañeros agarrándolos del brazo–. Tenemos que bajar ahí ahora mismo.

Luego, al contemplar a Eugene hundido, se acercó rápido y, sujetándole el hombro con firmeza, se situó a su altura.

–¡No les quise subir a la barca! –sollozaba el marinero–. ¡He dejado que murieran! –decía.

–¡Eugene! –Adrien lo agarró del cuello de la camisa–. ¡Eugene!, ¡escúchame!... No es momento de lamentarse. No sabemos lo que hay ahí abajo. Tenemos que bajar cuanto antes y rescatar a todos los que podamos. Te necesitamos a ti, necesitamos tu barca... Ahora es una barca más para salvar vidas.

–Deberíamos esperar un momento por si el mar lanza otra sacudida –advirtió Rodolphe al grupo.

–No perdamos tiempo; el mar parece calmo y tardaremos en bajar –dijo Marius mientras se remangaba y hacía un gesto firme con la cabeza.

Entonces intervino Auberto.

–Adrien, permitidnos acompañaros; siempre serán mejor varias manos. Por favor, Pierre y Bellmont acompañad a los peregrinos; disponed la estancia lo mejor posible para acomodar ahí a las personas a las que podamos rescatar. No sabemos con qué nos encontraremos. Dios quiera que san Miguel sea hoy más que nunca nuestro custodio y el de todos aquellos a los que logremos salvar.

En poco tiempo, marineros, monjes, ermitaños y aldeanos se unieron en un solo grupo y descendieron con prisa alcanzando enseguida un modesto muelle. Algunos de los peregrinos no dudaron en añadirse a la búsqueda y socorro de las víctimas, pero no había botes para todos, de modo que varios quedaron en tierra. Sorprendentemente, la mayoría de las embarcaciones parecían intactas, al haber permanecido amarradas en la ladera sur y estar bajo la protección del monte y su arcángel.

Los hombres se dispersaron en los botes gritando a los cuatro vientos con fuerza, sin perder la esperanza de encontrar a alguien con vida. Fue entonces, entre gritos y remos, cuando cayeron en la cuenta de que el bosque de Scissy había desaparecido totalmente, dejando en su lugar un silencio funesto y desolador.

21

Héctor me había hecho un gran regalo. Aquella casa en Asturias tenía una posición privilegiada, asomando unos diez metros sobre el nivel del mar con una balconada espectacular. Muy cercana a Llanes, colindaba con varios pueblecitos costeros, con los Picos de Europa a la espalda y un sinfín de rincones, calas y amplias playas imponentes de arena fina salpicada durante siglos y siglos de formaciones rocosas de la mayor variedad, erosionadas por la subida del mar y el incesante golpeteo de las olas. Recién dejada la maleta en la cama, observaba desde el ventanal del salón toda la playa, en la que solo se distinguía a tres personas.

Me apetecía recorrer aquellas playas, pero mi cuerpo no tenía muchas ganas de salir, cuando las primeras gotas de lluvia despejaron mi indecisión. Haberme ido solo, alejándome de Marina me parecía la mayor estupidez del mundo, por mucho que ella estuviera en manos de Teresa. De repente me parecía que había obrado como un insensato, dejándome llevar por una niña enferma y su abuela pasada de vueltas. El agua se tornó en aguacero y me sumí en un estado deprimente. Me llamaba a mí mismo descerebrado sin ninguna compasión; me preguntaba cómo no se me había ocurrido mirar el tiempo. «¿Qué narices hago yo aquí? –me decía–, y encima con esta borrasca de mierda».

Conociendo a Héctor, me acerqué a su bodega, me preparé un cubata bien cargado y me senté junto al cristal que no paraba de llorar. Regresé al Pablo que no sabía despedirse de Irene, hasta que llegó lo de Marina.

«Y, ¡qué narices!, vamos a seguirle el jueguecito a Alejandro» me dije rebosante de escepticismo y acidez. Al fin y al cabo, no tenía nada mejor que hacer...

Me fui a la maleta a buscar los dos sobres, siguiendo sus indicaciones. Escogí uno en el que se podía leer claramente: «Mensaje para el día 1». Me senté de nuevo en la butaca y tragué un nuevo sorbo.

Debo confesar que la curiosidad me picaba desde que había recogido los dichosos sobrecitos. Me sentía anestesiado y Alejandro me proponía jugar. Yo había recordado con él cuando los chicos del barrio jugábamos a la pelota hasta que se escondía el sol y parecía un partido de fútbol de fantasmas. La emoción del rescate, las historias que inventaba, que pintaba o escribía. Los coches, los indios y vaqueros, el escondite, las chapas, el béisbol... aquella libertad de verano y de septiembre cuando al fin nos juntábamos todos.

Luego, un día como otro cualquiera, besé rápidamente a Irene, que salía a comprar unas cosas antes de ir a trabajar. ¡Cuánto deseé haberme despedido de otra manera! Qué absurdo. Perdiendo la vida en crecer profesionalmente, en brillar, en hacernos respetar, y un día cualquiera... se acabó. Y con ella mi fe en lo que hacía se diluyó; consideraba mi trabajo una aberración, una cadena, un atraso. Al menos el que yo hacía; mis ganas de luchar por otra vida mejor se habían evaporado, como lo estaba haciendo yo con ese vaso de ron.

Cuando apenas había comenzado a recuperar los juegos infantiles con Marina vino el maldito cáncer. Perdí las ganas de jugar, de reír, de explorar. Le conté a Alejandro como, con la edad de Marina, los Reyes me regalaron un cinturón de explorador; lo recordaba con detalle. Estaba hecho de plástico muy rígido, contenía una cantimplora, una brújula, un hacha, unos prismáticos. Luego nos construimos unos *walki-talkis* con corcho. Les proponía a mis amigos que nos fuéramos de excursión, que para cualquier sorpresa que nos deparara el camino seguro que las herramientas del cinturón nos podían ser de ayuda. Alejandro me comentaba que cuando uno es niño vive con la plenitud y la seguridad de tener dentro de sí todas las herramientas para vivir cada obstáculo como un emocionante reto, como con ese cinturón. Y que debía volver a reconstruir de algún modo ese cinturón invisible del que todos disponemos. Más tarde me propuso un pequeño reto que anotó en un papel y lo introdujo en un sobre, en el que escribió «solo abrir si estás frente al mar».

Saqué el sobre cerrado que Alejandro me había entregado y que no debería abrir bajo pena de muerte mientras no consiguiera escaparme al mar. Al fin rasgué el sobre con el portaminas. Me sentía dentro de un juego absurdo.

–A mi edad para jueguecitos –dije en alto.

Alejandro me había hablado de la importancia de traer el juego a mi vida de nuevo, pero la verdad es que el único hilo había sido Marina.

–Pablo –me decía–, recuerda a qué jugabas cuando eras niño... recuerda esa actitud de juego, abierta, espontánea, libre, alegre, despreocupada, sincera, vital... La hemos perdido por el camino, y es tiempo de recuperarla.

Con esos recuerdos en la cabeza saqué el papel del interior del sobre y leí atentamente:

Querido Pablo:

Si estás leyendo estas líneas y estás frente al mar... ¡¡enhorabuena!!, al fin has roto el inmovilismo del que hablabas.

Sé que puede parecerte una tontería, pero procura conectar con la naturaleza. Pasea, sal a correr, respira, toca, huele, siente... ¡disfruta!

Escucha tu corazón a través de cualquier pequeña señal que surja en tu día, por frágil, absurda o diminuta que parezca. ¿Qué te dice?, ¿le dice algo a ese niño que se queja en el asiento de atrás? De niño te encantaba jugar a explorar; este será ahora tu nuevo «cinturón de explorador».

Lo de hacerte una carta en lugar de contártelo de viva voz solo es para que seas consciente de tus pequeños éxitos y los celebres; ya ves que no era tan difícil, como decías, escaparse unos días.

Te deseo lo mejor,

Un abrazo afectuoso,

Alejandro

22

—¿Hola?... ¿Hay alguien? –gritaban todos en una y otra dirección.

Nada. Silencio. Aguas turbias. Árboles tronchados. Campos desolados.

–¿Qué es aquello de allá lejos? –dijo Adrien señalando con el dedo hacia donde había restos flotando.

Lo acompañaban Auberto, Gérard y dos peregrinos que no habían dudado en subir al bote. Remaron hasta la zona, pero solo encontraron rastros de una carreta, con tomates esparcidos alrededor, coles, lechugas, más trozos de madera y restos de telas, que debían haber sido de algún mercader. Nada más. Continuaron las voces, que solo recibieron como respuesta un ligero eco. Silencio alrededor. Los ojos puestos en el agua. Detrás, el monte Tombe era testigo mudo. Y allá, en su cima, todos procuraban seguir el rescate sin lograr vislumbrar nada por la distancia.

Mientras, en el monte, Bellmont entró en el santuario creado por Auberto. Se postró en señal de humillación. Después dirigió una mirada suplicante hacia un telar en el que san Miguel blandía su espada y en la otra mano mostraba la balanza, como garante y responsable de pesar las almas en el Juicio final y conducirlas al Paraíso.

–San Miguel, protégenos; vela por nosotros y por los habitantes de este lugar. No permitas que este desastre termine con nuestro pueblo y con nuestro ánimo. Intercede ante Dios Nuestro Señor, socorre a nuestros hermanos para que puedan salvar a esos desdichados... En ti confiamos.

El tiempo transcurría y la esperanza de encontrar a alguien con vida disminuía.

Una voz se alzó de entre las demás.

–¡Alabado sea Dios! –gritó Gérard desde uno de los barcos–. Hemos encontrado a un hombre. Es un campesino; está inconsciente pero respira aún. Procuremos reanimarlo y lo llevamos al monte.

La noticia espoleó la búsqueda. Los otros cinco botes seguían en su intento, navegando lentamente entre ramas cortadas, juncos..., cuando se escuchó la voz de Marius:

–Aquello de ahí lejos... ¡allí! –dijo señalando–. ¿Qué es?

–¿Dónde? –exclamó Fréderic a apenas unos metros de ellos.

–¡Allá, en ese árbol! ¡Ese sauce! ¡Arriba, entre las ramas, hay algo!

La embarcación de Eugene comenzó a aproximarse, remando a buen ritmo al oír los gritos. A su paso un tronco golpeó bruscamente el casco, lo que hizo que se dejaran llevar por la inercia con mayor prudencia.

–¡Silencio!, ¡guardemos silencio! –propuso uno de los peregrinos para poder afinar el oído.

–¡Hola! ¿Alguien vive? –gritó otro con todas sus fuerzas.

–¡So... socorro! –Muy a lo lejos escucharon una voz debilitada.

–Parece la voz de un niño –reconoció uno de los pocos aldeanos que habían formado parte del improvisado equipo de salvamento.

Todos se acercaron. Pronto comenzaron a divisar a alguien oculto en la copa del árbol. Una vez cerca, Marius y Eugene se prepararon para saltar al agua, cuando Auberto advirtió:

–¡Espera, Marius! –intervino el obispo, deteniéndolo con la mano–. Irá Eugene –afirmó convencido dirigiéndole una mirada firme que Marius comprendió enseguida.

Eugene saltó al agua, y a pesar de que nadaba con dificultad, logró alcanzar el árbol y asirse al tronco; desde allí podía ver mejor.

–Tranquilo, ¡subiremos a ayudarte! Pasadme los cabos; nos servirán para bajarlo –ordenó–. Es un muchacho; parece herido. ¡Vamos!, ¡vamos!, ¡aprisa!

–Chico, vamos a ayudarte, tranquilo. ¿Cómo te llamas? –preguntó Eugene

–¡Nicolas, señor!

–Aguanta, que te ayudaremos –dijo Eugene lanzando una gran cuerda al tronco más grueso. Mientras, Eugene se apuraba por trepar a lo alto, moviéndose con extremo cuidado.

–Nicolas, tranquilo; te voy a sacar de ahí enseguida.

–¡Allí! ¡allí! –señaló el muchacho luchando con su debilidad.

Eugene acertó a ver desde lo alto a un hombre de mediana edad agarrado a otro árbol distante y, una vez Nicolas estuvo a salvo, el «Bon Voyage» se acercó a tiempo de recoger al hombre, al que apenas parecían quedarle fuerzas. Entre varios tripulantes lo introdujeron en la barcaza, y cayó rendido en cuanto se encontró a salvo.

–¡Dios os lo pague! –exclamó mientras temblaba.

Varios cortes le atravesaban el cuerpo. Lo cubrieron con un manto. En cuanto recobró el aliento se dirigió a ellos con la voz entrecortada:

–No... no dejaré de estarles agradecido... palabra de Paul Dumont.

–Todo irá bien. Hay que cuidar esa herida del hombro –dijo Marius.

–¿Cómo se las arregló, señor Dumont? –preguntó un hombre.

–Dejémosle descansar. Está a salvo, amigo –le dijo Louis–. Tranquilo, está en buenas manos.

–Recogía... –dijo intentando recomponerse–, recogía malvavisco y aloe cerca de aquel árbol... Tienen unas propiedades extraordinarias... Me... me dedico... a curar a las personas.

Durante cuatro semanas se estableció una zona para los heridos dentro de la propia hospedería de peregrinos. El monte se convirtió en un sanatorio improvisado al que llegaban heridos de otros lugares. Para todos era un regalo del cielo el que Paul Dumont se convirtiera en el médico del monte, pues siguiendo sus propias indicaciones, en unos días se restableció completamente. Nadine y Marius acogieron a Isabelle. Continuó la búsqueda, pero el mar parecía haberse tragado para siempre a sus padres. Una buena parte de los peregrinos alargaron su estancia, por cuanto los monjes les procuraban sustento, gracias también a las donaciones de los aldeanos de las comarcas próximas, que colaboraron con el fin de atender a los heridos y ayudar en lo posible a restaurar la zona norte, objeto del golpe violento de la ola, mejorando su estado primigenio y preparándolo para otro eventual embate marino. Comenzaba a crearse una pequeña comunidad improvisada de personas, aunque el lugar se quedaba pequeño para acoger peregrinos y atender a tanto herido, de modo que Auberto logró contratar a albañiles y peones para que la abadía pudiera seguir creciendo.

Bajo la protección del ángel, el monte se había convertido en una verdadera salvación frente al maremoto para aquellos hombres de la mar y para todos los peregrinos que aquel infausto día, próximo al equinoccio de otoño, se acercaban allí a ofrecer su peregrinaje, devoción y plegarias. El monte Tombe aquel día cambiaría su nombre, pasando a llamarse *Mons Sancti Michaelis en Periculo Maris*, que abrigaría y protegería a los hombres de los peligros del mar. El acontecimiento de la gran ola tuvo un empuje extraordinario en la fe de aquellas gentes, y en particular en la de los pescadores, salvo Eugene, que, atormentado por su acción y acosado por los remordimientos, no deseaba ver a nadie. Su ánimo iba decayendo cada día, y no tenía fuerzas para acudir al acto solemne. Su inasistencia no pasó desapercibida y Auberto, acompañado de Adrien Charron, comenzó a buscarlo por todos los rincones de la abadía, hasta que al comienzo del atardecer le encontraron acurrucado como un gorrión herido tras las columnas que flanqueaban el oratorio por el lado norte.

–Eugene, compañero –dijo Adrien agachado poniéndole la mano en el hombro–. No puedes seguir en este estado.

Auberto lo miraba con compasión, pero prefería mantenerse en silencio. Sabía que el hombre debía sacar todo su dolor, como el veneno de la picadura de una víbora.

–No lo entiendes. Jamás podré mirar a esa niña a los ojos. Pude haber salvado a sus padres –dijo sollozando–. Ella... ella... no estaría viva si llega a ser por mí. No merezco pronunciar su nombre... La salvó una niña valiente como Paulette y sus padres... Soy un ser despreciable... –El pescador rompió a llorar como un niño.

–Salvaste a Nicolas –intervino Adrien– ...él ahora te admira, te busca a cada momento para hablar contigo... Para él siempre serás su salvador.

–Sabes bien que solo llegué el primero... no comprendo por qué me sigue... Creo que no volveré más a este lugar... Jamás se me irá de mi cabeza el rostro de esa niña gritando a sus padres... ¡Dios mío! –exclamó tapándose la cara con las manos.

Auberto lo detuvo con un gesto para evitar que hiciese intento de cortar las lágrimas. Pasaron un tiempo, que a Adrien se le hizo eterno, mientras Eugene seguía llorando desconsoladamente.

–Soy un miserable... no merezco vivir... soy un gusano... soy...

–Un pecador –habló al fin Auberto–, un pecador arrepentido que tal vez aún no ha oído hablar de la infinita misericordia de Nuestro Señor, que quizá no sabe que Dios está deseando perdonarlo y abrazarlo. Hermano –prosiguió el obispo–, obraste ofuscado y de forma egoísta, pero bien sabe el Todopoderoso que no hubieses actuado de ese modo de haber sabido de la proximidad de aquella ola. Puede que el maligno nos haya enviado esa ola contra este cielo en la Tierra que deseamos construir. O puede haber sido una desgracia provocada por las fuerzas de la naturaleza. No lo sé, pero sí sé lo que Dios espera de nosotros... y también de ti, Eugene... Y puedo reconocer a la legua a un hombre arrepentido.

El marinero, manteniendo la mirada en el suelo, se quitó las manos de la cara y abrazó entre lágrimas a Auberto, empapando su túnica. Adrien, espectador mudo de la escena, no pudo contener la emoción y pensó que su misión había concluido, y salió de la estancia. Cuando Eugene se repuso, le pidió confesión al obispo. Sin embargo, su sorpresa llegó cuando Auberto pareció sentenciarlo con la penitencia que le impuso.

–Irás a buscar a Isabelle –propuso mientras el marinero le miraba incrédulo–, y le pedirás perdón.

–¡Pero, padre!, ¿cómo voy a hacer eso?... No puedo... no puedo...

–Puedes. Pide la intercesión del arcángel Miguel para que te guíe con humildad y coraje –sentenció el confesor, que ahora parecía no tener compasión alguna con el desdichado pescador.

El obispo de Avranches lo absolvió y Eugene, de rodillas, imploró al cielo que le diera fuerzas para acercarse a la chiquilla, a la que había evitado desde el fatal desenlace. Luego salió tambaleándose, preso de pavor hacia el exterior. Allí pronto encontró a Isabelle, que con Pauline perseguía corriendo divertida a Nicolás. El muchacho se había encariñado mucho con las niñas, a pesar de tener cuatro años más que ellas. Alto y espigado, parecía su hermano mayor y hacía funciones de cuidador suyo. En cuanto vio aparecer a Eugene dejó de jugar y se acercó al marinero.

–Eugene –dijo preocupado al comprobar su expresión–, ¿estás bien?

–Sí, tranquilo –le dijo el hombre, al tiempo que le hacía un gesto cariñoso sobre el cabello.

Isabelle se quedó quieta, mientras Eugene, muy despacio, cabizbajo y pesaroso, caminaba hasta ella. Nadine se asustó y quiso acercarse, sin saber muy bien qué sucedía, pero Adrien la contuvo sujetándola por el hombro. Todos se habían dado cuenta de la escena. Eugene se agachó frente a la niña y avergonzado procuró sacar fuerzas desde dentro. Entonces la miró a los ojos por vez primera, y cuál fue su sorpresa cuando encontró una mirada de mar verde, limpia, cristalina, inocente, bella, aunque henchida de dolor.

–Isabelle... te pido perdón... –las lágrimas le volvían a brotar–. Aunque jamás lo mereceré.

Se hizo un silencio tenso. Isabelle le miraba fijamente, dejando escapar una lágrima sin cambiar el semblante. A su recuerdo regresaban los rostros de sus padres, a los que jamás volvería a ver. La imagen viva de su padre llevándola a hombros, la mirada dulce de su madre arropándola al llegar la noche. Pero ni él, ni nadie de los presentes, conocían lo que la niña guardaba dentro de su alma y su dolor se unió al de aquel hombre, conectando con él a través de sus infantiles ojos.

De repente, ante la sorprendida mirada de todos, se echó al cuello del marinero entre lágrimas en un largo abrazo de perdón.

23

«Qué bien sienta una taza de café mirando el mar» pensé. Amaneció con nubes, pero en poco tiempo el cielo se despejó y apareció el astro rey iluminando la extensa playa que, junto a una bruma lejana, envolvía toda la escena en un marco casi perfecto... si no hubiera sido por el terrible dolor de cabeza.

«Me voy a casar con Héctor; menuda chabolita con vistas tiene» me decía a mí mismo. Héctor se había ganado la vida dejándose los cuernos en la hostelería, trabajando cuando aún era de noche para recibir a los proveedores y cerrando con la luna en lo alto. Entre medias hablaba con el servicio, con la cocina, se aseguraba de que la materia prima fuese de calidad, de velar por los detalles, y sobre todo de cuidar al cliente. Su sentido del humor le había ayudado a prosperar. Ahora no se complicaba tanto la vida, pero no había parado de trabajar. No tenía estudios, no era muy formal con las mujeres; a decir verdad era un desastre, pero era generoso;

y prueba de ello era cómo me había entregado las llaves de su apartamento sin pensárselo dos veces. Él pensaba que debía pasar página, disfrutar de la vida y encontrar una buena mujer. Yo apenas me había planteado lo primero. Mi vida era Marina. Sus risas, sus coletas, sus ocurrencias, su vitalidad, su sensibilidad, su generosidad... por no hablar de lo mucho que me recordaba a su madre. Pero era consciente de que para ello debía trabajar en algo que odiaba, y que ese trabajo a su vez me impedía pasar tiempo con ella. El tiempo que necesitaba para cuidarla y sacarla de ese túnel largo y oscuro llamado cáncer, cuya salida muchos no alcanzan. Aún recuerdo cuando la llevé a hacer una analítica, pensando que su cansancio se debía a un poquito de anemia, y me encontré indefenso ante un gigante; su hígado estaba muy dañado y a partir de la fase de inmunodepresores, Marina había adquirido un salvaje linfoma de Hopkins en estadio cuatro que la llevaría a una nueva quimioterapia. Pero hoy debía romper mi bucle de pensamientos derrotistas, hacer por despejarme, cambiar de aires y seguir en lo posible las pautas de mi querido y recién estrenado *coach.*

Así que agarré las llaves, el dichoso móvil del que no podía despegarme, mi chaqueta preferida, las acuarelas, y salí a respirar ese aire de mar que tanto echaba de menos, perdiéndome por aquellas arenas infinitas y prácticamente desiertas de almas. El sol había calentado lo suficiente como para quitarme las zapatillas, anudarlas y llevarlas sobre un hombro. Había olvidado cómo se siente la finísima arena cálida al descalzarse. La playa aparecía extensa y desnuda de personas, así que me senté junto a una entrada y saqué las acuarelas en un intento por agarrar el tiempo.

Cada paso parecía una celebración. Busqué la orilla para sentir el vaivén del agua en los pies salpicando una y otra vez, dejando al pasar una fugaz huella... El olor del mar, la temperatura del litoral, el sonido del ir y venir de olas, y las gaviotas me envolvían. Y antes de lo que podía esperar, conecté de tal modo que sentí que era uno con todo aquel mundo y que siempre había estado allí. Recuperé un sentimiento anestesiado, olvidado. Un sentimiento que me producía temblor y vértigo cuando la belleza de aquello que contemplaba me superaba. Es algo que me parecía ridículo hasta que un día Irene me habló del síndrome de Stendhal.

–Ya sabía yo que no era nada bueno –le dije. Y ella, tras su sonora carcajada, me explicó:

–A ciertas personas les pasa que, cuando ven una obra artística de extrema belleza, de algún modo se producen en ellas esas sensaciones... les suben las palpitaciones, tienen temblores y a veces hasta vértigos. También sucede en lugares históricos o que acumulan mucho arte por metro cuadrado.

–Vamos, un subidón por disfrute artístico –traté de resumir de forma un tanto burda.

–Algo así. También le llamaban el síndrome de Florencia o del viajero.

Me encantaba cuando se ponía seria explicándome las cosas, así que le soltaba cualquier bobada para que siguiese hablando con más seriedad si cabía.

–Ahora sé por qué me tiemblan las canillas, cariño; hay mucho arte en este metro cuadrado –le dije arrimándome a ella y agarrándola de la cintura.

–¡Ay, Pablo! ¡Qué tonto eres; no se puede hablar contigo!

–Llámame... Stendhal –bromeaba yo al tiempo que me hacía el interesante.

Ella de nuevo reía, con esos ojos encendidos, y volvía a comenzar el juego.

Así que después de caminar durante un tiempo me senté al fin en la arena en un lugar en el que la marea alta había dejado un pequeño altillo, dispuesto a contemplar mi Florencia; pero, así es la mente, pensando en Irene lo bello se mezcló con el ruido mental y sin darme cuenta mi momento especial se tiñó con unas gotas de nostalgia y tristeza por lo que no volvería a ser. Estaba absorto en mis pensamientos, allí sentado con la mirada perdida en el horizonte, cuando sin darme cuenta se levantó aire y el viento me lanzó algo sobre la cara. Era como una tela suave, de un celeste pálido, con un olor a... ¿perfume de rosas? Lo agarré y comprobé que era un pañuelo de mujer, de esos que se colocan en el cuello. No sabía de dónde había aparecido, así que miré hacia un lado y a contraluz me encontré la silueta de una mujer. Traté de taparme los ojos para poder verla, y entonces se presentó con una amplia y generosa sonrisa. Unos expresivos ojos me miraban divertidos. Tenía una mirada serena y alegre, una melena rizada y posiblemente clareada por el sol.

–¡Perdón!; este pañuelo siempre me trae problemas –dijo divertida.

Durante un momento confieso que me quedé sin reaccionar, embobado por la visión repentina de aquella especie de sirena.

–No pasa nada; podía haber sido una sombrilla, pero es un pañuelo –se me ocurrió decir. Ella sonrió.

–Sí, pero con el viento parecía más una cometa, hasta que tú la has detenido.

–Sí, la verdad es que salvo aquel señor que pasea el perro no hay nadie más en la playa en dos o tres kilómetros... Ya es casualidad

–¿De verdad cree aún en las casualidades? –me preguntó con una mirada intrigante que me descolocó.

–Bueno, últimamente me estoy empezando a acostumbrar a que me pasen cosas extrañas. Pero, por favor, trátame de tú; me llamo Pablo.

–Yo soy Noah... ¿Puedo sentarme? Llevo un paseo muy largo y me vendrá bien sentarme un ratito... si no te importa.

Me encanta el tema de las casualidades; creo que tenía que conocerte, aunque aún no sé muy bien por qué.

–Bueno, de momento para devolverte el pañuelo –se me ocurrió decirle.

Volvió a reír con facilidad, y cada vez que lo hacía yo sentía su particular magnetismo.

–¿Qué te trae por aquí? No me suena haberte visto antes –me preguntó.

–Bueno, es largo de explicar –dije.

Ella me lanzó una mirada que me hizo comprender que tenía todo el tiempo del mundo. Le relaté cómo, una tarde, a la vuelta del colegio, Marina y yo terminamos en el hospital, y cómo nuestras vidas cambiaron en un instante. Me di cuenta de que cuando hablaba de ella sus ojos reflejaban mucha ternura. Me escuchaba atenta y su mirada me hacía sentir que aquello le importaba. Y es que mi autoestima no estaba en su mejor momento. Luego le conté el incidente de la hoja voladora, que tanto me recordaba al de su pañuelo asesino, bromeé. Y proseguí hasta explicar el por qué de mi estancia allí, le hablé de Héctor, de mi odioso trabajo, de mi nuevo despertar a una búsqueda de sentido a todo lo que me estaba sucediendo. Perdimos la noción del tiempo comentando las casualidades y lo que ella llamaba las «señales de la vida». Nos levantamos y comenzamos a caminar por la orilla. Era muy agradable escuchar su tono de voz y la confianza que transmitía. Hablaba de las muchas cosas que no valoramos por ser imperceptibles a los ojos. Dijo algo que en otro momento me hubiera parecido una bobada, pero que esta vez despertaba mi curiosidad. Expresaba convencimiento, un amor que no había conocido hacia el mar, mientras lo miraba como el que mira un misterio insondable.

–Fíjate bien, Pablo, todas las olas parecen iguales... Son simplemente olas... pero en realidad no hay ninguna igual a otra. Hemos perdido esa capacidad de ver más allá de la superficie. –Mientras lo decía parecía traspasar con la mirada cada ola–. Las cosas que importan son frágiles, pequeñas, efímeras...

–Lo importante es invisible a los ojos del corazón –recordé en voz alta.

–Saint-Exupéry... un alma de niño.

–A Marina le encanta –dije recordándola vivamente.

–¿Sabes, Pablo? Trabajo en una librería, una de color verde aceituna, la única del pueblo. Se llama «Olivier», es pintoresca y maravillosa para perderse entre libros... no tiene pérdida. Y creo que tengo una edición de *El Principito* que te encantaría para Marina. Mañana domingo está cerrada, pero como dices que estarás unos días... ¿Por qué no te pasas la próxima semana? Sin compromiso, claro –dijo sonriente casi pidiéndome perdón.

–Estaré encantado, Noah. Los libros siempre fueron mi pasión, aunque es algo que dejé atrás también. Por leer no leo ni los mensajes del móvil; ya sabes, no me da tiempo.

En su silencio pude escucharme y sentí un poco de vergüenza de mí mismo.

–Perdona, me aburro de oírme.

–Sé bueno contigo, Pablo. Bueno, allí te esperaré –me invitó con una mirada cautivadora.

Cuando regresaba por la playa me sentía como un adolescente, sin dejar de pensar en ella un momento. Y vinieron a mi recuerdo las palabras de Alejandro como las olas que veían a mi encuentro una y otra vez... «Conéctate con la naturaleza»... Luego saqué de mi bolsillo la carta que había guardado tomando un nuevo significado una parte que decía:

«Escucha tu corazón a través de cualquier pequeña señal que surja en tu día, por frágil, absurda o diminuta que parezca».

Hablé con Marina. Sin duda estaba encantada de estar en el pueblo con Teresa, ya que soltó el teléfono enseguida. No había sentido hambre en toda la mañana, así que pensé en improvisar algo para comer. Miré el reloj; no podía creerlo... ya eran casi las cinco de la tarde. El tiempo volvía a pasar veloz, y hacía mucho que eso no me ocurría. Aquel encuentro casual iba a desencadenar muchos cambios en mi vida.

24

Auberto presentaba un gesto adusto y serio como pocas veces le habían visto. Caminaba en silencio con las manos cruzadas sobre la casulla mientras Gérard y Bellmont lo seguían, no sin intriga. Tras las Vísperas, la noche había llegado al monasterio. Solo las piedras eran testigos mudos de los pasos de los clérigos. Apenas intercambiaron una mirada, pero le procesaban tanto respeto que no quisieron importunarlo mientras se dirigía a su celda, un lugar realmente humilde provisto de una especie de camastro formado con heno, un escritorio, un reclinatorio y un pequeño ventanuco rectangular que miraba al lado sur de la roca. Prendió un cirio, cerró la puerta tras de sí y les hizo acomodarse en un pequeño banco. Se arrimó acercando la silla desde la que solía escribir.

–Queridos hermanos. Disculpad tanta intriga, pero necesito hablar con vosotros. Como sabéis, los peregrinos llegan en aumento. Eso muestra que este monte es obra de Dios. Sin embargo, hoy vinieron a verme un hombre y una mujer; tenían acento del sur. Cuál fue mi sorpresa cuando me preguntaron si yo era el obispo al que san Miguel se le había presentado tres veces. No supe qué decirles. Tampoco valgo para no honrar la verdad, así que guardé silencio e hice por escabullirme en el huerto. Solo nosotros tres conocemos esta historia.

Gérard y Bellmont se miraron sorprendidos.

–Mi querido maestro –dijo Gérard–, mi boca permanece sellada.

–Jamás osaría convertir lo sagrado en un chisme –aseguró Bellmont.

El obispo se quedó estupefacto, tratando de comprender la situación. El viento golpeaba una tela gruesa que impedía que el aire frío de la noche entrase con todo su ímpetu por el ventanuco. La regla de los canónigos les prohibía mentir, y hacerlo al obispo añadía el delito de desobediencia. Ellos eran hombres de palabra. Se les quedó mirando un instante. Gérard intervino:

–Tal vez convendría saber cómo les ha llegado el mensaje; si siguen aquí podríamos interrogarlos. Si, como dice, su acento es sureño, tal vez no lo hayan oído de aquí... –Gérard se quedó extrañado de sus propias palabras.

–¿Y si hubiere sido obra del Espíritu Santo?... –preguntó un dubitativo Bellmont.

–En este caso, no lo creo así... –opinó Auberto.

–Padre Auberto, Dios le ha dado la gracia de ser visitado por el jefe del ejército de sus ángeles. Permítame que le pregunte –dijo Bellmont agachando la cabeza en señal de profundo respeto–: ¿no sería bueno para nuestro mundo conocer esto? Andamos en tiempos de tinieblas y el hombre precisa de luz que indique el camino.

–Confío en que el Señor me inspire para encontrar el momento de darlo a conocer al mundo, hermano Bellmont.

–Tal vez alguno de nuestros amigos pescadores lo ha escuchado. Pero ¿quién?... ¿y cuándo? –se preguntó Gérard.

–Si vos no lo habéis escrito, la única vez que lo contó en alto estaba presente... ¿Pierre?... No puede ser... ¿Adrien Charron?...

–Hablaré con ellos –dijo el obispo para procurar zanjar el tema–. No me gusta lo que encontré hoy en las miradas de esas gentes. Necesitamos fe en nuestro guardián san Miguel, que nos abre las puertas hacia Dios, pero no caer en populismos, exageraciones o muestras supersticiosas del pueblo. El mensajero y su mensaje, y no el que recibe el mensaje, es lo que importa. Todo lo demás es vanidad. ¿Podrán ayudarme?

–Claro, padre; acataremos su voluntad sin reproche –aseguró Bellmont con la aprobación de Gérard.

–Hay algo más. Como bien sabéis, nuestro oratorio está desnudo... Me refiero a que... no tenemos nada para el oratorio... una reliquia para honrar a nuestro arcángel. Todos los lugares de peregrinaje son testimonio físico del mundo espiritual... Le he dado muchas vueltas al asunto y pedí en oración una respuesta desde hace tiempo. Y ayer... el ángel me visitó de nuevo en sueños.

Los dos monjes le observaban estupefactos, sin mediar palabra alguna.

–Me habló de un lugar en Italia llamado Gargano. Allí hay una gruta, un santuario en el que desde hace más de dos siglos se venera a san Miguel. Me hizo ver que el arcángel se había aparecido allí hace mucho. Os encomiendo marchar allí para esta misión. Saldréis en unos días, pero quiero vuestro beneplácito. No sé qué podréis encontrar por el camino; será muy largo, y es posible que encontréis salteadores, que no tienen escrúpulos ni siquiera con los hombres de Dios. También desconozco qué os esperará allá; tal vez un símbolo antiguo, una reliquia... Os escribiré una carta sellada que haréis llegar a la máxima cabeza eclesial responsable del santuario... Confío en que Dios Nuestro Señor os guíe y traiga de vuelta con salud y con éxito en vuestra encomienda. ¿Puedo contar con vosotros?

–Cuente con ello –dijo Bellmont–. Será un honor emprender esta aventura, y que sea para mayor Gloria de Dios.

–Por supuesto, Auberto –dijo sin pensárselo Gérard–. Le contaremos todo lo que veamos en nuestro peregrinar. Solo esperamos su bendición y la protección del ángel.

–Sea pues. –Los dos se arrodillaron y se santiguaron–. Mañana preparemos las provisiones para el viaje; conozco a alguien que nos ayudará con la ruta a seguir y podréis contar con una carreta y caballos. Bajo ningún concepto atraveséis las montañas en invierno; esperad a la primavera. Andad ligeros de equipaje y bien despiertos por esos caminos. ¡Que Dios os guíe y acompañe en esta aventura! Y que san Miguel os proteja con su espada.

25

El domingo me desperté con un vacío en el estómago que el desayuno no logró apaciguar. Aquel encuentro fortuito con la mujer de la playa me había despertado muchos sentimientos olvidados. Me sentía un poco estúpido, pero no podía negar que su forma de hablar, de mirar, su aspecto casi angelical me atraían de un modo particular. Solía huir de los charlatanes, de esas personas que repiten las cosas porque las escucharon de otros y simplemente les gustaron y asumieron como suyas. Pero en este caso me daba la sensación de que no salía palabra de su boca sin que hubiera pasado por la experiencia. Sentía deseos de conocerla, de saber más de su vida. Iba a contar las horas hasta que llegase el lunes. Pensé en acercarme a conocer la librería, a pesar de que permanecía cerrada; afortunadamente me quedaba un poquito de sentido común para apaciguar mi impulso casi adolescente. Recordé algunas de las palabras de Alejandro y salté de mi butaca frente al mar como si me hubieran pateado el trasero. Aquello me desconcertaba; nunca hubiera pensado ser tan receptivo a aquellos mensajes. Unas semanas atrás me hubiera mofado de cualquiera que me habría contado que un psicólogo-coach o lo que fuera, jugaba a los mensajitos del universo. Pero debía reconocer que, casi sin darme cuenta, mi mente se estaba abriendo. No quería perder la cordura y el raciocinio; aunque, a decir verdad, mi cordura y raciocinio no me habían llevado a ningún lugar, convirtiéndome en una especie de sombra gris, rutinaria y aburrida con la que contagiaba todo lo que tocaba. Estaba procurando proteger a Marina de mí mismo, pero creo que tampoco lo estaba consiguiendo. Prueba de ello era el entusiasmo con el que se había marchado con su abuela; no sentía celos, sería absurdo, pero era evidente que si fuera el padre genial que debía ser, ella habría deseado irse conmigo de cabeza. Estos pensamientos me estaban devolviendo de regreso a mi habitual «Mordor», mi mundo oscuro casi permanente, cuando al fin alcancé oculta tras la maleta la segunda carta.

Rasgué el sobre como el muchacho que espera ansioso carta de su novia.

Hola Pablo

¿Has descansado? Si estás siguiendo mis indicaciones (seguro que sí;), hoy estarás en tu segundo día. Vívelo sin impaciencia, aunque no sea fácil. Incluso prepararte la comida no es algo que haces solo para comer. Pon toda la atención en lo que estés haciendo, sin pensar que es «para lo que viene luego», y tal vez comiences a disfrutar de una armonía diferente.

Mi mensaje para hoy es más difícil. En estos días abre tu mente y tu percepción. Sé que lo estás haciendo, pero vamos a dar un importante paso más, y cuento contigo.

Por una vez imagina que todo lo que recibes durante el día es realmente un modo de comunicarte con alguien o con algo. Sé que parece ir contra tus principios, incluso contra tu ateísmo, pero confía, por favor. No importa si no lo entiendes con la inteligencia, ni cómo lo imagines; no lo racionalices mucho. Escucha tu intuición en todo caso y actúa «como si», como si «aquello» existiese realmente, como si realmente alguien estuviera pendiente de ti, como si fueses a encontrar respuestas, y a encontrar tu camino, «como si»...

Simplemente no esperes nada, pero permanece receptivo.

Si te ayuda, escribe todo lo que te suceda estos días, vívelo como un juego. Insisto, no esperes nada. (¡Y no te olvides de disfrutar de estos días!)

Un abrazo,

Alejandro

«¡Buff! –resoplé–. Esto me suena al rollo ese de la Nueva Era. Lo que me faltaba; que me dieran 'la chapa'». Me sentía decepcionado; reconozco que esperaba otra cosa, no sé, tal vez instrucciones más precisas, una lectura incluso, algún ejercicio de los suyos. Volví a perder la esperanza de reencontrarme conmigo mismo. Llegué a pensar si estaba tirando mi tiempo y mi dinero cuando Noah me vino a la cabeza de nuevo, devolviendo oxígeno a mis sombríos pensamientos. Pensándolo bien, mi encuentro con ella también había sido real. Sin embargo, una parte de mí se rebelaba, me sentía como si de algún modo no estuviera siéndole fiel a Irene. Antes Luna, ahora Noah; estaba realmente desorientado. Me entraron ganas de llamar a Héctor; él, con su humor, aunque a menudo fuera burdo, podría hacerme ver las cosas con distancia, y era experto en subir el ánimo.

Agarré el móvil y salí a la playa; me daba rabia estar ahí perdiéndome una maravillosa mañana de sol. Dejé cerca de la casa la toalla y las chanclas, y tomé la orilla como único camino.

–¿Te pillo bien? –le pregunté mientras escuchaba al otro lado un tremendo ruido de platos.

–Sí, sí; hemos servido unos desayunos, pero ahora bien, tranqui. Y tu niña, ¿cómo está?

–Bien, bien. Se ha podido ir unos días con su abuela.

–Buena señal, me alegro. ¿Y tú, encontraste todo bien?... ¿animado?

–Sí, sí, no sabes lo que te agradezco. Hace un tiempo increíble y me da tiempo para pensar qué quiero hacer con mi vida... No aguanto más en la agencia escribiendo basura.

–Vente conmigo a currar... Aunque, amigos y trabajo, ya se sabe. Oye, ¿y que hay de la churri?

–¿La churri? –exclamé, haciéndome el sorprendido.

–No te hagas el loco. Estrella... o Luna se llamaba, ¿no?

–Nada, ya te dije que me cayó muy bien, pero... ayer conocí a una persona.

–¡Pero si estás hecho un «killer»! –remachó y soltamos los dos unas carcajadas.

–No, en serio; echo mucho de menos a Irene aún, pero... esta mujer te digo que me dejó con la boca abierta...

–¿Cómo es?, que me está gustando a mí también –dijo Héctor entre bromas.

–Se llama Noah, tiene mucha personalidad; te mira a los ojos y parece como si la conocieras de siempre. Ha debido llevar una vida increíble...

–Bueno, ¿pero la quieres para que te dé clase o para el tema...?

Me reía por cómo decía las cosas; Héctor podía decir cualquier barbaridad, pero en su boca siempre tenía gracia, y a veces, debo reconocerlo, hasta su sentido.

–A ver, Héctor, yo llevo mi ritmo... Si te refieres al físico, aunque no lo creas...

Me interrumpió:

–A ver, macho, vive la vida un poco; solo te digo que no estés tan tenso. Para intimar con una mujer a nuestra edad tampoco necesitas tres años.

–No, ni tres días tampoco.

–Jobar, Pablo, déjate de historias... Te hago un resumen... con Luna en la luna, con Noah, por lo que me cuentas... a saco, Paco.

–A ver, son diferentes... Luna es atractiva, no lo niego... pero solo fue una charlita de cafetería.

–A ver, como suelen comenzar las cosas, con un café. ¿O esperabas una canción rollo «West side story»? –Lo pronunció en un inglés de andar por casa.

–Lo de Noah es diferente, es especial –dije muy serio.

–No-a-prendido nada, macho –logró arrancarme una sonrisa con sus juegos de palabras–. Déjate de historias, Pablo; ahora en serio. Eres un tío que tienes mucho que dar a la gente. Pero me alegra oírte animado, que hace mucho que no te oía así... Oye, tengo que dejarte; aquí hay lío. Me alegro de que me hayas llamado. Ya sabes; cualquier cosa que necesites me das un toque... Un abrazo, «killer».

Sin duda Héctor me subía la moral con su forma abierta de hablar; a veces quería no medir tanto mis palabras como él, filtrar menos, ser un poquito más espontáneo, más libre en definitiva. Recordé entonces el mensaje de Alejandro: disfrutar y vivir sin impaciencia el día. Así que me dediqué a pasear por aquella maravillosa playa, esperando encontrarme con ella. Lo cierto es que el domingo trajo más almas a la playa, pero de Noah ni rastro. Me senté frente al mar. Hacía una temperatura increíble. El sol calentaba sin quemar, y con una camiseta y unos vaqueros se podía estar a gusto pese a estar en noviembre. Recordé aquello que me había dicho muy cerquita de donde me la encontré, Noah, la mujer del pañuelo, como me gustaba pensar en ella. Me quedé absorto, escudriñando cada ola, observando cómo se formaba, crecía y estallaba de izquierda a derecha hasta morir en la orilla. Aquello me relajaba y me hacía pensar: ¿cómo se puede extraer una filosofía de vida solo apreciando el movimiento de las olas?... ¿Y si yo fuera solo una gota de ese océano, de algo más grande que yo mismo, de algo que escapaba a todo conocimiento humano? No estaba habituado a hacerme esas preguntas. Sentí por un momento algo que podría llamar armonía y un impulso terrible de buscar un cuaderno y escribir. Me levanté, casi como un resorte, me sacudí la arena y me dirigí al apartamento.

Pasé la tarde junto al ventanal escribiendo con un café que se quedó helado. Las palabras iban y venían de mi mente con facilidad, sin filtro, sin juzgar, permitiéndome el desahogo, expulsando la rabia contenida de los últimos años, sin pensar en si algunos ojos exigentes las iban a leer algún día.

Aquella noche le habían cambiado la guardia. Estaba muy cansada, pero ella se debía en cuerpo y alma a su profesión. Su carácter bondadoso y su generosa sonrisa, así como su capacidad para empatizar con cualquier persona la convertían en la enfermera querida por todos sus pacientes. Cenamos y discutimos algo, el tiempo se le echó encima, en eso no era la mejor... Llegaba tarde... pero quiso pasarse a comprar unas chinchetas para el corcho; creo que quería darme alguna de sus sorpresas. Debió ser un despiste... iba en nuestro viejo coche. Encontraron un CD en el suelo con nuestra canción... Quise pensar que deseaba recordarme en el trayecto... Me consumí escuchando en bucle «*Smoke gets in your eyes*» de The Platters mientras, sin darme cuenta, el alcohol iba convirtiéndose poco a poco, gota a gota, en el fiel compañero de mi nostalgia y la pérdida. ¿Y qué si era un romántico? ¿Qué persona del siglo veintiuno podía escuchar el «*Strangers in the night*» de Sinatra bailando solo, entre ensoñaciones con Irene y los mundos perdidos que no regresarían jamás? ¿Podía hacerse más fuerte el amor con su ausencia? Y así me quedé noche tras noche, tendido en nuestra cama con el brazo agarrando un fantasma con forma de almohada y una botella como compañera en la mesilla de noche. Debí haberla acompañado y no hubiera ocurrido. Aquella preciosa mujer de melena morena y vivos ojos azules me observaba sonriente cada noche desde un retrato que, como mi propia vida, iba perdiendo color. Me esforzaba por estar a la altura como padre... pero cada día descubría que mi sótano era un poco más profundo. Tuvo que llegar el diagnóstico de Marina para que yo abandonara mi pozo. Todo eso y mucho más salió aquella tarde en la que la escritura se convirtió en mi mejor terapia, y en que aquellas canciones me trasportaron a otra época en un atardecer soñado. Luego de nuevo me quedé dormido, y sin avisar, llegó aquel sueño.

La mujer de cabello cobrizo está ahogándose, apenas sale aire de su boca. Pierde el sentido. En ese momento, el hombre logra sujetar de la muñeca a la mujer y saca toda su energía para salvarla. Las dos cabezas salen a flote. El hombre consigue alcanzar la barca que está a la merced del mar. Agarrándola de las axilas, logra ponerla a salvo volviendo a sacar una fuerza cuyo origen desconoce. La barca está a punto de volcar y extrema su cuidado; el bebé podría caer en un movimiento fatal. Finalmente lo consigue con un esfuerzo hercúleo, tumba a la mujer y la golpea en la cara procurando que reaccione, gira su cuerpo, la mueve desesperadamente, pero ella no responde... El hombre no pierde la fe, continúa sus maniobras sin saber qué hacer, aprieta su estómago, pero la mujer parece no regresar al mundo de los vivos. A su espalda se divisa un hermoso lugar que el hombre parece conocer muy bien...

Me desperté sudoroso, me faltaba el aire... Otro sueño con la mujer pelirroja. ¡Era tan real!... ¡Dios, qué angustia bajo el agua!... Era como si yo fuese el salvador... Necesitaba levantarme. Abrí la ventana y entró una ráfaga marina de aire fresco. A lo lejos, algunas luces de barcas lejanas brillaban con un reflejo amarillento en el agua oscura. Estaba rendido. Como si realmente hubiese llevado a cabo ese esfuerzo físico por salvar a aquella mujer y al bebé. «¡Vaya!, el sueño se repite. Pero no solo eso; el anterior continúa como si fuera una película». Recordé el día que lo tuve por vez primera. No se me podía olvidar... Sí, ahora iba recordando... «Abre la mente» me había dicho Alejandro.

Y luego ese lugar tan fantástico que flotaba en medio del mar. Entonces caí en la cuenta de haberlo visto en alguna revista. ¡Claro!, ¿cómo podía ser tan torpe? El mismito con el que había soñado Marina unos días atrás. Sí, ahora estaba seguro: se trataba del mítico y legendario Monte Saint-Michel.

26

René Dubois tenía una extensa granja en la aldea de Astériac, en la margen derecha del río Couesnon, a la distancia a la que el maremoto perdió su bravura y se detuvo. A lo lejos, entre maizales, los contemplaba solemne el Monte Saint-Michel. Junto con Eliette, su mujer, se afanaba de sol a sol cuidando una gran variedad de animales, entre los que contaban con multitud de patos y ocas que nadaban en una pequeña laguna, mientras gallinas, cerdos, cabras y corderos parecían campar a sus anchas. Eliette atendía un huerto más que generoso, con abundancia de coles, calabazas, alcachofas, ajos, cebollas, pimientos y tomates. Los ayudaba Antoine; el muchacho ya contaba con quince años y estaba lleno de energía. Adoraba y cuidaba a su hermana Jeaninne, de diez años de edad, que nació ciega. Jeaninne, como es propio de quien nace sin vista, había agudizado sus otros sentidos y se movía con desparpajo por la granja, atravesando el arroyo que la cruzaba, sin que su hermano la dejase de vigilar de soslayo. La acompañaba siempre a la mesa, aunque ella supiese alcanzarla sin problema, y solía contarle historias por las noches. Le hablaba de los primeros que llegaron a aquellas tierras, de batallas de romanos, de pobladores celtas, de cómo era el cielo cada noche, y ella imaginaba las formas de los grupos de estrellas en su cabeza infantil. René le contaba cómo debía hacerse un buen queso con la leche de las cabras y Eliette le ponía al día de las gentes que llegaban, de todos los peregrinos que pasaban por su aldea. Ella le hablaba de los animales, a quienes conocía mejor que nadie, y sus padres solían reír con sus ideas y los nombres con los que bautizaba hasta a la última gallina.

Una tarde acogieron a dos peregrinos que pasaron el atardecer junto al cobertizo y ellos se encariñaron con la niña. Les narraron la belleza de aquel lugar y cómo un peregrino les había relatado su experiencia en el monte. Contaban que aquel era un rincón en el que se podía hablar con Dios más cerca gracias a la ayuda del ángel, del peligro de acercarse por otros caminos; les advirtió del riesgo de la arenas movedizas, que ya se habían tragado a más de un peregrino, y de algún desdichado que había sido alcanzado por la repentina subida de la marea. Con el tiempo ocurrió que la niña quiso conocer cada día más historias del lugar, y Antoine se lo describía, hasta el punto de que ella podía dibujar la silueta del monte en la arena con un palo de un modo asombrosamente similar.

Un buen día, los padres le propusieron a Antoine quedarse con Jeaninne, pues deseaban acercarse, aprovechando la marea baja de la mañana, a visitar el oratorio de Auberto y ofrecer una cesta de huevos y hortalizas a los monjes, pero la niña, ante la sorpresa de todos, comenzó a llorar como nunca antes lo había hecho.

–Mamá, quiero ir... mamá... quiero verlo... si pudiera verlo... –sollozaba.

Su familia se miraba entre confundida y apenada, pero finalmente Eliette la consoló y le prometió que haría lo posible por llevarla hasta la misma cima cuando la ocasión fuese más propicia. Aquella noche se despidió de ella y la niña, en el silencio de su habitación, juntó las manos y comenzó a rezar una plegaria.

A la mañana siguiente le permitieron acercarse a la orilla. Vadearon el río, mientras iban hablando alegremente. Antoine agarraba a su hermana de una mano, mientras que con la otra Jeaninne manejaba con soltura el bastón para evitar tropiezos. Llegado el momento se despidieron y Eliette hizo una señal para que Antoine cuidase de ella y la acercara de regreso a la granja. Los granjeros se descalzaron dispuestos a embarrarse, adentrándose en la bahía. Antoine se dio la vuelta para despedirlos con la mano. Entonces, Jeaninne, presintiendo el saludo de despedida de su hermano, se giró hacia el monte, y comenzó a vislumbrar, en medio de la oscuridad, una luz poderosa, y en medio de ella una mancha borrosa.

–¡Papá!... estoy viendo... Veo luces... ¡papá!

René y Eliette se acercaron estupefactos hasta la niña, que se tapaba el rostro con las manos para reducir el resplandor de la luz del día.

–¡Jeaninne!... Dios mío, ¿qué te sucede? –exclamó preocupada la madre.

Antoine la sujetó de los hombros, mientras René le agarró la cabeza y le miró con detenimiento los ojos.

–¡Mamá!.. ¡veo!... papá .... ¡puedo ver! Mira... ahí hay un barquito... y el Monte Saint-Michel... ¡Antoine!... –se le escapaban las lágrimas–. No es como imaginaba... ¡es mejor!

Presos por el temor a lo desconocido, desconcertados y abrumados por el milagro comenzaron a temblar. Los cuatro cayeron a tierra abrazando a la niña, que comenzó a describir con detalle el reflejo del monte en el agua, el cielo azul surcado por tres nubes rasgadas, las gaviotas sobrevolando la roca...

La noticia llegó pronto a oídos de los monjes. Extrañaban mucho a Gérard y a Bellmont, pues seguían sin noticias suyas desde su partida. Una preocupación silenciosa les fue dominando y la posibilidad de que la providencia hubiese cruzado sus caminos con algún peregrino que les trajese buenas nuevas se fue desvaneciendo con el paso de las semanas. Su única esperanza era poner la protección de sus hermanos en manos del ángel guerrero.

Una mañana, Pierre recibió en el monte a René, a Antoine y a su hija Jeaninne, que no podía dejar de sonreír al ver su sueño cumplido. En cuanto la niña vio a Paulette y a Isabelle les pidió que le enseñaran las vistas desde lo más alto; Jeaninne observaba cada objeto con detalle y lo tocaba con las manos para reconocerlo, como solía hacer tan solo unos días antes.

Mientras, dentro de la estancia, Pierre, que ya había oído el caso, los recibía como si de un tribunal se tratase, dirigiéndoles una mirada escéptica; Auberto lo acompañaba sin querer entrar en la conversación, delegando la entrevista en Pierre.

–Gracias, hermano, por recibirnos. Mi nombre es Gaspard Baudin. Soy el alcalde de la aldea de Astériac. Me acompañan René Dubois y sus hijos, Antoine y Jeaninne... Bueno, la niña se ha quedado fuera jugando. Son gente humilde, buenos cristianos, tienen una granja en las afueras heredada de sus antepasados lejanos; los conocemos desde siempre. Jeaninne nació con el castigo de no poder ver. Ciega de nacimiento; doy fe de ello. Sin embargo, hace apenas dos semanas ocurrió un hecho insólito, un milagro.

–Bueno, con calma; ya veremos si es un milagro –puntualizó Pierre.

Antoine saltó.

–Por supuesto que es un milagro, ¿qué si no? Es mi hermana; durante diez años jamás pudo ver...

–Hijo, calma –interrumpió René–. No hemos venido a discutir sino más bien a alabar a Dios, a darle gloria por su milagro. Mi hija deseaba ver el Monte de San Miguel. Lo deseaba ardientemente. Su hermano, su madre y los peregrinos que de vez en vez pasan por nuestro pueblo alimentaron su deseo. La noche anterior nos dijo entre lágrimas que deseaba verlo, y me consta que se lo pidió al Señor en sus plegarias. Loado sea el Señor.

–Se dio la vuelta... miró al monte... y comenzó a ver. Así fue –repuso Antoine.

–Gracias, señores –intervino Auberto–. ¿Podrían traer a la niña, por favor?

Poco después Jeaninne entraba por la puerta acompañada de Nadine. Auberto la llamó y la recibió con una amplia sonrisa.

–¿Cómo te llamas, hija? –preguntó el obispo.

–Jeaninne Dubois, señor –dijo ella mirándole fijamente a los ojos.

Los dos se sostuvieron la mirada. Auberto advirtió la candidez de su expresión y una alegría genuina en la chiquilla.

–La abadía es preciosa... ¡Estoy tan contenta de poderla ver! –dijo con su espontaneidad natural.

Auberto reflexionó un instante y mantuvo una sonrisa que pareció eterna.

–Todo nos revela que Dios mismo ha actuado y que han sido bendecidos. Debemos dar gracias al Todopoderoso por su misericordia, esto es lo más importante y justo que podemos hacer... antes que pregonarlo a los cuatro vientos. Muchos peregrinos pasarán por su hogar, día y noche, con el fin de conocer a la niña a la que el Monte San Miguel le hizo recobrar la vista.

Sin embargo, y a pesar de los deseos del obispo, como era de esperar, pues algunos secretos no pueden ser guardados y la noticia se extendió. Corría el año 709 de nuestro Señor. A los pocos días llegaba un mensaje para Auberto. A propuesta de su alcalde, el pueblo de la niña había decidido cambiar su nombre por el de Beauvoir en honor a la vista de Jeaninne, recuperada de modo milagroso.

Mientras tanto seguían sin noticias de Gérard y Bellmont y la preocupación de los monjes iba en aumento. Nadie imaginaba en qué lugar podrían encontrarse, y si lograrían su cometido y regresar sanos y salvos. Tal vez había sido una imprudencia enviarlos a un lugar tan lejano.

27

Me desperté realmente cansado, aunque con la ilusión de poder visitar a Noah en su librería. Tenía clavado el sueño. Parecía que todavía tuviera ante mis ojos a aquella mujer cayendo a lo profundo del mar. Podía sentir la asfixia y luchaba para lograr que mis pulmones se llenasen de aire... el agua helada, la barca zarandeada y la hechizante silueta de aquel lugar perdido entre la bruma. Recordé entonces las palabras de Alejandro: «*Imagina que todo lo que recibes durante el día fuese realmente un modo de comunicarte con alguien o con algo*». Pero si este sueño era así, ¿qué significaba?, ¿realmente alguien me quería decir algo?

El sonido del teléfono me sobresaltó, alejándome de mis oníricos recuerdos.

–¿Marina?... ¡Hola cariño!, ¿cómo estás?

–Hola, papi, genial; me lo estoy pasando genial. Ayer hicimos un concurso de tartas de chocolate y acabamos en una guerra... Le voy a decir a la abuela que te mande una foto.

–¡Estupendo! –le dije–. Pero, ¿te encuentras bien?

–¡Ay claro, papá!... si no te lo diría –protestó–. Tienes voz de cansado.

–No es nada, Marina. A ver... ¿te acuerdas del sueño aquel que te conté?

–¿Ese en el que te tirabas al agua a salvar a una mujer?... ¡Claro!

–He vuelto a tenerlo...

–¿Y esta vez la salvaste?

–... Sí, la saqué del agua... pero no sé si revivió.

Al otro lado del teléfono Marina se quedó en silencio; luego prosiguió:

–Papi... ¿sabes algo de Andrea? ¿está bien?

–Pues ahora que lo dices... llevo un par de días sin hablar con su madre. Esta tarde la llamo sin falta. ¿Lo dices por algo, cariño?

–No... por nada. La echo de menos.

–Pero... ¿estás bien, pitufa?

–Sí, sí, papi... estoy muy bien. Te quiero mucho; tengo que colgar. ¡Muac!

–Yo también te quiero.

Mientras me preparaba el café, las palabras de Alejandro iban adquiriendo mayor significado. «*Sigue atento a las señales, Pablo; recuerda*».

Recuerdo que casi al despedirme, ya junto a la puerta, me dirigió una sonrisa y casi me suplicó: «*Escucha de una vez al niño que va sentado detrás del coche llorando; hazle caso. Y vuelve a jugar como lo hacías antes. Nunca dejes de jugar. Confío en ti*».

Señales... La verdad es que había unas cuantas... El papel volador del curso, el sueño reiterativo de la mujer, el lugar con el que Marina y yo habíamos soñado. ¿El sueño de la noche era una señal? Seguía perplejo con esa pregunta revoloteando en mi batidora mental mientras desayunaba con la mirada perdida. Me duché y me puse mis mejores galas playeras, que no daban para mucho. Para ser honestos, salí a recorrer la playa con la esperanza de volver a encontrarme con Noah. Tal vez podría contarle lo del sueño. Me sentía como un niño con zapatos nuevos por la ilusión que tenía por entrar en la librería y poder pasar un tiempo entre libros sin tener que mirar el reloj y en compañía de esa mujer. Miré la hora calculando el tiempo para no llegar demasiado pronto, ni tan tarde que no tuviéramos oportunidad de conversar tranquilos. Luego volvieron mis nubes color gris duda... ¿Flirteando como un chiquillo? El recuerdo de Irene regresaba y me sentía mal por aquello. Agarré mi chaqueta y bajé a la playa con un cierto malestar interior.

No era capaz de disfrutar con el paseo de la playa por mi deseo de llegar. Recordé las palabras de Alejandro: una actividad no te lleva a otra. La verdad es que ese paseo podía ser el último, y ese pensamiento, extraño en mí, me hizo conectar otra vez con el espléndido y extenso lugar en el que me encontraba. Me detuve por un momento; un velero cruzaba diminuto el horizonte, el sol se multiplicaba a través de infinitos brillos bailones que centelleaban sobre un mar calmado. Tomé conciencia de la brisa que me envolvía, volví a hundirme en la arena húmeda y esperé a que una ola me alcanzase los pies. Tomé aire y caminé en dirección al pintoresco pueblo.

Un gran muelle protegía el puerto pesquero, en el que restos de banderolas descoloridas coleteaban entre las farolas rememorando fiestas pasadas. Las gaviotas iban de un lado a otro, recogiendo restos de aquí y allá, mientras un niño las perseguía. Se escuchaba un continuo sonido de platos de algunos de los restaurantes y tascas situados frente al mar.

Instintivamente me dirigí a una calle que parecía ser la central y en la que las tiendas de recuerdos dominaban la acera. Nada. Callejeé y entonces divisé en una esquina una tienda de color verde aceituna, bastante maltratada por el aire marino, con unas estilosas y decorativas letras en blanco, «Olivier Libros», que invitaban a entrar en un lugar único. Sentí algo de nervios, pero entré igualmente.

Una mujer de unos sesenta años de pelo moreno y gafas estaba en la caja marcando un gran lote de libros.

–¡Buenos días! –saludé.

Ella me dirigió una mirada cortés por encima de sus lentes y una sonrisa escueta, me devolvió el saludo y enseguida volvió a sus libros. Lanzó una mirada por la tienda, decorada con un gusto exquisito. Había varios pasillos, algo altos, ordenados por géneros, pero no alcancé a ver a Noah. Preferí echar un vistazo, pensando en no llamar la atención. Igual debería estar allí y si preguntaba por ella podía ponerla en un aprieto. Al girar por una fila de estantes, observé un precioso volumen de *El Principito* en un rincón destinado solo a él.

–Es bonito, ¿verdad? –escuché tras de mí.

Allí estaba la mujer del pañuelo, sonriente como la dejé, ordenando un montoncito de libros en el rincón opuesto a la entrada de la tienda.

–Míralo con tranquilidad, Pablo, por favor; es una edición especial.

–¡Hola, Noah! No te había visto ahí agachada. Tenía ganas de conocer la librería.

Ella me devolvió una sonrisa generosa. Cogí el libro para ojearlo con detenimiento, cuando reparé en un cartelito que caía desde el techo. Me quedé mudo.

–«*Es una locura renunciar a todas las rosas porque una te pinchó. Renunciar a todos tus sueños porque uno no se cumplió*» –leyó ella.

Debió advertir mi infantil rubor. Intenté proseguir con naturalidad, como si nada hubiera pasado.

–Sí, tiene frases estupendas... Por cierto –quise cambiar la conversación–, y hablando de sueños... hoy tuve uno increíble.

Ella terminó de ordenar unos libros y se incorporó.

–Cuéntame –me invitó con interés.

–Lo he tenido dos veces. En él, una mujer muy hermosa porta a un bebé sobre un maravilloso corcel blanco. Al principio parece que están cerca de un lago; el agua solo cubre una cuarta, pero de forma brusca comienza a subir... Ella aprieta el paso hasta ponerse al galope. El agua comienza a llegar a nivel de sus pies, vienen olas, luego parece el mar. El caballo percibe el peligro, se desboca. Ella procura gobernar al animal, pero es imposible y cae al agua. Comienza a agitarse entre olas que no sé de dónde vienen mientras sostiene al bebé como puede. Alguien la ha estado observando desde la orilla. Coge una barca y se aproxima a socorrerla. En el sueño creo que soy yo. Así que me lanzo al agua desde la barca, pero no veo nada. Me falta el aire...

Me tomé un respiro recordando el sueño. Noah me siguió, absorta en mi narración. Continué:

–Logro tomar al bebé y dejarlo en la barca. El agua se ha tragado a la mujer... Tomo aire dos o tres veces, pero delante de mis ojos solo hay sombras. Entonces, cuando todo parece perdido, advierto una especie de mancha blanquecina y me acerco... Es una especie de vestido largo, como una túnica blanca, que se está hundiendo... Una vez más me sumerjo con todas mis fuerzas... soy consciente de que puede ser la única oportunidad de salvarla. Logro agarrarla por la mano y subirla. La mujer parece muerta, las fuerzas me van abandonando pero consigo nadar con ella hasta la barca. A cada brazada la barca parece más lejana y trago agua. Al fin consigo ponerla a salvo en la barca... –tomé aire de nuevo; parecía estar reviviendo el sueño otra vez–. Procuro reanimarla... aunque todo parece perdido para ella. Alrededor el ambiente se ha cubierto de una niebla extraña, pero en la orilla opuesta se puede divisar algo similar a un castillo de cuento que flota en medio del mar... Eso es todo. –Observé que estaba sudando y me sequé la frente con la mano–. Y luego resulta que conozco el lugar del sueño pues es muy famoso...

–*Mons Sancti Michaelis en Periculo Maris* –se adelantó Noah.

–¿Cómo? –No podía salir de mi asombro.

–El Monte Saint-Michel a Merced del Mar –me traduce del latín–. Al norte de Francia, entre la Bretaña y Normandía. Es un lugar especial para mí. En el equinoccio, el mar a veces comienza a alejarse hasta dieciocho kilómetros, para después regresar con una furia increíble, avanzando a más de sesenta metros por minuto. En ocasiones el agua fluye bajo los arenales y convierte el terreno en arenas movedizas. ¿Sabes, Pablo? Los libros me encantan, y sobre todo la historia del arte. Ese monte es un lugar que desde tiempos ancestrales ejerce una atracción especial; es común que muchos peregrinos y visitantes que llegan a él sientan una poderosa energía que en pocos lugares del mundo existe. Es como si el peñón les estuviera pidiendo algo de forma enigmática. Es un lugar mágico, que traza un punto entre la Tierra y lo celestial. Es el que el arcángel Miguel, príncipe de las milicias celestes, eligió para construir el templo.

–Un momento, un momento, Noah –la detuve–. ¿Eligió, has dicho? Esta historia es alucinante. Parece sacada de un cuento de hadas, o mejor, de un libro de leyendas...

–Cuando la historia corre de boca en boca a través de generaciones toma matices y adornos del imaginario de cada uno. Y el peligro es que algún día todo el mundo piense que aquello fue un mito, o directamente una invención. Pero esto no es así, sucedió realmente. Mira, Pablo; échale un vistazo a este libro...

La seguí unos pasos hasta llegar casi a la trastienda. Tomó una pequeña escalera y desde lo alto me bajó un volumen que parecía antiguo. Tenía un nombre en latín «*Custodes in Monte Sancte Michael*».

–Los guardianes del Monte San Miguel –me tradujo, mostrándome orgullosa una portada en la que el monte aparecía en una ilustración emergiendo desde el agua hacia el cielo con la figura de cobre dorado de san Miguel coronando la abadía–. Toma, ojéalo cuanto quieras.

Mi sorpresa fue mayúscula al abrirlo. A pesar de su aspecto exterior, más cercano a un ejemplar propio de anticuario, era un libro con todo tipo de detalles e ilustraciones sobre su historia. Noah me explicaba la maravilla arquitectónica que suponía y la dificultad de sostenerlo sobre una roca inclinada de granito en punta, las diferentes etapas de su construcción a lo largo de quinientos años... Una joya que abarcaba desde el románico al gótico, los avatares de la Guerra de los cien años, una fortaleza inexpugnable durante más de cien años de asedio. Los ingleses no lograban entrar ni con marea alta ni con baja... Pero también hubo momentos de oscuridad... incendios, asaltos, la etapa de la Revolución francesa, en la que expulsaron a los monjes benedictinos y la abadía se convirtió en cárcel hasta nuestros días. Más de mil años de eterna lucha entre las fuerzas del mal y del bien, según decía.

–Sin embargo –prosiguió, mientras sus ojos parecían iluminarse–, sigue habiendo muchas cosas que desconocemos. San Miguel aparece sin excepción en todas las religiones, Pablo, ¡todas!... En la religión judía, en la católica, en la ortodoxa, en la copta y en la anglicana; en todas aparece como jefe de la milicia celestial, y en la musulmana es uno de los diez arcángeles.

Me sorprendía la pasión que transmitía, y todo lo que sabía. Yo siempre había ignorado esos temas pues no entendía cómo podía haber personas que hablasen de todo eso como si nada. ¿Ángeles? Siempre me había parecido algo más de Tolkien, de mundos fantásticos, de ficción. Siempre necesitamos inventarnos otros mundos. Yo hablo de lo que veo, de lo que toco, de lo que siento. Por eso esta mujer me dejaba descolocado, pues tampoco me parecía la típica chiflada como tantas que hay por ahí. Hablaba con datos, con fechas, con detalles, que no hacían sino aumentar mi curiosidad a cada minuto. En cualquier caso, en mi vida estaban sucediendo no pocas coincidencias. Reconozco que algunas de ellas estaban siendo impactantes, aunque eran solo eso, coincidencias. Me resistía a entrar en este juego paranoide. Pero en ese momento recordé las palabras proféticas de Alejandro, que me parecían las de un brujo: «Sigue escuchando las señales». Y vaya, esta sí que era una señal; si soñar con el dichoso monte, ir a la librería y encontrarme con una mujer que era una enciclopedia abierta del Monte Saint-Michel no lo era... por no hablar de cómo la había conocido en la playa. Alejandro insistía en que jugara como un niño, así que, ¡qué narices! Aunque no tenía ni idea de qué tenía que ver todo eso con mi vida, iba a seguir la dichosa señal. Pero ¿qué debía hacer? ¿Por dónde empezar?

–¿Por qué dices que san Miguel eligió ese lugar? –le pregunté curioso.

Noah me contó como el ángel se le había aparecido en sueños, hasta tres veces, al obispo Auberto de Avranches, y que él lo había desoído hasta la tercera. Yo seguía la historia atónito. Me senté en la escalerita de la librería para continuar ojeando el libro; mi curiosidad iba en aumento. De repente, mis ojos se detuvieron en una ilustración. Me estremecí por completo.

–Noah... –las palabras casi no me salían. Estaba en *shock*, así que le señalé con el dedo aquello que había acelerado mi corazón.

Era algo parecido a un grabado; en él, el mar parecía estar tragándose a una mujer asustada que sostenía un bebé sobre un caballo, mientras, a la izquierda, aparecía la mano de alguien que parecía intentar socorrerla.

–¡Noah!... Esto es... no puede ser...

–Lo conocía, Pablo. Me quedé helada cuando te escuché. Es una de las muchas historias del monte. De hecho, el acontecimiento se celebra solemnemente todos los 17 de noviembre.

–Pero... –no salía de mi asombro–, entonces... ¿se salvó?... ¿Me dices que lo que he soñado por dos veces sucedió hace varios siglos? ¡Y eso sin que yo tuviera conocimiento de su existencia! ¿Qué quiere decir esto, Noah? Me estoy rayando –exclamé–. ¡Es de locos!

–Pablo, ¿te puedo decir algo personal? Por favor, escúchalo con la mente abierta.

Asentí y me dispuse a escucharla.

–Pienso que desde siempre coexisten varios mundos. Nosotros nos encontramos en uno; es hermoso sí, pero elemental, por así decirlo. Es el plano terrestre, en el que estamos nosotros. Luego hay un plano espiritual; no lograría explicártelo, como es natural, pero pienso que cada una de nuestras almas tiene un guardián protector, lo que de niños llamaban «Ángel de la Guarda». Y luego sí, están por así decirlo los ángeles mayores, como san Miguel, que en la tradición destruye a Satanás y es el encargado de pesar las almas en su paso al Cielo, es decir, al otro plano. Por eso siempre aparece representado con una báscula y una espada y pisando la cabeza del dragón –dijo señalando un dibujo– . Hay lugares escogidos que actúan como un canal, un vórtice hacia el cielo, y el Monte Saint-Michel es sin duda uno de ellos. También por ello atrae, más si cabe, la lucha eterna entre el bien y el mal.

Noah me sonrió y miró con dulzura.

–Hay más, Pablo. Salvo algunas personas escogidas o que viven en un estado de consciencia diferente...

–¿Los santos? –interrumpí.

–Sí, por ejemplo las personas santas; apenas podemos acceder a ese plano si no es con leves intuiciones, impresiones o sensaciones. Pero otros, a veces unos pocos escogidos, pueden acceder y descubren que el universo es diferente.

–Somos como un niño –se me ocurrió decir–, que piensa que lo conoce todo, pero no ha salido jamás de su pequeño mundo.

–Sí, Pablo. Algo así, supongo. Aunque precisamente los niños, por su bondad e inocencia genuina, cuando no han sido contaminados por los adultos a veces también pueden acceder a ese plano espiritual.

Un escalofrío me recorrió el cuerpo. Recordé el relato de Andrea, la amiguita de Marina. Era consciente de que estaba teniendo una conversación única y me abrí totalmente, sin prejuicios. Le conté el episodio que me había narrado Beatriz, sin disimular el hecho de que aquello me había dejado realmente impactado.

–Andrea lo ha visto. Lo ha visto con claridad. De eso puedes estar seguro –asintió Noah.

Yo me quedé petrificado. Ella me leía el pensamiento.

–Lo sé, Pablo; acuérdate del Mito de la Caverna de Platón... ¿lo recuerdas? Las personas de la cueva piensan que la única realidad que existe son las sombras que han visto en esa cueva. Vivimos en una cueva, Pablo. Eso creo... Y hay más, Pablo; por ejemplo, las personas que fallecen de un modo brusco e inesperado, sin tener tiempo para elaborar su despedida; se dice que sus almas quedan es un lugar intermedio. Para algunos estos lugares santos sirven como para hacer el tránsito.

Como una lanzada vino a mi mente el pensamiento de Irene, dejándome un malestar instantáneo. Miré alrededor, pero no había nadie más en la tienda, solo su jefa, que seguía haciendo sus cuentas. Me sentía desarmado por mis prejuicios, como si se hubiese descubierto un gran manto y detrás hubiera aparecido otra verdad. Una verdad extraña, confusa, intangible, inabarcable y al tiempo posible. Me tomé un respiro y me senté en la banqueta; ella acercó un pequeño puf para invitar a la lectura a los visitantes y se sentó junto a mí. Le conté con detalle lo de Irene. Ella se quedó pensativa.

–No sé, Pablo. Por lo que me cuentas era una mujer excepcional.

Yo no podía sentir más intranquilidad.

–Pero... y si... como dices... está a medio camino... ¿no llaman a eso el purgatorio?, ¿qué podríamos hacer? –Mi confianza hizo que le hablase en plural, metiéndola así en aquel dilema que me había surgido.

–No lo sé, Pablo. El poder de la oración es incontestable. Parece que es un consuelo, que es cosa de beatillas... pero quizá ese haya sido uno de los mayores logros del dragón... Porque es mucho más que eso. Sirve de poco o nada si no lo dices con todo tu corazón, si no crees de veras que alguien te está escuchando, así, como te escucho yo... y si no tienes verdadera fe en lo que pides. Y, si hay un intercesor para ello, desde luego ese es san Miguel.

–Actuar «como si»... –recordé pensativo.

–¿Cómo? –me preguntó Noah.

–No nada; perdóname, cosas mías. ¿Sabes? –solté la lengua a sabiendas de que me iba a arrepentir–. Me quedo corto si te digo que me ha encantado hablar contigo. Eres fascinante; nadie me había hablado así nunca... o tal vez sí...

Pero parece que realmente crees en eso de lo que hablas, y debo reconocer que has sido un pequeño gran terremoto para mis planteamientos...

–Pablo, no creas nada a ciegas porque alguien te lo diga; experiméntalo en tu corazón, hazlo vivencia. Pero ponte en juego. Nunca dejes de hacerte preguntas. Todo lo queremos situar bajo el prisma científico, y ojalá alguna vez podamos citar evidencias científicas que demuestren esa otra realidad... A decir verdad vamos camino de ello, solo que no nos interesa. Pero no nos engañemos; no es la única forma de acercarnos a la verdad.

–¿A qué te refieres?

–Si necesitas pruebas científicas, búscalas. Pero lo cierto es que cuando llega la ocasión, solemos buscar mil excusas para evitar tener que justificar lo que ya hemos intuido. El otro camino complementario es abrir la mente, cerrar los ojos y escuchar lo que te dice el corazón cuando estás en un lugar como ese.

–¿Como Monte Saint-Michel?

–Sí. Como Monte Saint-Michel –dijo pensativa–. Si algún día tienes ocasión, ve allí. Como mínimo verás un lugar único y mágico. Y a tu niña le encantaría. Hoy en día es un reguero de turistas, pero no vayas con ese espíritu. Visita la abadía, que te expliquen su historia... busca cómo quedarte allí en algún rincón a solas, permanece una noche en silencio en sus murallas, escucha cómo parece que las piedras te hablan de su historia... Atrévete a pedirle a san Miguel su intercesión con un corazón honesto... Ya sabes... «he aquí mi secreto, que no puede ser más simple: solo con el corazón se puede ver bien; lo esencial es invisible a los ojos».

Sonreí cómplice para que se diera cuenta de que había cogido el guiño al Principito.

–Bueno, perdóname el rollo, Pablo; parezco de una agencia de viajes –se rio abiertamente volviendo a sus libros.

–Seguro que sería increíble visitarlo con alguien como tú, que ama ese lugar con tanta pasión. Podrías ser guía turística, te lo aseguro.

Noah sonrió una vez más y se echó el pañuelo atrás, el mismo que apenas un día antes había volado hasta mi cara. Se puso pensativa y me dijo:

–Conozco a alguien que está pensando en organizar un viaje en verano con un grupo reducido de personas; es de confianza, un buen amigo...

–¿Y tú?

–Es complicado... si consigo arreglar algunas cosas, allí estaré. Suelo organizar un conjunto de pruebas o enigmas para ayudar a ir descubriendo la magia del lugar y que los que viajen lo vean de un modo absolutamente diferente. Si quieres le digo que te escriba, te incluya en el grupo y te lo cuente mejor... sin compromiso, claro.

–Estaría genial, Noah, mil gracias. –Saqué un lápiz y anoté el correo–. ¿Y ahora me dejas invitarte a un café, mujer del pañuelo?

Noah reía con mucha facilidad.

–Claro, Pablo, pero hoy termino tarde. Si te parece, mañana a las siete quedamos en esa cafetería de enfrente –dijo señalando un punto con la vista y con el dedo–. Y si no, aquí estaré, en el rincón de *El Principito*.

–¡Ahí va! ¡Se me ha olvidado comprarlo!

–Tranquilo, ahí te esperará, no se va a marchar. –Me sonrió con una mirada divertida–. También puedes dejarnos tu dirección y te lo enviamos. Déjala antes de marcharte.

–¡Genial! Mañana nos vemos; estaré esperando con ganas para salir de la cueva.

28

Cada día el Monte Saint-Michel se convertía un poco más en refugio amigo de los hombres del mar, protegiéndolos como un verdadero guardián. Los días se sucedían mientras los monjes se afanaban en llevar una vida en contacto con la obra de Dios. Recibían a los peregrinos, que llegaban en aumento después del invierno y desde lugares cada vez más lejanos. Los días en que aparecían los pescadores, los monjes preparaban un convite para sus amigos. Nadine dio a luz a un precioso bebé al que pusieron por nombre Luc. Habían acogido a Isabelle como a una verdadera hija, procurando suplir el amor que aquella ola enviada por el mismísimo infierno le había arrancado de sus padres. La niña nunca se separaba de Paulette, convertida en algo más que una hermana. Eugene se había encariñado con la niña y ella le llamaba tío. La protegía en todo momento, aunque seguía escondiendo una pena enorme en su corazón. A pesar de ello, su antiguo mal humor y carácter gruñón parecían haber desaparecido casi, excepto cuando alguien bromeaba con él sobre la niña, y entonces sacaba las uñas a pasear. Por lo demás parecía un corderito. No había cosa que le negase a Isabelle. Le enseñaba los secretos de una abundante pesca y los caprichos de las mareas, y las niñas disfrutaban mucho con él y con Nicolas, que se había convertido en todo un marinero y en hijo adoptivo de Eugene. Solía sorprender a Paulette y a Isabelle con alguna figurita tallada en madera con sus propias manos. Isabelle solo hablaba de sus padres con Nicolas, con el que le unía la orfandad desde aquel fatídico día, y el muchacho la trataba con gran delicadeza. Cuando en la mesa había un manjar solía quitarse el alimento de su propio plato para dárselo a ella. Le recordaba a la hermana que había perdido aquella aciaga mañana.

Una tarde en la que Adrien Charron acompañaba al hermano Pierre en las tareas de la cocina alertaron al padre Auberto de la progresiva escasez de agua y la gran dificultad para abastecer a tantas personas. Pese a los esfuerzos de Adrien y muchos aldeanos, era muy complicado llevarla allí desde tierra, y tenían serias dificultades para poder atender a los cansados y sedientos peregrinos y al mismo tiempo mantener una reserva para los monjes. Auberto, consciente del problema, que se agravaba con el paso de los días, decidió exponérselo a su ángel, y allí, en el oratorio, alzaba sus ojos al cielo, rogando la protección y la intercesión del arcángel Miguel. Aquello no dejaba de ser un monte, una isla en medio del mar. Auberto meditaba sobre las Sagradas Escrituras en el oratorio, como el maestro que en medio de la tempestad permanece en calma ante el temor de los discípulos, y sus palabras «¿dónde está vuestra fe?» resonaban en su cabeza él una y otra vez.

Tras unos días vino la respuesta esperada. En sueños, san Miguel se presentó, radiante, con una luz cegadora que parecía traspasar los muros de la celda. Sin hablar, el obispo sintió muy claro su mensaje: «No busques fuera lo que guardas dentro». Al despertar del sueño, antes de despuntar el sol, pensó que no debía buscar una solución en los demás, sino que en su interior conocía la respuesta... Tenía la certeza de que el Padre no iba a dejarles solos, y que la solución vendría de arriba. Las palabras de Jesús resonaban en su interior: «¿Qué hombre hay entre vosotros al que si su hijo le pide pan le dará una piedra?». De repente una sacudida le recorrió de arriba a abajo. ¿Cómo había podido ser tan torpe y obstinado? El ángel no se refería solo a buscar la solución en los demás, sino que el agua podía provenir de la propia isla. Pero, ¿de dónde?... Se dirigió al oratorio, lugar recogido y alejado de lo terrestre, descendió por una escalinata a oscuras con la única luz de un cirio y se acercó al altar. En señal de humillación y reverencia se quedó tendido en la piedra a sus pies. «No busques fuera lo que guardas dentro»... «no busques fuera lo que guardas dentro»... El ángel le había revelado la existencia de agua dentro del monte. En ayunas, entrada la mañana, recordó cómo en tantas ocasiones las Escrituras habían sido iluminadoras, así que poniéndose en actitud de presencia, se levantó y se dirigió al atril en el que descansaba el libro sagrado. Pidió la dirección de san Miguel «...*Sancte Michael Archangele, defende nos in proelio, contra nequitiam et insidias diaboli esto praesidium...*» y, cerrando los ojos, tomó el libro y lo abrió al azar, encomendándose al Espíritu Santo. Luego, sin abrir los párpados, deslizó las manos por el pergamino hasta detener el dedo. Abriendo los ojos, acercó con la otra mano el cirio e iluminó las líneas. Miró extrañado las líneas tratando de resolver el acertijo:

«*Guardaos de menospreciar a uno de estos pequeños; porque yo os digo que sus ángeles en los cielos ven continuamente el rostro de mi Padre que está en los cielos*»... Mateo 18,10... El obispo de Avranches no salía de su asombro, y aunque seguía perplejo ante las palabras que había encontrado, pensó que una vez más los caminos de Dios eran inescrutables. Y, aún sin comprender la respuesta, realizó un gesto de alabanza y acción de gracias, besó el libro sagrado y lo devolvió al atril. Salió al exterior, dirigiéndose al campanario, el punto más elevado desde el que podía observar la belleza del monte en toda su extensión, rodeado por un mar infinito, esperando encontrar una señal o un significado a aquellas palabras. Desde allí observó el movimiento de los peregrinos y de algunos monjes en la explanada. Agudizó la vista; el sol iluminaba intensamente el sayal en su espalda cuando sus ojos observaron en la lejanía un movimiento casi imperceptible en la falda del monte, por el lado noroeste. Auberto se frotó los ojos cuando vio a un grupo de niños que jugaban tranquilos, muy próximos y algo elevados sobre el nivel del mar. Consciente ya del significado de la revelación, seguro y sonriente descendió por la cara noroeste, agrupó a los monjes y a algunos peregrinos penitentes para hacer una batida y juntos se aproximaron a la zona en la que los niños correteaban. El padre Auberto se agachó entre unas rocas y acercó la boca despacio a una oquedad. Se trataba de un manantial natural que vertía agua dulce. Ante el asombro de todos, se santiguó, al tiempo que pronunciaba unas palabras dirigidas a su ángel:

–*San Miguel protegit nos. Laudate Dominum...*

–Sí, san Miguel nos protege día y noche. Alabado sea el Señor –asintió uno de los monjes.

Aquel suceso los liberó del problema de la escasez de agua en la abadía y contribuyó a aumentar la popularidad de Auberto y de Monte Saint-Michel. La leyenda de un lugar propio de ángeles entre el cielo y el mar comenzó a extenderse, y con ellas las peticiones de aspirantes para formar parte de la comunidad.

Pero, como suele suceder, la caridad admite a todos los hijos de Dios, y en esa siembra no siempre se discierne la semilla buena de la mala. Y así, sin percibirlo, una nueva lucha entre el bien y el mal estaba a punto de comenzar.

29

Noah había despertado en mí algo que llevaba mucho tiempo anestesiado. Supongo que se le llama curiosidad. Un deseo profundo de conocer, de estudiar, de saber más. El suceso de la mujer con el niño que pide auxilio me había estremecido. Mi mente racional comprendía que era una casualidad; eso sí, una gran casualidad. Mi corazón se desbocaba sintiendo que un mundo nuevo se estaba descubriendo ante mí, quisiera o no verlo. Aquellos tiempos en los que arremetía contra todo lo que me sonara milagrero o sectario me parecían lejanos, y me avergonzaba por el desdén con el que tantas veces había tratado en mis reportajes a las personas que creen en sucesos y fenómenos que se escapan a la razón dejando un rastro de locura colectiva. Mientras terminaba de cenar sumido en mis pensamientos, me llamó Teresa. Era extraño que lo hiciera de noche después de haber hablado por la mañana. Falsa alarma; Marina solo tenía ganas de hablar conmigo. Supuse que a esas locas se les había pasado la hora de llamar. Escuché a las dos muy contentas. Marina me contó que la abuela le había comprado un vestido y pensé por un momento en el efecto de los mimos, pero el pensamiento me duró un segundo recordando el último mes de quimioterapia. Fue cuando nos habíamos despedido e iba a colgar cuando escuché su voz, que me llamaba.

–Papá.

–Dime, cariño.

–¿Andrea está bien?

–Anteayer hablé con Beatriz y parece que sí. Mañana la llamo. ¿Por qué lo dices?

–No, por nada. Buenas noches, papá; te quiero.

–Y yo, preciosa, y yo.

Sí. Se me caía la baba con Marina. Comencé a extrañarla, así que decidí no atormentarme y abrir el ordenador. No podía hacer mucho ahí en la distancia, y mi curiosidad iba en aumento. Intrigado, comencé a teclear las palabras que rondan mi mente desde hacía unos días: «Mont Saint-Michel»... «¡Vaya! Casi cien millones de resultados sobre el lugar... ¿por dónde comenzar?». Pronto descubrí que alrededor del monte los visitantes caminaban en grupos, ya que hay arenas movedizas. ¿Y si la mujer de mi sueño había caído en una de esas trampas mortales?... ¿Y por qué había soñado con ella? ¿Quién era realmente?... Luego estaba Noah, una mujer que hechizaba y se expresaba como un libro abierto; muchos de los detalles que me había contado con tanta pasión estaban allí. Me parecía increíble que no se hablara de ellos en la prensa, que no se hicieran documentales o películas. Un hombre al que en medio de la noche le visita nada menos que un arcángel y recibe la orden de construir un santuario. Un lugar para acceder a Dios, para combatir el mal... Comenzaba a plantearme preguntas impensables apenas un par de semanas antes. Decidí abrir una carpeta y comencé a guardar artículos interesantes e imágenes increíbles de aquel maravilloso lugar, más propio de un libro de hadas, cuando sonó de nuevo el teléfono. Eran más de las once, y de nuevo, me asusté. La voz quebrada de Beatriz confirmó la alarma.

–Pablo... –hubo un largo silencio en el que no deseaba oír lo que presentía–. ...Andrea se nos ha ido. Hará una hora...

Tras el teléfono podía sentir a Beatriz destrozada.

–Beatriz... –ahora era yo al que no le salían las palabras– ...no sabes cuánto lo siento...

Los dos nos quedamos en silencio por un momento.

«Dios mío...» susurré para mis adentros.

–Ayer volvió a decirme aquello, ¿recuerdas?... «Mamá, a donde voy tú no puedes venir. Pero voy a estar feliz»... Yo seguía intentando dirigir esas palabras cuyo significado se escapaban a mi entendimiento. Me sonreía, Pablo, con una mirada de ángel. Ella me tranquilizaba a mí... Es muy extraño, Pablo; siento un puñal en el corazón, estoy destrozada, y sin embargo... en medio de este dolor, también siento paz... una paz diferente... ¿Cómo puedo estar tranquila?

–Beatriz, voy para allá.

–No te preocupes, Pablo. ¿Cómo vas a viajar de noche hasta Madrid? No se te ocurra coger el coche a estas horas. ¡Por favor, Pablo! –dijo casi regañándome.

–Quiero estar allí... Me imagino por lo que estás pasando...

–Pablo, ni se te pase por la cabeza... Te lo agradezco, pero no se te ocurra –insistía.

–Está bien... pero mañana me paso a por la niña y vamos para allá.

–Pablo, no sé si tiene sentido. Ella estará a gusto con su abuela.

–Decírselo se lo tendré que decir. No sé cómo se lo va a tomar. Es un palo muy duro. Estaban muy unidas... se reían tanto juntas...

–Como padre sabrás decírselo, estoy segura, pero no la obligues a venir a Madrid. Llevaba mucho tiempo sin salir del hospital; piensa en ella.

–No sé, lo pensaré... Me sorprende verte con tanta entereza, Beatriz.

–Pablo... –de nuevo las palabras no le salían al otro lado del teléfono–, es muy raro... Vas a pensar que me estoy volviendo loca... pero...

–Dime, Beatriz; puedes hablarme con confianza... lo sabes –la animé empujándola a hablar.

–Lo sé, lo sé... Es extraño, pero... es que me parece como si estuviera aquí ahora conmigo... Y no te hablo de su recuerdo; siento su presencia... aquí, como si quisiera estar junto a mí, y me estuviera acariciando el pelo como hacía cuando estaba de bajón.

Me quedé en silencio, estremecido por sus palabras, sin saber cómo manejar la situación.

–Perdona, Pablo; parezco una chiflada.

–No, Beatriz, te entiendo... te entiendo, de verdad. Hay cosas que no se comprenden hasta que suceden, como a mí me pasó con Irene... Mañana estoy ahí; procura descansar.

Nos despedimos y una sensación muy extraña me invadió. Sentía la pérdida de Andrea como propia; cada vez que uno de los compañeros de planta de Marina perdía la batalla contra el cáncer todos perdíamos un poco de nuestra esperanza en la recuperación y una sombra se extendía por cada habitación a pesar de los esfuerzos sobrehumanos de enfermeras, psicólogos, animadores y personal sanitario por compaginar la necesidad de expresar el duelo con la de mantener el ánimo alto. Me sentí ridículo allí solo. Quería abrazar a Marina. Deseaba estar con ella. La necesitaba tanto... Me sentí avergonzado; debía estar con ella, no con mis ensoñaciones medievales. Definitivamente al día siguiente saldría temprano. Me daba mucha rabia perderme el café con Noah, pero ella disculparía mi precipitado viaje. De nuevo había cometido el mismo error de no coger su número, ni su correo.

–Espero que me escriba al correo –me dije–. Me disculparé, y si no, la llamaré.

Desperté con una mañana espectacular. Desde la balconada de la casa, la playa se expendía a mis pies hasta un infinito horizonte azulado, invitando a recorrerla palmo a palmo. Siempre me parecerá misterioso el poder espiritual que ejerce sobre mí el mar. Me propuse pintar aquellas arenas infinitas para no sacarlas nunca de mi memoria. Sentía una gran pena de abandonar aquel lugar y tener que salir corriendo sin poder despedirme de Noah, pero Marina me esperaba, y Beatriz también, aunque no me lo hubiera dicho. Me permití saborear la taza de café desde el mirador, mientras la brisa me despedía. Sentía que iba a echarlo mucho de menos y que de algún modo en aquel lugar habían comenzado a curarse algunas de mis viejas heridas. Y así, sin darme cuenta y desde hacía mucho tiempo, sonreí al fin agradecido.

30

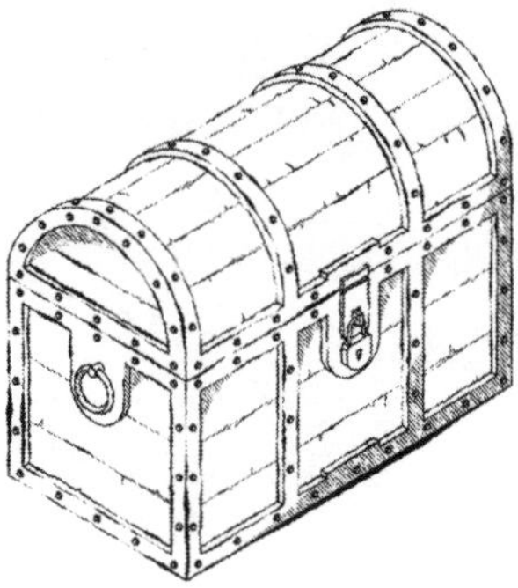

Una mañana del año 710, poco después de los Laudes, Pierre divisó desde el patio exterior del monasterio la figura de tres personas, cuyo aspecto evidenciaba un extremado cansancio, aproximándose a la falda este del monte. Se detenían por el camino y uno de ellos se apoyaba sobre los hombros de los otros dos e iba casi arrastrando los pies.

Pierre avisó enseguida al médico. Paul Demont había solicitado el consentimiento de Auberto unos meses atrás para consagrarse a la hermandad de monjes y poner su medicina al servicio de Dios. Siempre había pensado que la oportunidad de seguir viviendo tras el tsunami había sido una señal del Todopoderoso para ofrecer su conocimiento a su nueva comunidad y a las personas que llegasen hasta allí en busca de Dios. Se acercó al borde del patio y desde allí contempló la escena junto a Pierre, que comenzó a gritar a los cuatro vientos.

–¡Dios mío! ¡Son ellos!... ¡Padre Auberto!... ¡Corred, avisad a todos! ¡Son los hermanos Gérard y Bellmont!

–Parece que vienen con alguien más –señaló el hermano Paul–. Voy a disponer la enfermería; no sabemos con qué podemos encontrarnos.

Auberto de Avranches salió al instante junto con los demás monjes. Se precipitaron por el camino hacia la entrada del lado sur para recibirlos y auxiliarlos cuanto antes. Bellmont parecía muy debilitado, mientras Gérard, en estado casi famélico, intentaba levantarlo. Al otro lado, un joven fornido lo sostenía con fuerza mientras portaba un gran bulto que transportaba gracias a unas telas amarradas a su espalda. Se abrazaron casi sin fuerzas para permanecer en pie. Gérard lloraba exhausto. Prestos les ofrecieron agua, pero en ese instante Bellmont cayó al suelo inconsciente.

* * *

La primera imagen que observó Bellmont fue el rostro de Paul Demont.

–Tranquilo, hermano Bellmont; está en casa. Han pasado casi dos semanas desde que llegaron. Mire, el padre Auberto está aquí; los hermanos no se han despegado de usted. Yo tampoco, soy...

–Sí, le recuerdo... –dijo con un hilo de voz–. Qué alegría tenerlo en Saint Michel.

Auberto se levantó y le agarró afectuosamente la mano.

–Ha sido un exceso, querido Bellmont... Muchos días me arrepentí de haberles enviado a tamaña proeza. No me hubiera perdonado el que les hubiese sucedido algo. Pero ahora descanse, querido hermano... Estamos deseosos de escucharlos, pero eso será cuando se recupere.

–¿Y Gérard? ¿Y Armand? –preguntó el monje agitado.

–Gérard está a salvo; su cuerpo necesitaba mucha agua, alimento y reposo. Sus llagas están camino de curarse. Ha perdido un dedo de la mano, pero saldrá adelante.

–Nos asaltaron dos bandidos a nuestro regreso... Me negué a darles lo que llevábamos; sacaron un cuchillo y entonces Gérard se interpuso con las dos manos deteniendo el movimiento del acero con los dedos... Cuando todo parecía perdido, apareció de la nada ese valeroso muchacho, Armand Baudin, que nos quitó de encima a esos bandidos... Ese muchacho nos salvó la vida.

–Deseamos conocerlo todo... pero ahora debes reponerte –repuso Auberto protector.

–Padre, estoy listo, de verdad. Algo débil, pero deseoso de narrarles cuanto antes lo que nuestros ojos vieron... Por favor... –suplicó Bellmont.

Auberto de Avranches le observaba fijamente, como el padre aliviado de volver a tener a sus hijos en casa tras un año de ausencia. Luego dirigió una mirada interrogadora a Demont, buscando su consentimiento médico.

–Bellmont, sufriste una tremenda torcedura en el tobillo. Posiblemente afectó al hueso. Debiste hacer muchas jornadas apoyado en ese pie. Tenía muy mal aspecto, estaba infectado y temimos que tuviéramos que amputarlo. Tenía un color terrible. Las oraciones dieron su fruto...

–Por supuesto, alabado sea el Señor –dijo santiguándose Pierre–, pero también contábamos con tu mano, hermano Paul, y aquellos ungüentos que elaboraste con aquellas pocas plantas que aún sobreviven en el bosque de Scissy.

–Todo ello nos es dado desde lo Alto –dijo Paul, procurando apartarse de cualquier vanagloria.

–Está bien... –dijo un pensativo Auberto–, pero será esta tarde; acabas de recuperar la consciencia. Come algo, descansa y a media tarde vendremos todos a escucharos. Estamos impacientes, pero debemos esperar.

Bellmont no podía dejar de pensar en aquello que guardaba el cofre. Y mucho menos en todo lo que habían vivido durante su odisea.

31

Cuando te sientas al volante de un coche y comienzas un viaje largo sabes que tendrás tiempo para pensar. Los viajes de ida no son como los de vuelta. Tanto en unos como en otros siempre hay algo que dejas atrás con pena o alegría. Mi regreso era así. Me moría de ganas de ver a Marina, pero no de contarle una noticia terrible, así que pensaba en cómo compensarla. Lamentaba no tener en mis manos el nuevo *Principito*, pero tardaría unos días en llegar, y con él deseaba como un adolescente que el señor Exupéry me mandara una nota de Noah con unas palabras, y por supuesto su teléfono. ¡Qué torpe!, no me atrevía ni a contárselo a Héctor; iba a tener chistes para rato. Pero mi salida había sido precipitada, dos días antes de lo esperado. Atrás dejaba unos días increíbles, aunque escasos, en la playa; cuando pasas uno de esos túneles de la autopista y observas que el verdor está desapareciendo sientes una tristeza muy sutil que apagas con la música del coche y con el deseo de regresar. Las pistas de Alejandro habían resultado ser lecciones de vida. Me sentía satisfecho de haberme metido en el juego, pero la recaída de aquella tarde me volvía a dejar tan inseguro de mí mismo como siempre. Y tenía que reconocer que me sentía atraído por Noah, aunque de un modo extraño. Aquella forma de mirar, esa calma que transmitía al hablar de cualquier cosa y esa sorprendente naturalidad eran realmente cautivadoras. Cuando dejas de ver el horizonte infinito del mar y esas alfombras verdes de montañas buscas nuevas ilusiones. Y Noah era una de ellas. La otra, mi creciente deseo de investigar aquel lugar único en el mundo, sobre sus leyendas y cómo, mediante una serie de extrañas coincidencias, había llegado hasta a mí. Tal vez podía ser mi modo de compensar a Marina; si estuviera bien, podríamos plantearnos ir al viaje que proponía Noah. A Marina le encantaría la idea, pero la realidad de esa enfermedad era la necesidad de vivir día a día. Cada día traía su planteamiento, su nudo y su desenlace, como en una pequeña vida.

Casi trescientos kilómetros después llegué al pueblo, y ante mí se presentaba el nudo del día. Teresa me recibió cariñosa, como de costumbre, pero con una mirada compungida, sabedora de lo ocurrido. Enseguida Marina salió corriendo a recibirme y me contó entusiasmada sus hazañas y aventuras por el pueblo. La escuchaba atento, pero no podía dejar de pensar en cómo decirle que su amiga de juegos ya no iba a poder seguir batallando con ella. Marina estaba tan animada como extrañada por mi adelantado regreso. Entonces busqué un lugar para hablar con ella, cuando recordé algo que me había preguntado el día anterior.

–Marina, cariño... ¿te acuerdas de que ayer me preguntaste, cuando iba a colgar, por Andrea?

–Sí, claro –dijo penetrándome con la mirada.

–Verás, poco después me llamó su madre... estaba muy malita... y...

No pude continuar. Sus preciosos ojos negros se llenaron de lágrimas y me abrazó con fuerza. Su llanto era apagado, silencioso. De nuevo recordé aquella frase de su cuento preferido... «*No sabía qué decirle, cómo consolarlo... ¡es tan extraño el país de las lágrimas!*».

–Entonces era verdad –dijo.

–¿El qué, Marina?

–¿Ves aquel árbol de allí? Todas estas tardes me subía a él; la rama no está demasiado alta.

Yo la miraba desconcertado.

–Ayer, poco antes de llamarte por teléfono, estaba ahí arriba, viendo el paisaje. Y de pronto, papá, me comencé a reír como una loca, de verdad, sin motivo. No me acordaba de nada gracioso, pero me reí muchísimo. Me sentía muy feliz. Y me acordé de lo que me había dicho Andrea ¿te acuerdas? –me dijo, secándose las lágrimas–. Cuando un día le pregunté que si se marchaba a aquel sitio, cómo iba a saber yo que estaba allí bien me dijo... ¿te acuerdas? –Yo asentí, mientras un escalofrío me recorría el cuerpo–: «Lo sabrás si te ríes sin ningún motivo como te has reído ahora conmigo».

Creo que ningún adulto puede mirarme ni me mirará como lo hizo Marina aquella tarde. Ningún sermón de este mundo podía alcanzarme tan adentro como lo hicieron sus ojos de niña. No se podían unir tantos sentimientos de una forma tan descontrolada: tristeza, derrota, alegría, dolor, júbilo... verdad. Me limité a mirar aquel árbol con ella durante un buen rato, mientras una extraña calma me iba dominando. Era algo más que la sensación de haber soltado una carga pesada. Era la sensación de haber salido por un momento de la cueva y haber mirado el sol por vez primera. Acaricié su rizado pelo azabache y luego la estreché con mis manos. Y al fin le hablé sin tener que tapar mis sentimientos profundos, sin suavizar, sin fingir.

–No lo entiendo... pero solo sé una cosa, Marina... Ayer, en ese árbol, estabas con ella.

* * *

Pocos días después habíamos despedido a Andrea y la tregua de hospitales había finalizado. Procuraba pasar el mayor tiempo posible con Marina, esforzándome al máximo en protegerla de la pérdida, aunque era yo el que más necesitaba su apoyo. Poco después, en medio de la pena, llegó una caja bien envuelta con un papel de la librería «Olivier» con un gran olivo dibujado sobre un campo verde y una ilustración de *El Principito* con un texto escrito sobre un libro que rezaba: «Todas las personas grandes han sido niños antes... pero pocas lo recuerdan». Me quedé ensimismado recordando la imagen de Noah en la playa, que venía a mi cabeza con fuerza, y el significado de aquellas palabras. Creo que yo me alegraba más del regalo que la propia Marina. ¿Contendría alguna tarjeta con el teléfono de Noah? Aquel olivo me recordaba cuánto deseaba contarle la experiencia que Marina había tenido en el árbol. A Marina se le abrieron los ojos en cuanto vio aparecer el libro; su entusiasmo contrastaba con mi decepción. No había ninguna tarjeta en el interior, ni una dirección, ni unas palabras, ni rastro de Noah. ¿Cómo no se le había ocurrido dirigirle siquiera unas palabras a Marina? Quizá me había ilusionado demasiado; sí, era un iluso, un adolescente esperando un mensaje que no llegaría. ¡Qué estúpido! ¡Y yo pensando en contarle a Marina cómo había llegado hasta mí ese libro! Me senté junto a ella a examinar sus páginas, aunque mi pensamiento estaba en una librería de Asturias. Justo entonces me saltó un mensaje en el móvil. Era un correo desconocido. Me quedé atónito al leer el asunto: «Viaje a Monte Saint-Michel».

32

Poco antes del atardecer, la enfermería se había quedado pequeña para recibir a todos los monjes. Bellmont suplicó que dejasen pasar a Armand. Auberto consintió y todos se fueron haciendo a un lado mientras el chico caminaba cabizbajo. Gérard se interpuso en su camino y colocó su mano sobre el pecho del joven.

–¡Armand!... ¿conoces el significado de tu nombre, verdad?

–No, señor –dijo.

–¡Qué tiempos estos en los que uno es portador de un nombre sin conocer su significado...!

–¿Cuál es? –preguntó con curiosidad Pierre.

–Pues no es casual que tu nombre, hijo, signifique «hombre fuerte y valeroso» –contestó Gérard.

–Por favor, hermano Gérard –intervino Bellmont–, es hora de que nuestros hermanos descubran lo que nos aconteció en este viaje. Te ruego se lo cuentes tú... estoy fatigado... Solo comentaré algunos detalles si me lo permitís.

Gérard se sentó y los miró atentamente. El día iba declinando y la luz de los cirios iluminaba levemente la estancia. Todos esperaban impacientes y con gran atención.

–Como nos señaló Auberto, escogimos el camino que nos marcó, siempre por tierra. Los caballos nos llevaban bien y cada día escogíamos un buen sitio para pernoctar. A veces nos acogían en alguna aldea. Otras veces no querían saber nada de nosotros, pero nos dejaban tranquilos. Cuando los víveres comenzaron a escasear, implorábamos a san Miguel y a nuestros ángeles custodios que intercedieran para hallar alimento. Casi siempre encontrábamos algunas almas caritativas, aunque alguna vez la ayuda no llegó y buscamos el sustento en la naturaleza. Alguna vez debimos comer algo en mal estado y enfermamos, pero siempre aparecía alguien que nos cuidaba o nos hacía la situación más llevadera si la fuerzas flaqueaban. A medio camino, habiendo entrado en la Península itálica, vimos una colina espléndida. Estaba alejada del mar, en lo alto de una montaña, pero insólitamente nos recordó a nuestro Monte Saint-Michel. Había una pequeña ermita en la que vivían algunos ascetas. Celebramos allí un hermoso oficio de Acción de Gracias y pasamos dos días en oración con aquellos hermanos, pensando que al regreso los encontraríamos. Entramos en las montañas, y todo cambió. Vinieron el frío, las nieves y una gran soledad. Encontramos unas ruinas y esperamos a que el tiempo cambiase. Allí nos dimos cuenta de que los caballos estaban comenzando a sufrir, y que no podríamos continuar la marcha al mismo ritmo.

»Mientras salíamos de aquellas montañas gigantes, cada vez encontrábamos a más personas, y en cada ocasión, todos contaban historias de Gargano con gran devoción. Entonces, una mañana al fin llegamos... Era un lugar sorprendente...

–Una cueva escavada en la roca –continuó Bellmont–, donde hace algo más de dos siglos se apareció san Miguel, dejando allí su señal. Lo maravilloso es que también... –algunos miraron a Auberto de soslayo y Bellmont enrojeció–, perdón... quería decir... que lo increíble es que se apareció hasta tres veces hasta que le hicieron caso y construyeron un templo en su honor.

–Encontraron un toro postrado ante una gruta, y pensando que el animal estaba moribundo lo quisieron sacrificar de un flechazo, pero la flecha se volvió contra ellos. El ángel les hizo saber que en esa gruta deseaba construir un santuario por ser el lugar elegido por él, y que allí no se derramaría más sangre.

–¿Un toro? –preguntó escéptico el hermano Edouard–. Tal vez sea algo simbólico. El toro en la Santa Biblia representa la fuerza, el poder.

Edouard había sido una de las últimas incorporaciones al monasterio. Su llegada no había sido bien recibida por algunos de los hermanos. No tenía mucho sentido de la obediencia, solía contradecir muchas decisiones sin importancia y en ocasiones se mostraba más bien escéptico. Solía quejarse en privado a los monjes de algunas de las normas de Auberto, aunque lo hacía con sutileza.

–No es momento de poner en entredicho las palabras recogidas de una larga tradición... –espetó el obispo contrariado.

–Perdonadme, solo me pareció extraño.

Bellmont, que continuaba recostado, procuró incorporarse con lentitud

–Los animales son criaturas del Señor; al igual que detectan nuestro miedo o nuestro afecto, no es descabellado pensar que pudieran percibir la presencia de un ser de luz... Sé que para muchos hombres no son más que bestias, pero el Señor no da puntada sin hilo...

–Prosigue por favor, hermano Gérard –imploró Auberto.

El monje le sonrió y continuó:

–Entonces hicimos llegar al prior la carta sellada de nuestro obispo. Meditó en oración y al día siguiente nos hizo entrega de dos de sus reliquias más valiosas. Están en el interior desde este cofre –dijo, mientras Armand lo acercaba y lo exponía ante los ojos de todos.

Auberto se aproximó, se sentó y abrió con delicadeza el cofre tallado en madera. En su interior unas telas recubrían un abultado objeto, protegiéndolo de cualquier golpe imprevisto. El obispo sacó entonces con cuidado un trozo de roca, descubriendo unas oquedades sobre ella, y la colocó sobre su sayal.

–Según nos narró el obispo de Gargano, estas oquedades –dijo señalando con sus dedos– son huellas que dejó el arcángel sobre la roca. La otra reliquia es este paño rojo procedente del altar tocado por san Miguel cuando se apareció en la gruta y lo bendijo –repuso Gérard.

Auberto de Avranches se levantó y permaneció en silencio. Entonces se dirigió a todos. La última luz del día se iba ocultando.

–Estas reliquias son un testimonio de cuando el mundo invisible se quiso hacer tangible. Son mucho más que unos simples objetos; son objetos sagrados. Podemos o no creer en su procedencia, pero no por ello el mundo de Dios dejará de estar aquí, tan presente como lo están las llamas de estos cirios. Nunca olvidéis, hermanos míos, que todo este Santo lugar es una reliquia en sí misma, y al tiempo un camino entre la Tierra y el cielo.

Las palabras de Auberto resonaban dentro de cada uno en aquel lugar ya oscuro en medio del mar y el viento comenzaba a aullar. Bellmont, ensimismado, rompió el silencio.

–Padre, deberíamos escribir todo esto para que no se pierda jamás.

–Querido Bellmont, algo me dice que, aunque así lo hiciéramos, las reliquias peligrarán y terminarán por desaparecer.

–¿Por qué dice eso, padre?

–El enemigo terminará por regresar, y no lo quiero nombrar. La leyenda señala que fue aquí, en donde nos hallamos, donde se libró la mayor batalla, en la que el arcángel Miguel lo venció. Según se cuenta tenía forma de dragón, pero no descansará y no sabremos su nueva forma. Dios quiera que esta paz de la que hoy disfrutamos dure mucho tiempo, pero el sol sin su noche es extraño. La oración lo alejará y cada vez que pidamos la intercesión del arcángel, allí estará.

Se hizo el silencio. Se podía sentir el frío de la noche colándose en la estancia y Bellmont se encogió bajo la manta. Auberto intuyó el miedo en sus rostros y, sabedor de que no era buen compañero, quiso tranquilizarlos.

–No debemos temer... Pero contadnos... Contadnos qué sucedió a vuestro regreso.

–El camino se convirtió en una terrible odisea –prosiguió Gérard–. Durante días una niebla densa bajó y nos perdimos. Los caballos murieron extenuados; debimos haberlo previsto en Gargano y haber pedido ayuda, pero lamentablemente nos confiamos. El tiempo fue terriblemente adverso, como una gran prueba. Vadeando un río, Bellmont tropezó y cayó corriente abajo. Fue allí donde se lastimó el pie... La lluvia arreciaba y casi perecemos ahogados. Pese a todo conseguimos salvar el cofre, aunque el frío no nos daba tregua. Se levantó un viento extraordinario y creímos que nuestro momento había llegado... Dudábamos de nuestra misión, cuando casi de la nada surgió una granja abandonada. Allí nos cobijamos, logramos encender un fuego y recobrar el calor. Pasamos la noche en vela implorando a Nuestra Señora y a todos los ángeles su ayuda. Fue una noche muy dura, y larga, muy larga. Al día siguiente el tiempo mejoró notablemente; nos pusimos en marcha, pero seguíamos perdiendo fuerzas.

Bellmont volvió a tomar el testigo y continuó:

–Nuestro valioso cofre pesaba más cada día y, Dios nos perdone... estuvimos tentados de esconderlo para ponernos a salvo. Pero encontramos cómo llevarlo, aunque cada jornada se hacía un suplicio que le ofrecíamos a nuestro Señor. Entonces aparecieron esos salteadores, adivinando en nuestros rostros que portábamos algo importante. Lo demás ya lo conocen... nos atacaron, nos golpearon... y, cuando yo perdía la consciencia, apareció nuestro ángel, Armand, que nos salvó la vida. Y luego él y su familia nos curaron las heridas... nos alimentaron y nos ayudaron a reponer fuerzas. Después Armand nos quiso acompañar como el cirineo, acarreando el cofre... sin preguntar siquiera por lo que contenía –dijo con la voz quebrada mirando al joven–. Nunca podremos compensarte por lo que has hecho por nosotros.

Bellmont dejó escapar en silencio una lágrima, y aunque lo deseaba, no pudo articular palabra. El relato le había traído de forma abrupta el recuerdo de numerosos avatares y de las cicatrices del camino.

–Aquel día –intervino Armand Baudin– tuve la impresión de que debía salir a ese camino, pese a que solemos evitarlo por no traer nada más que desgracias. Creedme, he sido sobradamente recompensado contemplando vuestra mejoría, y siendo testigo ahora de lo que traíamos a este increíble lugar... No me creerán cuando regrese... como tampoco me creerán cuando les relate las personas que encontré en ese santuario.

Gérard y Armand se fundieron en un abrazo. Fuera, el viento seguía azotando los muros del monasterio.

33

Llegué eufórico a la consulta de Alejandro, entusiasmado de poder encontrarme con él y contarle todo lo que me había sucedido en Asturias. Mis descubrimientos al seguir sus mensajes, el sueño de la mujer que se ahogaba, el encuentro con Noah en la playa y lo increíble que era. La sangre volvía a recorrer mis venas. Me sentía diferente, me sentía vivo. Atrás habían quedado el hastío, la rabia, todo me parecía nuevo. La curiosidad infantil había regresado, y como decía Alejandro, ese actuar como si fuera otra vez aquel niño que se hacía preguntas, que seguía su instinto y que exploraba lo desconocido buscando respuestas, estaba dando lugar a una versión nueva y mejorada de mí mismo. Nueve días y tres horas sin beber una gota de alcohol. Alejandro me escuchaba con una sonrisa de oreja a oreja. Yo no sabía cómo llamarle a aquello que me estaba sucediendo, pero él enseguida le puso un nombre:

–Estás teniendo un despertar espiritual.

Me quedé pensativo. Supongo que jamás me había dado cuenta de ese mundo invisible a los ojos; simplemente estaba despertando... o quizá naciendo. Aquello me daba un vértigo tremendo; no sabía en qué tipo de persona me estaba convirtiendo, pero me sentía más vivo, más auténtico, más yo... y eso necesariamente debía ser bueno. Tenía esperanza, una especie de convencimiento de que todo saldría bien, una actitud que hasta hacía bien poco criticaba ácidamente de tantas personas. Tenía razón Alejandro: los pesimistas jamás descubrirían la cura contra el cáncer.

–Mira, piénsalo bien, Pablo –me decía–: ¿qué pesimista ha descubierto el secreto de las estrellas, navegado a una tierra sin descubrir o abierto una nueva esperanza en el corazón humano? Piensa en aquellos que han transformado el mundo. Esto no lo digo yo; lo dijo la primera persona con ceguera y sordera que sacó un título universitario, una luchadora por los derechos de las personas con discapacidad. ¿Dónde estaríamos hoy sin personas como Hellen Keller, con esa predisposición al optimismo?

Hizo un breve silencio y me miró desafiante:

–Dentro de ti aún albergas alguna duda de que esta transformación es posible. La crisálida sigue luchando contra hacerse mariposa; no piensa que pueda existir ese estado, pues es el único que ha conocido. Elije qué pensar en cada momento; debes hacer un esfuerzo radical en llevar tu atención a lo positivo de cada situación, y atrévete... De alguna manera tienes que creerte ese personaje nuevo, de forma consciente; cásate mentalmente con él de algún modo... hasta que lo que afirmes, lo que sientas, comience a manifestarse. ¿Cómo es esa persona, Pablo? Ese personaje lo tienes que redefinir mentalmente... ¿Está rompiendo las barreras, sustituyendo las creencias antiguas que te habían hecho pensar que el mundo es un caos, que estamos solos y abandonados, que el mundo es una mierda en la que cada uno no hace más que mirar por lo suyo, por otras que te harán crecer sin límites? No tengas miedo. Me has hablado de rezar, y te extrañas... Rezar es sentir intensamente aquello que deseas como si ya hubiese sucedido. Y no lo dice la psicología positiva, ni la autoayuda; lo dijo alguien hace poco más de dos mil años: «Todo cuanto pidáis en la oración, creed que ya lo habéis recibido y lo obtendréis». Si estás descubriendo que puede haber algún mundo que no vemos pero que es tan real como esta conversación, sigue escuchando a tu corazón. Con rabia. Sin temor a lo que digan.

Hasta ese momento Alejandro se había limitado a escucharme, a hacerme preguntas y lanzarme esos mensajes como un juego de pistas que me había llevado a la playa, pero ahora cada una de sus palabras se me clavaban como dardos directos, transmitiéndome una fuerza hasta entonces desconocida. Nos quedamos un rato escuchando el ruido lejano de la vida de la calle, dándome un tiempo para poder digerir sus palabras, que parecían llegar en el momento preciso. Dicen que cuando el discípulo está preparado aparece el maestro. Luego continuó.

–Bueno, y ahora cuéntame qué decía ese correo.

–Pues al principio pensaba que era de Noah, pero no, para chasco mío.

Alejandro sonrió divertido

–Era de un tipo con un nombre extranjero, o algo así. Mira, déjame que te lo lea –dije agarrando el móvil del bolsillo–; era de un tal Christopher. Me parece muy enigmático; a ver qué te parece a ti... Te leo:

Estimado Pablo

Noah me ha hablado de usted. Me comentó que tenía interés en viajar a conocer «de otro modo» Monte Saint-Michel... El monte nos está llamando. Ella me invita a que le proponga algo. El próximo sábado a las 18:00 h en la «Librería-Café Ocho y medio» (C/ Martín de los Heros). No traiga a nadie con usted, por favor.

Será un gusto conocerle.
Christopher

–¿No te parece un mensaje algo enigmático, Alejandro?... ¿El monte nos está llamando? ¿A qué se referirá con conocerlo de otro modo?...

–Creo que en el fondo ya lo sabes...

–¿Y eso de no traer a nadie? Parece un poco secta, ¿no?

–Pablo, recuerda: nadie te obliga a nada; tú tomas las decisiones.

–Solo quiero saber en qué me meto.

–Queremos saberlo todo, también cómo nos irá con la persona que hemos elegido. No es más que nuestro afán controlador. Algo muy propio de un adulto y muy poco de un niño, por cierto.

–Solo querría saber que todo esto tiene algún sentido.

–¿Y qué vas a hacer, Pablo?

–Ir, por supuesto.

34

Auberto entró en la soledad del oratorio. Observaba aquellas reliquias, recordando como si hubiese sido ayer cada mensaje de su querido ángel san Miguel. Ocho años llevaban allí, veneradas por miles de almas que llegaban con la esperanza de poner bajo la protección del arcángel el cuidado de sus seres queridos, sus sueños y desvelos.

Mientras tanto, las luchas e intrigas políticas crecían entre bretones y normandos, y el monte, refugio y santuario de los hombres de la mar, se estaba convirtiendo en un bastión clave en medio de ambos territorios. Las primeras edificaciones se habían construido en la parte inferior del monte, por la cara sur. Allí vivían todos los amigos pescadores de san Miguel, como le gustaba llamarles a Auberto. El Monte San Miguel A Merced de la Mar crecía con esa comunidad de primeros habitantes, a los que se les añadía la primera generación de constructores, carpinteros y albañiles, así como algunos peregrinos, que quedaron tan impresionados con el lugar que establecieron ahí su morada.

Dentro del monasterio, las nuevas incorporaciones trajeron nuevas preocupaciones y discordia, debido a la dispersión de algunos de sus clérigos. Cada vez con mayor frecuencia, Auberto de Avranches se entregaba en oración y desaparecía durante horas de la vista del resto de monjes, recogido en el silencio del lugar.

Gérard entró con discreción e hizo una genuflexión. Era el único que tenía el valor y la confianza de interrumpir su oración si el caso lo requería. Se situó detrás de él sin querer molestar, buscando el momento idóneo, pero el obispo advirtió enseguida su presencia.

Nicolas y Isabelle lo esperaban cogidos de la mano. Solo unos días antes se habían jurado amor en lo alto del muro que servía de fortaleza del pueblo que comenzaba a crecer a los pies del monte. La luna perfectamente redonda había sido su silencioso testigo, brillando generosa sobre la bahía, dibujando un escenario propio de un cuento fantástico.

Los dos habían encontrado en el monte la protección que perdieron en aquel horrible maremoto. Eugene se convirtió en un padre para Nicolas desde que lo halló asido a la rama más alta del árbol, y Marius y Nadine en los padres que entregaron a su hija para que Isabelle pudiera alcanzar el monte. Nunca olvidaría que, gracias al valor y el corazón de Paulette, ella había podido vivir, y con cada sol fue convirtiéndose en una hermana para ella, y para Nicolas.

–Buenos días, padre –habló Nicolas–. Como sabe, nos conocimos en este lugar hace ya ocho años. Hemos crecido juntos y nuestra amistad se ha convertido en algo más. Desearíamos casarnos; ella tiene el consentimiento de Marius y Nadine, y Eugene me acompañará a mí. Estaríamos muy felices de que usted realizara el casamiento. Quisiéramos encomendarnos a la protección del arcángel.

Solo unos pocos días después la pareja llegó en la barca de Eugene, engalanada como el monte de multitud de flores blancas. Al atardecer, un camino de antorchas llevaba hacia la cima de aquel universo, mientras la llegada de los jóvenes era recibida con una nube de pétalos lanzados por las sencillas gentes del lugar. Fue una ceremonia austera pero cargada de simbolismo. Isabelle estaba radiante y Nicolas no cesaba de mirarla. Los dos jóvenes se arrodillaron y se profesaron amor eterno ante el altar. Auberto les recordó que, en medio del dolor y el sufrimiento que un día originó el maremoto, había nacido ese amor y que aquello era un mensaje de esperanza para todos.

Los pescadores habían formado una auténtica familia en la que acogieron a la nueva pareja y donde todos cuidaban de todos. La comunidad del pueblo también crecía día a día, y poco a poco la abadía acogía cada vez a más peregrinos. Eran años de paz y prosperidad, y fue durante ese tiempo que Isabelle dio a luz un hermoso niño al que pusieron por nombre Jacques. Doce canónigos cuidaban de Monte Saint-Michel y el ángel velaba por todos ellos. El tiempo iba pasando, y lentamente, sin apenas darse cuenta, el lugar fue haciéndose legendario más allá de la región.

Pero sucede que la armonía a veces puede romperse por un detalle aparentemente insignificante. Una noche, tras las Vísperas, Pierre observó como tantas otras veces a Bellmont asomado al gran balcón junto al oratorio contemplando el firmamento. Se acercó intentando hacerse notar para que no se asustase, pero viendo que no se inmutaba, lo llamó:

–¡Bellmont!... ¡Bellmont!.. ¿Estás bien?... Sabes que puedes contar conmigo.

–Todo se perderá... –susurró el monje.

–¿Qué es lo que se perderá?... Bellmont, me preocupas, estás extraño.

–Tengo que contarte algo.

35

Faltan cinco minutos para comenzar, pero aún no quiero entrar. Mientras, me entretengo viendo la cartelera de los cines Renoir y Golem. De reojo observo si entra alguien en la cafetería «Ocho y medio». Estoy nervioso. Marina está muy ilusionada con la posibilidad de viajar al lugar con el que ella y yo soñamos; ella sin ni siquiera haberlo visto nunca, o al menos conscientemente, y yo soñando con el angustioso rescate de la mujer que se ahoga en las arenas movedizas que hay en torno al monte y descubriendo que aquella historia ocurrió hace muchos siglos. Su misterio y la historia de aquel lugar no han parado de alimentar mi curiosidad. Los dos sabemos que es uno de los lugares que cualquier persona quisiera visitar alguna vez en su vida. Los dos presentimos que ese viaje puede ser mucho más que eso. La conexión con su historia me atraía como un imán, y ese polo ahora me llevaba derecho a la puerta del café.

Al entrar, un ambiente bohemio te rodea; la pared de la derecha está forrada por multitud de libros sobre cine: guiones, directores, estrellas del celuloide, rarezas, películas míticas. A la izquierda, los libros de Scorsese, Spielberg, Kubrick o Hitchcock están salpicados de multitud de carteles y fotografías de grandes películas, y otras no tan grandes, así como de variadas piezas de coleccionista expuestas en diversas estanterías. En el centro, solo una pareja tomando un té en un sofá y, algo más a la derecha, la barra. Saludo al camarero y hace un gesto amable indicándome que me están esperando en otro lado. Hay una bicicleta antigua; toda la decoración es muy retro. En un apartado hay un hombre de unos sesenta años, distinguido, esbelto, con un pelo tupido canoso y ojos azules. En cuanto advierte mi llegada se acerca sonriente, me ofrece su mano y se presenta con un acento francés inconfundible:

–Christopher Giraud; soy medio francés de madre española. Bienvenido.

–Encantado... un lugar de cine para un viaje de cine –dije mirando alrededor, tratando de romper el hielo.

Sonrió asintiendo a mi comentario, transmitiéndome cercanía; es curioso lo que puede expresar una persona en un solo gesto. Pidió una cerveza, mientras yo me conformaba con un triste descafeinado, pensando en la larga noche de hospital que me esperaba.

–Noah me ha hablado de usted. La increíble Noah, ¿verdad? –Debí sonrojarme y bajé la mirada–. Tranquilo, es difícil no reparar en su encanto. Me mandó un mensaje; creo que le habló de mí. Nuestra amiga Noah es aficionada a las pistas; dice que todo buscador debe seguir las señales una vez que han despertado su olfato.

–¿Eso dijo? –pregunté sorprendido.

–Sí, ella piensa que usted está en condiciones de comenzar una búsqueda, o llamémoslo investigación si lo prefiere. Habrá oído que si uno quiere obtener resultados diferentes no debe hacer siempre lo mismo. Dentro de cada persona hay un tipo de jugador, y parte de nuestro trabajo interior es volver a redescubrirlo. Habitualmente esto tiene mucho que ver con el niño que fuimos... y según parece a usted le encantaba explorar... conocer mundos, hacer preguntas, buscar pistas, examinar las cosas en detalle, investigar... ¿Estoy en lo cierto? Es su forma de prepararnos para este viaje –dijo con un tono misterioso–. Y tú, Pablo, ¿estás listo para prepararlo?

–¿En qué sentido?

–Esto es algo más que un simple viaje. Estamos en una aventura del alma, que comprende una serie de enigmas que tienes que descubrir... Es algo así como un juego. Cada enigma te llevará al siguiente. Dependerá de ti, y solo de ti, descubrirlo. Pero no va a ser un camino fácil, te lo aseguro.

–Pero... entonces, ¿esto va en serio? –inquirí descolocado.

–Muy en serio. Noah me dijo que habías hecho un camino, y que habías despertado a la atracción del Monte Saint-Michel.

Pensé que no tenía sentido mostrar ninguna máscara; Noah era la que me había conectado con aquel hombre misterioso de aspecto distinguido, y de ella podía fiarme por completo. Debía creerme ese personaje del que Alejandro me hablaba. Así que, tras permanecer pensativo por un instante, quise sincerarme.

–Estos días estoy viviendo junto a mi hija una serie de hechos extraordinarios que no logro asimilar. Demasiados para pasarlos por alto... Sincronicidades, sueños de algo que sucedió hace siglos, señales de que detrás de todo este mundo material que vemos hay más, mucho más. Todos estos sucesos, sin saber por qué, están situando mi vida en dirección a un lugar venerado desde antiguo, un lugar sagrado, el Monte Saint-Michel. Supongo entonces que si esto es algo más que un simple juego debo hallar respuestas a un enigma... ¿Pero ese enigma existe realmente o es solo un juego? Creo que es justo preguntarlo antes de comenzar. Y si de algún modo estoy colaborando en descifrar una respuesta... ¿para quién es? ¿Alguien conoce la existencia de ese enigma del que hablas, además de tú, yo o Noah? Y... ¿tiene respuesta?

–Tiene muchas preguntas... Un buscador debe acostumbrarse a vivir con el misterio. Le diré que yo no conozco estos enigmas; tal vez Noah sepa de ellos... Ella es una estudiosa del Monte Saint-Michel, y quizá, solo quizá, conozca alguno... No lo sé, lo desconozco. Intuyo que esto es mucho más que un simple juego de pistas o un modo diferente de hacer turismo.

–Entonces... ¿usted también está haciendo este juego?

–En cierto modo sí. Ella siempre descubre al niño que llevamos dentro. De chico, yo solía ser un coleccionista de todo tipo de objetos... cromos, botellas y latas de refresco, pines, escudos, entradas de espectáculos, fotografías... Ahora mi coleccionismo ha cambiado de forma: mi búsqueda tiene que ver con coleccionar experiencias, viajes a lugares remotos, conocer mundos desconocidos y objetos menos simples que una botella árabe de Coca-cola. Objetos a los que se les atribuye una historia, un poder especial...

–¿Y eso mismo le llevó a Saint Michel?

–Exacto. Me afanaba en buscar piezas de coleccionista; luego comencé con obras de arte. Un día llegó a mis manos la posibilidad de adquirir un hermoso retrato y descubrí que detrás de esos tesoros robados, quemados o escondidos del mundo siempre suele haber una increíble historia. Un ladrón de obras de arte llamado Adam Woth robó una pieza que puso en jaque a todo Scotland Yard al sustraer el retrato de una mujer polémica, la duquesa Georgiana Cavendish. El robo hizo que se hablase de la obra, aumentando así su interés y cotización. Sin embargo no la vendió jamás, aunque creo que habría sacado un buen pellizco por ella. ¿Y sabe por qué?

Apenas me dio tiempo a negar con la cabeza; él prosiguió su interesante relato.

–Porque le recordaba a otra mujer, a su verdadero amor. Se cuenta que Adam inspiró a Arthur Conan Doyle para crear al enemigo de Sherlock Holmes.

–Interesante sin duda. Pero de ahí al monte...

–Ya sabe: alguien que busca llega a una pista y esa le lleva a otra. Así comencé a encontrar reliquias. Muchas falsas, sí, y veneradas desde antiguo, pero algunas verdaderas, y estas con mucho más que una historia detrás. Verá, nunca he pretendido ser un supersticioso, y siempre rechacé a las personas que tienen por costumbre creer en todo tipo de supercherías. Pero a raíz de una serie de sucesos encadenados, como le ha sucedido a usted, comencé a darme cuenta de que se abría la posibilidad de un mundo... llamémosle sobrenatural, y que la ciencia hoy no logra desmentir que un objeto haya sido testigo de excepción de sucesos históricos de la humanidad.

–¿Como la Sábana Santa?

–Sí, por ejemplo. Todos los estudios científicos parecen indicarnos que aquel lienzo rodeó por arriba y por abajo el cuerpo de Jesús de Nazaret en el sepulcro, un fenómeno extraordinario que podría cambiar la concepción del alma. Tal vez si mañana descubriéramos que eso no fue así, posiblemente eso no cambiaría la creencia de tantas personas... Ya sabe, para el que tiene fe ninguna explicación es necesaria. Pero yo no tengo esa fe; necesito tocar las cosas para comprobarlas por mí mismo, por lo que confío en descubrirlo por mis propios medios... Solo que una de esas piezas es el testigo vivo de un suceso extraordinario. Todo esto me lleva a buscar un objeto cuya existencia hasta ahora nadie había caído en considerar y la de un ser de luz muy especial.

—¿El arcángel san Miguel?

—Eso es, querido amigo. Busco las pistas que me conduzcan a la espada de san Miguel. La misma que el arcángel portaba en su lucha contra Satanás en el Monte Saint-Michel, porque todos creemos que esto es una leyenda llena de simbología... ¿cierto? Pero todas las religiones, ¡todas! lo señalan como príncipe de las milicias celestiales. ¿Y si fuera algo más que un pasaje simbólico? ¿Y si alguna vez existió esa espada, testigo mudo de la batalla contra el mal? Amigo, nunca me gustó pensar en la existencia del mal junto al bien; creo que todos llevamos dentro la posibilidad de lo uno y de lo otro... Durante toda mi vida he sido más bien un agnóstico; el noventa y nueve por ciento de mi ser no cree que pueda demostrarse la existencia de un ser inteligente superior... Pero como investigador, como buscador, ¿debo cerrarme a esta posibilidad, por mínima que sea? Afortunadamente nunca tuve dificultades económicas, así que esta es mi pequeña debilidad: seguir las pistas de objetos sagrados.

Me quedé perplejo. Christopher era lo que se diría una persona con cultura, un escéptico, y sin embargo tenía el coraje y la determinación de buscar a lo Indiana Jones la espada del mismísimo arcángel Miguel. Ante mis ojos tenía la encarnación de un hombre fuera de lo común, alguien que convierte su vida en una aventura, aunque las posibilidades de fracaso fuesen tan elevadas.

—Es sorprendente lo que cuentas... Y ciertamente es admirable.

—Cada persona tiene un despertar espiritual diferente, supongo. —Comenzaba a acostumbrarme a esa expresión con la que Alejandro había definido lo que me estaba sucediendo–. Tu despertar te llevará a otra búsqueda...

–¿Como cuál? –pregunté.

–Eso no puedo decírtelo. Yo lo desconozco. Solo tú puedes averiguarlo. Pero a través de nuestra amiga Noah nos hemos conocido y juntos vamos a preparar este viaje... Si estás dispuesto, claro. –Tomó un sorbo de su cerveza e hizo un silencio–. Pienso que, al conocernos, nuestras búsquedas de algún modo pueden conectarse y nutrirse la una de la otra.

–Quiere decirme que la búsqueda de la espada ahora es también algo que me incumbe a mí...

–Eso es... y a mí seguramente me incumbe de otro modo... Posiblemente ayudándole a que pueda descubrir las respuestas a sus dudas. ¿Puedo preguntarle, Pablo, desde la discreción, cuál es su búsqueda? Desearía saberlo por si pudiera servirle de ayuda... Pero si no quiere responder a este señor cotillo lo entenderé y respetaré.

Sus palabras me parecían sinceras, y su cierta comicidad y acento francés terminaron de desarmarme y me reí abiertamente.

–No sé lo que busco... –dije y me quedé pensativo–. Seguramente comprender qué me está pasando con todas estas señales, con el Monte Saint-Michel... saber por qué tengo sueños extraños con aquel lugar... y aquí saber qué hacer con mi vida... Odio mi trabajo... En un momento dado tiré la toalla y me dediqué a malvivir... Llegué a pensar en bajarme de este tren, pero supongo que mi ángel de carne y hueso, mi hija, me lo impide. Imagino que inconscientemente también busco un camino diferente a su curación. Luego está la muerte de su amiga del hospital, que lejos de hacerme cabrear más por la pérdida de un ser inocente, de creer aún menos si cabe en un Dios que permita que esta injusticia suceda, me hace replantearme la vida desde un prisma absolutamente distinto. No sé, Christopher; sé que no soy el mismo... pero antes al menos sabía quién era. Ahora no sé muy bien en quién me estoy convirtiendo. Supongo que en alguien que pide un descafeinado en lugar de una buena cerveza –dije con sarcasmo.

Christopher se rio ante mi salida, pero no había dejado de escuchar cada palabra sin desconectar su profunda mirada azul por un instante de mí. Luego quedó en silencio; supongo que quería hacer suya mi búsqueda, o eso me gustaba pensar.

Después, despacio, levantó su cerveza, buscando un brindis.

–Sentido... amigo Pablo. Creo que buscas el sentido de tu vida –dijo al fin tuteándome–. Estás siendo cegado por una luz diferente, y parece que, como el otro Pablo de hace dos mil años, te has caído del caballo y buscas tu sitio. A mí me gusta más este hombre que el que iba a caballo... y aunque no sepas qué pasos dar, ni qué pedir en esta cafetería, me parece indudable que te estás moviendo. Tal vez la preparación de este viaje te dé respuestas... Procuraré ayudarte... Si me lo permites, claro.

Yo asentí e hice un tímido brindis con él.

–Se lo agradezco, Christopher... Si algo puedo hacer por usted...

–Pues claro... Según dijo Noah, tu primer enigma es el mío, y el mío es el tuyo... De algún modo que no entendemos se conectan. Esa es la idea.

–Entonces...

–Sí –dijo, como adelantándose a mi pensamiento–. Este es tu primer enigma: la espada de san Miguel.

–¿Cómo?

–Ayúdame por favor a descubrir cualquier pista del posible paradero de la espada de san Miguel... si es que existe.

–Haré lo posible –dije decidido–, aunque no sé por dónde comenzar.

–Confiemos... ¡Ah! y si está pensando en la bella Noah, ella seguirá nuestros pasos desde donde esté, porque no para, pero seguro que vendrá al viaje. Nos propuso que usted y yo nos viéramos una vez al mes... Hoy es siete de diciembre, así que si le parece nuestro segundo encuentro será aquí el siete de enero, justo después de las fiestas.

Me sentía decepcionado por no poder tener contacto, al menos por correo, con ella, aunque me consolaba saber que estaba presente en todo eso.

–Bien; no sé que decirle, ni por dónde empezar... Y realmente, la gran parte de mi tiempo es y será para Marina. Francamente, me siento algo desbordado, pero aquí estaré tenga lo que tenga dentro de un mes... –le prometí.

–No se preocupe... Bueno, pero por favor, podemos tutearnos.

Respiré relajado. Su mayor edad y ese halo de elegancia me habían hecho ser más precavido.

–Y por cierto... ¡Feliz Navidad! –añadió sonriente, ofreciéndome la mano.

Salimos juntos hasta la puerta del café. Allí descubrimos sorprendidos que había comenzado a nevar. Nos quedamos como estatuas contemplando la belleza y la calma del momento. Los copos comenzaban a cuajar sobre los coches aparcados en la acera, mientras las luces de neón se reflejaban en un asfalto desierto y solitario. Aquello remataba una tarde sorprendente e inquietante. La búsqueda había comenzado.

36

Unos gritos despertaron a Auberto. Las voces parecían provenir de la escalinata que unía la planta alta con las celdas de los monjes. Enseguida sonaron unos golpes fuertes en su puerta.

–¡Padre Auberto! ¡Padre Auberto! ¡Es Bellmont! Ha desaparecido, no está en su celda –gritó fuera de sí Pierre.

–Tranquilo, tranquilo... serénate –dijo el obispo mientras se incorporaba del jergón.

Tras la puerta se hallaba Pierre con el rostro desencajado. El obispo le ofreció asiento y trató de serenarlo, porque al monje apenas le salían las palabras.

–¿Qué ocurre?

–Es... es... Bellmont... Algo le ha sucedido.

–Se habrá levantado temprano a caminar, sabes que le gusta madrugar antes de las primeras luces.

–No es eso... Ayer por la noche no estaba en su celda, lo busqué y ni rastro, pero pensé lo mismo, que se habría marchado a dar un paseo. Pero no ha dormido en su celda, no hay rastro de él. Llevaba algunos días preocupado; estaba muy extraño, alejado y abstraído, como en otro mundo.

–¿Tienes idea de qué es lo que le pasaba por la cabeza?

–Hace unos días me confesó que algo le atormentaba, pero no sé si debería...

–¡Por Dios!... Si necesita ayuda debes contarme todo lo que sepas sin remilgos.

–Usted sabe bien cómo lo venera. Desde hace un tiempo no cesaba de decir que todos los hechos que aquí ocurren se perderán, que la paz de la que hoy disfrutamos cesará algún día, que el monte podría caer en manos desaprensivas y que todo quedará en el olvido...

El obispo se mesó el cabello...

–Es cierto que quizá debería haber decidido algo al respecto, pero... ¿dónde puede haber ido? ¿Alguien más sabe todo esto?

–No, creo que no– contestó Pierre–. Tal vez quiera dar testimonio por todo el condado. He preguntado a Adrien y Eugene poco antes de que salieran a faenar, y no le han visto y dicen no saber nada.

–Espero que haya ido a tierra, porque el tiempo está cambiando y el mar podría ser muy peligroso. Tenemos que apresurarnos a buscarlo –dijo el obispo incorporándose de inmediato.

Al poco tiempo todos los monjes comenzaron una batida por cada rincón del monte, pero no había ni rastro de Bellmont; parecía como si se lo hubiera tragado la tierra. La angustia iba creciendo a pesar de que nadie quería pronunciarse, hasta que, temiéndose lo peor, Paul Dumont dijo lo que varios estaban pensando:

–Le gustaba arrimarse al borde del acantilado a ver el sol... Dios no lo quiera –dijo santiguándose–, pero... ¿y si resbaló?

–O tal vez haya ido al pueblo y le haya pasado algo –propuso Pierre sin querer ni pensar en aquella otra posibilidad.

–A ver, hermanos, mantengamos la calma –los interrumpió Auberto–. Hagamos varios grupos. Uno que se acerque al pueblo ahora que la marea está retrocediendo, otro que busque en la linde del monte y otros que busquen en el monte. No puede andar muy lejos.

Poco después regresaban los pescadores.

–Anoche no pudimos salir a faenar; todas las barcas se quedaron amarradas y sabemos que nadie salió. Hubiera sido un suicidio –dijo Eugene.

–Sí, es más que improbable que saliera en barca. ¿Cuándo se le vio por última vez? –preguntó Adrien.

–Creo que ayer no acudió a Vísperas –recordó Pierre –. ¿Alguno le vio antes?

–Comimos frente a él –repuso Gérard, mirando a Pierre–. Estaba muy raro, muy callado. Él es así, pero parecía preocupado. Creo que el único que habló algo con él fue Edouard... Podríamos preguntarle... ¿Dónde está?

Todos miraron inquietos de un lado a otro.

–Jamás está cuando se le necesita... –se quejó Pierre.

–Vamos, vamos, yo le buscaré –le apaciguó Auberto–. Si tiene la más mínima pista, nos lo dirá. Adrien, Eugene, por favor, salid en su busca... Empiezo a pensar que es realmente extraño que Bellmont haya salido sin dar noticias.

Alguien había estado escuchando de cerca la conversación, pero en cuanto esta se dio por concluida, volvió sobre sus pasos sin ser advertido. Era el hermano Edouard.

37

—Papá... ¡es alucinante! ¡La espada de San Miguel! Por favor, déjame ayudarte –me suplicó con las manos juntas.

Yo me reí, pero luego tuve una intuición y decidí seguirla. Marina era una niña; su nobleza no estaba condicionada por nada. Ella sería en esta búsqueda la inocencia, la parte idealista; su mirada limpia de las cosas podría serme de ayuda, y, en el peor de los casos, aquello nos podría ayudar a alejarnos del escenario hospitalario y compartir algo juntos. Padre e hija jugando a ser Indiana Jones. Me acordé de las palabras de Alejandro y decidí jugar, aunque por dentro no tenía fe de que aquello nos pudiera llevar a alguna parte.

–Está bien, Marina. ¿Por dónde empezamos?

–Papá, no sé. Yo comenzaré por Internet... Déjame la *tablet* por favor. Voy a buscar cosas sobre el Monte Saint-Michel... Y tú... busca a alguien que sepa muchísimo de esas cosas.

–¿Esas cosas? –pregunté divertido–. Quieres decir de historia, arte, religión, o si no... estaba pensando –hablaba para mí en voz alta–. ¿Cuál es la mayor biblioteca de historia o de arte de Madrid?

–Eso, eso; muévete, tú que puedes.

–Bueno, mandona, ya veré qué hago –mascullé entregándole con recelo la dichosa *tablet*.

La búsqueda de nuestro grial estaba a punto de comenzar cuando llegó la abuela, dejando a su paso un reguero de bolsas, revistas y sorpresas para la niña.

–¡Hola, preciosos! ¿Cómo está mi princesa hoy?... –Y sin dejar tiempo a contestar continuó–: Mira, he traído un bloc con unas mandarinas o algo así para colorear; dicen que es muy relajante.

–¿Mandarinas? ¿No serán mandalas? –pregunté.

–Eso, sabía que era algo así.

Sobre el sofá quedaba una revista con el Coliseo romano y al lado una imagen del Castillo Sant'Angelo. Me quedé pensativo cuando Teresa, que estaba a todo, me dijo:

–Es un catálogo de viajes que he traído. Si en verano va todo bien, igual hago un viajecito con las amigas a Roma.

Salí a la calle un momento aprovechando el relevo. De nuevo, pequeñas y diminutas señales casuales aparecían ante mí como por arte de magia. Entré en el café de enfrente, en el que comenzaba a ser un cliente habitual, con la esperanza de volver a encontrarme con Luna, pero ni rastro. Me senté en el mismo lugar en que había tenido la conversación con ella. Pedí una clara y abrí el portátil. Averigüé que a finales del año 589 después de Cristo, Italia sufrió terribles lluvias que provocaron grandes inundaciones. Muchos animales quedaron muertos en los campos, y llegado el año 590 Roma comenzó a sufrir el azote de la peste. La población estaba diezmada. El temor se extendió de tal modo que incluso dejaron los cadáveres por la calle, lo que propagó aún más la plaga. El papa Gregorio I organizó una gran procesión, dividida en siete frentes, por cada una de las siete iglesias romanas, para orar por el fin de la epidemia. Todo el pueblo lo seguía por las calles de la ciudad. Al llegar al puente de Adriano, frente al mausoleo, la procesión, encabezada por el icono de la Virgen «Salus Populi Romani», pintado por el evangelista san Lucas, se detuvo. El papá pidió a todos que dirigieran la mirada al cielo e imploraran la ayuda de Dios. Entonces el papa tuvo una visión del arcángel Miguel envainando la espada en lo alto del castillo. Gregorio I lo interpretó como una señal premonitoria de que el final se acercaba; y así sucedió. La epidemia cesó. Hoy en aquel lugar luce la estatua del arcángel en similar posición a la que Gregorio observó aquel día.

Aquello me intrigaba bastante. Esa espada según algunos podía simbolizar la ira de Dios, cosa que no me encajaba bien con una visión de un Dios de misericordia. Para otros, una llamada al cambio, a la conversión, y para muchos, una lucha contra la mal. Al arcángel Miguel se le llamaba «Príncipe de la Luz», el guía que ilumina el camino del ser humano para liberarlo de la oscuridad del miedo.

Pocos días después, Marina me contó la leyenda de los tiempos previos a la construcción del Monte Saint-Michel. Una lucha terrible se desencadenó en el cielo entre los ejércitos de ángeles del bien y el mal, y san Miguel venció a Satanás con la espada.

Andaba muy perdido, pero decidí tomármelo en serio, así que comencé a trabajar con una libreta y anotar todo lo que encontraba. Siempre me había atraído más el sabor de lo analógico, del lápiz que la pantalla. La verdad es que estaba aprendiendo mucho sobre san Miguel. Me asombraba lo de la peste de Roma; aquello no era una simple anécdota, sino que había sido un hecho histórico en la ciudad. Recordé al papa Francisco cuando siglos después volvió a mostrar el icono ante una Plaza de Roma vacía, gris, triste y lluviosa con motivo de la pandemia de 2020. El día 22 de diciembre nos dieron permiso para pasar los días de Navidad en casa. Mientras regresábamos en coche, oíamos por la radio la cantinela de los niños de San Ildefonso cantando la lotería. Me recordaba a tiempos antiguos, pero ahora me parecía absurdo, lo veía lejano y apagué el equipo. Hablamos de cómo íbamos a pasar los días festivos. Quería pasar la Nochebuena con Marina. Solos ella y yo. Su abuela Teresa tenía planes y además para Navidad iríamos a su casa, y conociéndola, seguro que habría alguna sorpresa. Marina decoró el árbol con la ilusión de siempre, que llegaba casi hasta el techo. Lo ponía con mucho esmero y con cada espumillón o adorno nuevo se alejaba unos pasos para verlo en la distancia. Cuando estaba terminando no encontrábamos la estrella luminosa que debía coronarlo. Se me ocurrió decir que la habríamos tirado y que ya teníamos dos cosas que buscar: la estrella y la espada. Me miró con cara de póquer y me dijo:

—¡Ay, papá! Que poca fe tienes; seguro que aparecen las dos.

Me encantaba su inocente seguridad. Cuando al fin la encontramos en otra caja en el desván junto a unos angelotes, se subió a la escalera, la colocó en lo más alto y encendimos la luz. Tuve la impresión de que aquel hecho tan simple y cotidiano podría tener un paralelismo con la espada. Hacía muchas Navidades que no me recordaba disfrutando, pues eran unas fiestas que había odiado pocos años atrás. Preparamos juntos la cena de Nochebuena. Marina se quitó el pañuelo de la cabeza y descubrió su cabeza calva. Estaba radiante pese a su aspecto. La abracé y se nos ocurrió colgar una foto de Irene en el árbol. Al terminar, sobre las once, encendimos la chimenea y nos acomodamos juntos frente al fuego en el sofá.

–Marina, hemos buscado mucho durante estas dos semanas y hemos encontrado cosas interesantes, pero nada de la famosa espada.

–¿Y se te ha ocurrido preguntar?

–¿A quién? –dije con una cara que provocó su risa.

–¿A quién va a ser papá...? ¡A su dueño! –dijo como si fuera tonto–. Has buscado por todos los lados como un científico, pero si dices que estás en esa búsqueda espiritual deberías hacer cosas diferentes.

–¿Cómo?... ¿Propones cambiar mi fuente informante? –insinué en tono de guasa.

–Papá, todo esto tiene sentido si crees en los ángeles, pero claro, si no crees... –dijo casi regañándome.

–No te enfades, anda... Mira, te voy a enseñar un dibujo que hice de cómo me imagino a San Miguel... Si después de todo lo que me ha pasado puede que tengas razón. Solo que no sé cómo hacerlo...

–Pues... como tú me estás hablando ahora. Con sinceridad, sin adornos, pero con corazón.

Marina me solía dejar pasmado; ella hacía simple lo que para mí era un mundo. Luego se levantó y puso música.

–Mira, papi, vamos a poner una lista navideña, que si no pones tus canciones tristes. Por cierto, tenemos que cambiar la bombilla de la estrella del árbol; se ha fundido o el cable está mal.

Mientras, comenzaba a sonar una versión antigua de «*Have yourself a Merry Christmas*». Marina encendió una velita roja y desapareció en la cocina. Me fui a la ventana. Algo dentro de mí se estaba removiendo y sentía que podía intentarlo. No sabía muy bien cuál era el mejor lugar para dirigirle una plegaria al ángel.

Y, en silencio, creé una oración improvisada:

«Ángel san Miguel. Jamás me he dirigido a ti. La verdad es que no había rezado desde la infancia. Yo... me siento como un niño perdido. Me ha parecido ver tu mano en muchas cosas que me están sucediendo. Solo pensar que existes y que tal vez puedas estar ahora mismo escuchándome... me pone los pelos de punta. Tengo muchas preguntas, y si no quieres contestarme lo comprendo, pero si pudieras ayudarme... La mujer del sueño que se ahoga... Me persigue su recuerdo. ¿Quién es? ¿Por qué el Monte Saint-Michel se aparece en mis sueños y en los de mi hija?... Me han pedido que busque tu espada. ¿Existe en algún lugar del mundo? Perdóname, soy un desastre; yo aquí pidiéndote explicaciones, ¿y quién soy yo para ser tan atrevido? Olvida lo que te digo... todo es nada al lado de que mi hija Marina se recupere de esta enfermedad. Por favor... ayúdala a sanar.

Sentía que todo lo que afirmaba lo decía desde dentro.

«No soy nadie, pero siempre escuché mucho aquello de 'pedid y se os dará'... Por favor, dame una señal de que estás detrás de esto y que no son imaginaciones mías... cuando y como quieras... Gracias».

Marina recolocaba los adornos navideños de encima de la chimenea. Regresé junto a ella.

–Ya lo he hecho, Marina...

–Papá... ¿tú crees que me pondré buena?

–¿Por qué lo dices, cariño? –dije abrazándola.

–No lo sé... porque a veces me siento muy mal, y porque a veces parece que tú no creas que...

Era la primera vez que la veía dudar, y me rompió por dentro. Ahora que yo comenzaba a creer un poco, ella parecía salir de su ingenuidad de niña. Pero, de pronto, exclamó agitada:

–¡Mira papá!... ¡Está nevando! Nochebuena y nieva, ¡qué bonito!

Me acerqué de nuevo a la ventana, donde hacía dos minutos le había rezado al ángel. Pensé que era una bonita casualidad. Luego recordé de cuando había nevado por última vez, al salir del café Ocho y medio. Sí, en aquel momento me pareció estar en un mundo imaginado. Y ahora, cuando acababa de rogar una señal para que entendiera que toda esa búsqueda no era fruto de mi sugestión, comenzaba de nuevo a nevar. Sentí un escalofrío que me recorría el cuerpo. Recordé que en Madrid no nevaba desde hacía dos inviernos. Entonces Marina comenzó a reírse. Cada vez más, y más, hasta que le salieron lágrimas y llegó a contagiarme.

–¿De qué te ríes?... ¿Te has acordado de algo?

–No, papá –dijo apartándose las lágrimas–. Es que me entra la risa y no sé por qué. Supongo que Andrea quiere celebrar la Nochebuena con nosotros.

La luz de la estrella del árbol se encendió débilmente y nos miramos sorprendidos. El reloj marcaba las doce. Definitivamente, aquella noche parecíamos estar dentro de un cuento de Navidad.

38

La desaparición de Bellmont había hecho mella en la salud de Auberto. Su fiebre se disparó. Paul Dumont lo cuidaba en la enfermería, procurando rebajarle la temperatura con paños en su frente. Estaba desvanecido cuando llegó el hermano Gérard, procurando no hacer el mínimo ruido.

–¡Tranquilo! –dijo tratando de calmar a Gérard–. Necesitaba descansar. No despertará en unas cuantas horas.

–¿Qué le sucede? ¿Es grave?

–Es pronto para saberlo. La desaparición de Bellmont le ha afectado mucho más de lo que imaginamos. Auberto nos quiere como si fuéramos sus hijos, pero es obvio que Bellmont es como un hijo pequeño para él. Bellmont tiene alma de niño, es tan idealista... En pocos hombres he encontrado una mirada tan noble, tan limpia... Es como un niño grande, siempre enamorado de cada cosa que ve. Creo que en el fondo todos le hemos protegido siempre de un modo especial.

–Sí, tienes razón; Bellmont siempre provoca en nosotros ese deseo de protegerlo. Se me hace tan extraño todo esto...

–Tú como nadie conoces al obispo. Vuestra amistad es como el buen vino. Y creo que, cuando despierte, le sentará muy bien estar contigo, Gérard.

–Nuestro querido obispo de Avranches vive de un modo diferente a nosotros. Bien es cierto que le conozco desde hace mucho tiempo y sé qué le hace sonreír... pero hay una parte de él a la que ni siquiera yo jamás podré acceder.

–¿Te refieres a sus visiones? ¿Como cuando encontró agua dulce en el monte?

–A las visiones por descontado. Pero me refería a algo más sencillo: al cuidado de todos nosotros. Seguiremos siendo hasta la muerte sus ovejas y él nuestro pastor. Esa responsabilidad no la podremos comprender hasta que no tengamos su mismo cometido.

Paul se sentó en una silla cercana al lecho en el que Auberto seguía inconsciente. Los dos guardaban silencio; apenas podía escucharse la respiración del paciente. Mientras volvía a introducir el paño en agua y escurrirlo en una pequeña tinaja, el médico le preguntó con mirada suplicante:

–¿Se sabe algo más?

Gérard negó con la cabeza apesadumbrado.

–No ha dejado huella. Es muy extraño, Paul... No es su modo de proceder habitual. Él siempre hubiera pedido permiso, o en su defecto hubiera dejado unas palabras escritas, pero...

–Tal vez habría encontrado una negativa –lo interrumpió Paul.

–¿Qué quieres decir?

–Todos sabemos que le preocupaba sobremanera dar a conocer al mundo la historia de este rincón único de la Tierra. Algo que, por cierto, ni yo mismo conozco. Su corazón necesitaba atraer almas a este santo lugar. Tal vez, a pesar de su dolor, sacrificó lo que aquí tenía... desobedeciendo incluso al propio padre Auberto.

–Si eso fuera así estaría roto por dentro. Jamás le traicionaría.

–Puede ser... pero para él no marcharse de aquí quizá sea justo lo contrario... morir por dentro.

Fuera se oyeron unos pasos precipitados. Pierre entró agitado en la estancia.

–¡Hay noticias! –exclamó tratando de tomar un respiro–. Un comerciante de Beauvoir dice haberle visto hace unos días merodeando por un mercado en Bayeux. Todo lo que contó de su modo de hablar, sus ropas, su acento, responde a la descripción.

–¡Dios mío! Espero que no haya perdido la cabeza... ¿Bayeux?... ¿Qué haría allí? –preguntó Gérard.

–No tenemos ni idea, pero nos permite tener esperanzas. Podríamos hablar con Eugene; él podría organizar un buen grupo de pescadores. Deberían partir al amanecer. Mientras tanto solo nos queda rezar para que siga con vida.

39

Christophe me había convocado para nuestro segundo encuentro. Le adelanté que no tenía mucho y él me indicó que pensara en algún tipo de enseñanza que hubiera sacado con la búsqueda, y que me indicaría el segundo enigma. De nuevo nos encontramos donde habíamos comenzado la búsqueda de pistas, en la cafetería «Ocho y medio». Estaba decepcionado con mis resultados, pero mi curiosidad por conocer el segundo enigma iba en aumento, de modo que llegué unos minutos antes y aproveché para mirar algunos libros. Me preguntaba si podría recibir la segunda pista sin haber llegado a nada con la primera. Christophe llegó tan elegante como la primera vez, con un sombrero negro y un abrigo largo que le llegaba por debajo de las rodillas. Nos sentamos y esta vez pedimos un té de frutos rojos. Le comenté mis hallazgos; él me seguía con atención. Podía adivinar en sus gestos su decepción ante mis escasos resultados, pero le gustó que hubiese llegado a indagar la aparición del ángel en la plaga del siglo VI. ¿Podía ser que realmente existiese esa espada, o era más bien algo simbólico?

–¿Qué piensas, Pablo?

–Verás, desde mi ignorancia... pienso que la espada representa la luz, y la luz da la fuerza espiritual. Con ella podremos restablecer la paz y la justicia divina. Pero también puede ser que la espada represente la verdad; «la verdad os hará libres»... ¿no? La espada romperá el velo de la ignorancia, y tal vez nos abrirá el conocimiento hacia ese mundo sobrenatural que intuimos pero no logramos conocer... hasta ahora.

Christophe Giraud me miró satisfecho.

–Hasta ahora, Pablo, hasta ahora... tú lo has dicho. Te felicito. Creo también que la espada nos iluminará el camino, no sé cómo... aunque pienso que podría existir realmente. Mientras no hayamos resuelto este enigma, debemos seguir buscándola ¿comprendes?

–¿Entonces, no estás decepcionado?

Christophe soltó una sonora carcajada.

–Llevo años tras la espada. No me malinterpretes, Pablo, pero no era realista pensar que pudieras descubrir su paradero en tan solo un mes.

–Vaya, he sido un iluso. No sabía que los enigmas fueran irresolubles; pensé que tendrías algo más que yo. De modo que ahora, en lugar de ir a por un enigma vamos a por dos... –sentencié decepcionado.

–Irresolubles de momento, Pablo. No pierdas la esperanza. Enseguida queremos ver el premio, pero este es caprichoso y aparece solo para el que sabe persistir.

»Antes de esto te preguntaba si habías descubierto alguna enseñanza.

–Pues... no tiene mucho que ver con la espada en sí, sino con el hecho de que debemos aceptar el misterio como parte de la vida. Y que este misterio es algo tan grande que se me escapa... que sobrecoge...

Se quedó por un instante en silencio.

–Temor de Dios, Pablo. Eso es. Así se le ha llamado. No es miedo, es un respeto inmenso. No hemos resuelto el enigma, pero sí uno de los dones del Espíritu.

–¿Los dones? ¿Algo así como un regalo? –pregunté sin pudor.

–Eso es. Si estás en el camino del Espíritu obtienes unos dones. Cada enigma tiene relación con uno de los siete dones... eso dijo Noah. Vaticinó que lo descubrirías, aunque fuera con tus propias palabras.

–¿Cuáles son los otros seis? –inquirí con curiosidad.

–Te los diría, y sería muy fácil para ti conocerlos por Internet... pero no es lo mismo lo que escuchas que lo que se te revela, lo que uno descubre por sí mismo. ¿Comprendes, Pablo?

–Claro. Procuraré dominarme y no buscarlo... aunque me suena a rollo de la Iglesia.

Christophe sonrió divertido.

–Sí, puede que la Iglesia haya tenido mucho rollo como dices, pero las cosas no suelen ser blanco o negro. Polarizamos todo. Debemos esforzarnos para que nuestros prejuicios no lo ahoguen todo. Somos buscadores, Pablo.

–Sí, tiene sentido lo que dices.

–Y ahora, Pablo, el segundo enigma –dijo sacando un pequeño sobre de su abrigo. Lo abrió y se quedó en silencio. Vaya, Pablo, muy a propósito. ¿Recuerdas qué día fue ayer, verdad?

–¿Los Reyes Magos?

–Léelo tú mismo.

Christophe sonrió con picardía mientras me mostraba un papel, en el que se podía leer.

«Si deseas alcanzarlo, debes seguir el legado de los Magos: custodiar respetuoso el tesoro angelical».

Me quedé atónito. No sabía qué decir. Comencé a pensar en alto...

–Para alcanzarlo... ¿Alcanzar qué?... ¿El enigma? ¿La espada?... El legado de los Magos... Ahora sí que estoy perdido; esto es un galimatías. Casi prefiero seguir buscando la espada...

Christophe soltó una carcajada infantil; se divertía mientras apuraba su té.

–Pablo, creo que el mensaje también es para mí... El tesoro del ángel debe ser la espada. En cualquier caso, creo que nos toca investigar sobre los Magos, pero no olvides que ante todo eran sabios. Pero estoy seguro de que lo adivinarás.

–Estoy totalmente pez...

–¿Pez? –inquirió extrañado.

–¿Por qué estás tan seguro de que lo adivinaré? –pregunté sin contestarle.

–Porque así me lo dijo Noah.

* * *

Marina estaba como loca con el segundo enigma. Para ella, los Reyes Magos eran los personajes más fantásticos que rodearon la historia de Jesús. Viajaron desde muy lejos siguiendo una señal del cielo. Para eso había que saber mucho, o estar un poco loco.

Tuvimos que pedir un Evangelio a su abuela, y ella me miró como si tuviera fiebre. De repente me pareció un libro absolutamente diferente, lleno de pistas que podría seguir. San Marcos es el que más habla del suceso, aunque la verdad, no mucho. Siguieron una estrella. Eran sabios, pero también valientes, y mucho, sin duda. Miraban las señales en la inmensidad de la noche, escrutando las profecías que debían llegar. El nacimiento desde antiguo del Hijo de Dios. Entonces una noche descubrieron una luz diferente... y decidieron seguirla, entrando en los peligros del desierto.

Esperamos a la noche y apagué las luces. Descorrí la cortina; se podían ver algunas estrellas. Allí, desde el hospital, observábamos juntos el cielo. Parecía increíble que desde ese lugar de dolor pudieran contemplarse mundos tan lejanos.

–Papá... ¿qué quiere decir «legado»? –me dijo Marina en voz baja.

–Pues lo que los Reyes Magos dejaron al mundo... –dije sin querer meter la pata. Marina tenía ocho años, pero aún vivía en un mundo interior mágico y yo no iba a rompérselo.

–Ellos dejan regalos a todos los niños del mundo... ya lo viste el otro día.

–Ellos traen mucha felicidad, sí. Pero creo que hay más. Ellos siguieron el dictado de su corazón, su intuición. Pienso que el enigma tiene que ver con la forma en que actuaron. Siendo personas muy cultas y con riquezas, actuaron como niños. Parecía no faltarles de nada, y sin embargo dejaron todo atrás y fueron con la confianza de un niño hasta que vieron que la estrella se detenía en un lugar muy humilde. ¿Imaginas lo que debieron pensar cuando vieron el lugar en el que se encontraba el rey del mundo? ¿Imaginas, Marina, lo que debieron pensar sus familiares cuando partieron persiguiendo una estrella? Creo que esa es la respuesta que le daré a Christophe... Aquí lo dice, mira: «El que no recibe el reino de Dios como un niño no entrará en él».

Marina me escuchaba con una sonrisa. Cuando me di cuenta se había quedado dormida con esa dulce mueca en sus labios. Me quedé mirando su rostro, que ahora, dormido, me parecía especialmente angelical.

La enfermera debió dar un golpe al entrar y nos despertamos. Tenían que cambiar la vía. Eran poco más de las siete de la mañana. Marina esperó a que la enfermera se fuera...

–¡Papá!... ¡papá!... no te duermas aún... ¡He soñado con los Reyes!

–¡Vaya, eso es estupendo Marina! Pero es muy pronto aún –dije dormido y a punto de entregarme de nuevo a Morfeo.

–Era muy raro. Estaban muy contentos, pero ya habían visitado al niño. Hablaban con sus ayudantes, cogieron su caravana y sus camellos y se marcharon a donde vivían. De camino, uno de los ayudantes cantaba tocando una especie de lira, y otro tocaba una pandereta enorme cuando entró la enfermera.

Me incorporé frotándome los ojos. Me fui al baño a despejarme con agua. Cogí el ordenador y comencé a realizar una búsqueda de instrumentos musicales antiguos.

–Sí, era parecido a este pandero –dijo señalando una imagen.

–El *tympanon* dice que se llama... Su origen es Mesopotamia... –leí yo.

Los dos indagábamos la procedencia de los sabios de Oriente, buscando un hilo del que tirar.

–Marina, ahora que lo pienso, creo que tu sueño puede sernos revelador. Cuando pensamos en los Reyes Magos pensamos en su viaje de ida... no en el de regreso. ¿Dónde fueron? Porque sabemos que se les presentó un ángel para que fueran por un camino diferente y así evitar a Herodes. Sabemos que ese salvaje mandó matar a todos los niños menores de dos años... Pero cuando volvieron a sus lugares de origen, ¿los creyeron? ¿Qué sucedería?

–Papá, eran los Reyes Magos. ¿Cómo no iban a creerles?

–Puede ser, pero tendrían sus propias creencias. No creo que la gente aceptara alegremente la historia de un salvador nacido en un establo. Y a veces, cuando las personas sienten que algo puede poner en peligro sus creencias pueden volverse muy crueles, te lo aseguro.

Recordé uno de los ejercicios que me había señalado Alejandro, la visualización, así que decidí hacerlo. Busqué el momento y el lugar, y procuré relajarme, buscando un estado de consciencia diferente; luego comencé a dejarme llevar por mi imaginación. Según decía Alejandro, Einstein lo utilizaba para encontrar respuestas a sus preguntas. Así que me imaginé la caravana con los sabios regresando con el alma ensanchada por haber sido testigos de lo que habían predicho sus antepasados desde antiguo. Iban felices, aunque también apenados de haberse tenido que separar de la familia de Belén. Habían pasado varios días con ellos. La tradición dice que procedían de Persia... pero allí adoraban a Ahura Mazda como soberano del mundo... a la naturaleza y a los astros, a Mithra, dios del sol... realizaban sacrificios de animales... Comencé a sentirme inquieto dentro de aquella ensoñación, y entonces la imaginación me llevó por un camino inesperado. No, los Magos no debieron ser bien recibidos; que un humano pudiera ser divino no entraba en sus planes... Debieron sufrir algún tipo de persecución... Pero, ¿todo esto qué tendría que ver con Monte Saint-Michel?

40

Auberto reunió a todos los hombres y mujeres que pudo que vivían en el monte. Gérard, sentado junto a él, se puso en pie y el murmullo reinante se fue apagando hasta que solo pudo oírse el batir lejano del oleaje. Los aldeanos lo miraron intrigados.

Gérard tomó la palabra:

–Querido amigos. Les agradecemos haber acudido a nuestra llamada. Como sabrán, nuestro hermano Bellmont desapareció días atrás sin dejar rastro. Por si alguno no lo conoce, es el más joven de nosotros, y sin embargo es valeroso como pocos. Tiene los ojos claros, el cabello castaño, aspecto de niño, sonrisa franca y mirada inocente. Solía ser parco en palabras y quedarse ensimismado en cualquier lugar del monte contemplando el mar. Era valiente, pero no arrogante, un hombre fiel que no dudó en marchar conmigo al monte Gargano al confín del mundo. Por el camino pude descubrir su amor por este lugar, su devoción al arcángel

Miguel, su lealtad al obispo Auberto de Avranches y a su causa. Pensamos que algo le ha sucedido y quisiéramos rogarles que nos ayudasen a buscarle. Cualquier detalle, por insignificante que parezca, puede ser importante para encontrarlo. Su vida puede estar en peligro.

El herrero levantó la mano.

–No pongo en duda su palabra, hermano. Pero ¿y si se marchó libremente?

Gérard miró de soslayo a Edouard, que estaba sentado junto a él.

–Vamos, sabemos que alguien le ha prevenido en contra de prestar cualquier ayuda –exclamó Pierre, que parecía que iba a salirse de sí–. Y supongo que a ese alguien lo tiene muy cerca.

Edouard dio muestras de desaprobación, mientras el herrero saltaba enojado.

–Eso es ofensivo. ¿Acaso es impensable que un hombre pueda abandonarlos por cualquier motivo? Es un hombre, ¿no?

–Vamos, disculpe al hermano Pierre –medió Auberto invitando a este con un gesto a pedir perdón–. Ahora lo que menos necesitamos es iniciar una discusión. Agradecemos cualquier ayuda por pequeña que sea. Podría haber sido así, pero tenemos razones para pensar que no se marchó libremente.

Algunos hombres se pusieron de pie.

–Pueden contar con nosotros –dijo uno de ellos.

–El padre Auberto nos pide que oremos todos juntos por su regreso –intervino Gérard.

Entonces una mujer levantó la mano con timidez.

–Por la descripción que ha dado, estoy casi segura de haberle visto salir días atrás. Lo siento –dijo bajando la cabeza–. No sabía que era la persona que buscaban.

–¿Iba solo? –la interrogó Gérard.

–Sí, iba solo.

–¿Cómo está tan segura de que era él?

–Caminaba mirando al suelo y casi tropezó conmigo. Me miró y se disculpó, nada más. Su descripción encaja perfectamente con él, de eso estoy segura. Iba distraído, ausente. Pasó bajo el arco de entrada del pueblo; sin duda iba a tierra.

Rodolphe pidió permiso para intervenir.

–Hace varias semanas me hallaba en el pantalán, arreglando la roda. Comenzó a preguntarme sobre aspectos de la vela, sobre cómo maniobrar cuando el viento no es favorable... Tenía mucha curiosidad, pero no le di importancia alguna.

–¿Notaste algo extraño en él? –preguntó Adrien.

–No, solo me llamó la atención el que quisiera saber tanto de navegación. Llegué a ofrecerle la posibilidad de faenar y enseñarle algo del oficio, pero se negó. Me lo agradeció... y se marchó por donde había venido.

–Posiblemente nuestro amigo necesitase echarse a la mar –señaló Adrien.

–Pero, ¿por qué hacerlo a hurtadillas? –se preguntó Gérard.

Rodolphe se puso en pie.

–Sin duda tenía algo importante que ocultar. Tal vez alguno de los presentes sepa de qué asunto se trata.

Edouard se puso en pie. Todas las miradas se dirigieron a él.

–Bellmont habló hace unos días conmigo. Lo siento... no le di importancia, pero ahora quizás sea momento de contarlo. Me habló de que había algo que le rondaba el pensamiento que le estaba atormentando, y que debía marcharse muy a su pesar.

–Pero, Edouard, ¿se puede saber por qué lo has ocultado? –preguntó sorprendido Auberto.

–Pensaba que si usted, padre se enteraba saldría tras él a buscarle, y no quería complicarle en modo alguno.

–Pero... ¿conoces algo de lo que pretendía?

–No sé nada más. Como bien sabe, es muy celoso de sus asuntos. Procuré persuadirlo pero parecía muy decidido.

–¿Cree que regresará con nosotros?

Edouard bajó la cabeza y guardó silencio por un momento. El rostro de Auberto de Avranches reflejaba la pena y la angustia de todos sus hermanos. Edouard sentenció:

–Lo siento, padre; no creo que regrese nunca más.

41

A la mañana siguiente dejé a Marina con unas amigas del cole y con su abuela, pues tenía cita con Alejandro. Le agradecí que me atendiera un sábado. Alejandro me había ayudado a ver que la recuperación espiritual de una persona pasa por su conexión con el niño que había sido. Hacer las paces y sanar también con las heridas que todos podemos tener. Me enseñó a realizar un ejercicio de meditación. La meditación suponía acallar el parloteo mental para estar consciente y presente en el «aquí y ahora». Me habló de sus beneficios científicamente contrastados. Lo comparaba con la actividad física.

–Hoy en día, a nadie que te recomiende hacer ejercicio, moverte, sea médico o no, lo juzgarías; pues llegará algún día en que ocurrirá lo mismo con la meditación. Nadie te dirá que son cosas de la Nueva Era o de *hippies*. Tú estás aprendiendo a abrir tu mente y desterrar para siempre las etiquetas de las cosas. A abrir la conciencia cada vez más.

Se quedó un rato en silencio, mirando al suelo, algo poco frecuente en él. Se levantó y miró tras la cortina; parecía como si estuviese pensando en si decirme algo importante o callárselo.

–Pero pienso que ha llegado tu momento. El beneficio de la meditación es tal que es un regalo del que todos podemos aprovecharnos... creyentes y no creyentes, y así es y será. ¿Por qué te digo esto? Porque, como dijo un gran guía espiritual, con la meditación también puedes tomar plena conciencia de Dios y de la eterna identidad del alma con Él.

Me sorprendió cómo se la había jugado Alejandro; lo habitual en psicólogos y *coaches* no era entrar en este territorio, algo impopular y casi perseguido en nuestro tiempo. Todo lo que traspasara esa delgada línea, o que pudiera sonar a imposición, era altamente rechazado. Alejandro pareció que leyó mi expresión, aunque había mucho respeto en sus palabras. Fue como si adivinase mis pensamientos cuando me dijo:

–Pero esto, querido Pablo, solo es una invitación a trascender... y, discúlpame; eres libre de atravesar o no esa puerta, pero debes saber que existe esa posibilidad.

–No, no... te lo agradezco... es iluminador eso que dices... ¿Me ayudarías?

–Solo cuando el discípulo está preparado aparece el maestro.

Aquella sesión se convirtió en un recuerdo imborrable. Alejandro me enseñó a meditar y a ser consciente de todo lo que hacía y decía. Lentamente comenzaba a experimentar más paz interior, más concentración, mayor agudeza de los sentidos, a discernir lo que era importante de los pensamientos improductivos. Y cuando él me ofreció aquella puerta, yo la traspasé.

Tras la visualización comencé a buscar nuevas fuentes. Me quedé hasta muy tarde frente al ordenador. Volvía a sentir deseos de investigar, de no quedarme en la superficie. Recordé que hubo un tiempo en que soñaba con ser independiente, en no casarme con ninguna ideología, sino más bien buscar y ahondar en la verdad sin prejuicios. En algún momento ese hombre libre se desvaneció; pero ahora, después de mucho tiempo, volvía a sentir esa magia. Entonces descubrí algo sorprendente.

Esta vez llegué pletórico tras mi descubrimiento. Fiel a nuestra cita, acordamos quedar tras la comida, de modo que Christophe esta vez parecía más deseoso de escucharme que yo a él. Pedimos dos cafés y nos sentamos en un lugar recogido.

–Querido Pablo, estoy deseando que me cuentes.

–Creo que he tenido una epifanía.

–Muy apropiado, ¿no? ¿Has resuelto el enigma?

–Creo que sí. La pista es un lugar... y podría ser el lugar en el que se esconde la espada de san Miguel.

Los ojos de Christophe no pudieron abrirse más.

–Una isla, como el Monte Saint-Michel, solo que divide dos mares, dos continentes...

–Por favor, no puedo más con la intriga –me suplicó con las manos.

–Creta.

–¿Creta? ¿Cómo has llegado a esa respuesta?

–Al principio pensé que el legado de los sabios se refería a toda la magia que han dejado en los niños en nosotros los mayores, portadores de su ejemplo, pero Marina tuvo un sueño en el que los Magos regresaban con sus caravanas y dromedarios. Ellos, como el ángel, protegieron al Niño. Descubrí que en el año 614 los persas invadieron Tierra Santa. Arrasaron con todo, excepto con una cosa... ¿Qué fue?... La Basílica de la Natividad... ¡Belén! ¿Y sabes por qué? Porque encontraron unos frescos que representaban a unos antepasados suyos... ¡Los Reyes Magos que fueron a adorarlo! Descubrieron que eran persas, como ellos.

–Sorprendente, sí... –asentía Christophe siguiéndome con atención.

–El legado esta vez tenía que ver, no con una misión, sino directamente con los descendientes de los Magos. Este hecho me reveló que las palabras de los sabios no fueron bien acogidas y que debieron huir a otro país.

–¿Y fueron a Creta?

–Buena parte de su descendencia sí. Encontré un documento que así lo atestiguaba, aunque no le di importancia; era de una loca de esas visionarias. Pero luego recordé que Noah me invitaba a mirar las cosas más allá de lo aparente y Marina me recordó su frase favorita... «lo esencial es invisible a los ojos»... Y ¡chás!; me di cuenta de que, aunque el enigma tenía significado, podría tener un mensaje encriptado. Y lo tenía delante de mis narices. Mira, observa el enigma:

«Si deseas alcanzarlo, debes seguir el legado de los Magos: custodiar respetuoso el tesoro angelical».

Observa las iniciales tras los dos puntos... la segunda frase... «custodiar respetuoso el tesoro angelical» –subrayé las iniciales de cada palabra–. ¡Creta!

–Vaya, es toda una epifanía –dijo asombrado–. No había concebido la idea de que pudiera estar en aquel lugar... Sin duda esto puede afectar a mi búsqueda. Es sorprendente, Pablo...

–De algún modo, los sabios de Oriente tuvieron que pagar un alto precio por su atrevimiento. Los exiliaron, dejando atrás sus raíces, su pasado, sus vidas. Tal vez Noah nos quiera persuadir a nosotros de algo: cuando descubrimos una verdad puede que debamos pagar un precio: el precio de no ser comprendidos, de que nos tomen por locos, o peor aún, de ser rechazados.

–Se nos regala también una responsabilidad –susurró Christophe.

–Sí, todo esto aún no lo encajo con Monte Saint-Michel; cada vez son más piezas de un puzle bien extraño, aunque sorprendente. Y creo que eso es lo que he podido descubrir con este enigma. El despertar espiritual pasa por ser como un niño para poder comprender las cosas... ¿es así?

–Se dice, Pablo que el segundo don del Espíritu Santo es el entendimiento. Cuando uno está en el Espíritu sin tratar de alcanzar las respuestas solo con la razón, la verdad puede ser revelada, como te ha ocurrido a ti. Haces progresos, Pablo; ya te dije que Noah confiaba mucho en ti.

Sonreí agradecido. Tenía tantas ganas de hablar con ella... ¡Me parecía tan ingeniosa su pista! Pero interiormente sabía que debía respetar el juego.

–Y he aquí tu tercer enigma, amigo.

Entonces Christophe sacó su sobre, que ya esperaba como espera un niño las vacaciones de verano. Me lo entregó ceremonioso, concediéndome el honor de abrirlo; parecía como una concesión por haberlo averiguado. Lo abrí rápidamente, de forma que casi rompí una parte del papel, en el que pude leer:

«Tu segundo enigma te lleva al tercero.

Un lugar que, como Saint Michel, te llevará al cielo... y comenzarás a pensar que todo es posible».

–¡Vaya! Este no tiene acrónimos... –dije divertido.

–No parece –dijo pensativo.

–Bueno, querido Pablo, aquí nos despedimos hasta la próxima –dijo levantando la mano para pagar al camarero–. Yo tengo mucho que investigar en relación a una isla, amigo. Así que te espero pronto, en un mes. Tal vez indagaría en tu fuente del segundo enigma –dijo frotándose la barbilla.

Me había quedado con ganas de pasar más tiempo con Christophe. Salí a caminar por la calle. Indudablemente debía buscar algo en el segundo enigma. ¿Qué sería aquello? La respuesta me llevaría a pensar que todo es posible... Cogí el teléfono para ver si Marina estaba bien. Cuando ves diez llamadas perdidas de tu suegra, el corazón se te sale por la boca. En el *whatsapp* había un mensaje: «Llámame por favor; es importante».

Teresa no cogía el teléfono. Nunca atravesar dos manzanas se me hizo tan largo. Subí los cuatro pisos, corriendo por las escaleras. Mi suegra me esperaba en la puerta; su cara lo decía todo.

–Es Marina; se encuentra fatal y no para de vomitar... No sabía qué hacer... –dijo llevándose las manos a la boca–... si aguantar un poco a que vinieras o llevarla a Urgencias...

Teresa rompió a llorar; no estaba acostumbrada a ver los peores episodios de Marina. Me acompañó corriendo hasta el baño y allí la vi, tirada en el suelo, junto al váter. El alma se me partió.

–¡Marina! ¡Marina! Cariño... ¿estás bien?...

Apenas tenía fuerzas para responder y tenía muchos escalofríos.

–¡Trae una manta, Teresa!... Tiene mucha fiebre... ¡Vamos al hospital ahora mismo!

La espera se hizo horrible. Aunque la conocían, el médico tardaba en salir. Cada minuto me decía que no podría esperar otro más. Al otro me sentía ridículo por haberla dejado sin mi ayuda. El siguiente pensaba que no sería nada, pero en el mismo volvía a meterme en la pesadilla... ¿Y si no salía adelante? En los siguientes todo iba careciendo de importancia alguna... el trabajo, la comida, el futuro, y todo ese absurdo viaje. Sentía que el reloj se había detenido, comenzaba a convertirme en un ser que estaba ahí, pero no oía ni veía a nadie; tanto que no me di cuenta de que me había quedado solo en la sala de espera de Urgencias. Cuando me dijeron que mejor esperar un poco, comencé a caer en la desesperación. Entonces me arrepentí de todo, pero sobre todo de no haber estado allí. Tenía que centrarme en Marina y solo en ella. Me sentía tan infantil, tan egoísta. Y mientras, radiografías, tomografías... y mucha angustia. Agarré el móvil y lancé un mensaje de audio a Christophe.

–Hola Christophe... Mira... estoy en Urgencias... Marina está muy mal... Creo que no puedo seguir con todo esto. Os agradezco de verdad lo que hacéis; he disfrutado y descubierto cosas, pero ahora tengo que estar con ella. Se ha puesto mal cuando estaba contigo... y yo... no puedo dejarla sola. Lo siento... no puedo más... Espero que lo entiendas.

Cuando las cosas van mal pueden ir peor. La llamada de mi jefe me sorprendió. Apenas reaccioné. Ni siquiera me citaba para verme. El cobarde lo hizo por teléfono, ese era su estilo. El esfuerzo de años en el trabajo parecía no importar y se esfumó tras un par de frases. Al otro lado del teléfono oí su voz:

–Lo siento, Pablo; no es nada personal. Hay recortes en la agencia. Las cosas no van bien, ya lo sabes. Es temporal; te llamaré si podemos reubicarte y para cerrar el finiquito.

Es curioso, pero en otro momento hubiera montado en cólera. Seguramente le hubiera insultado. Sin embargo, lo sentí como si me quitaran una mochila cargada de piedras de la espalda. Ahora ya solo podía pensar en Marina. Lo demás poco me importaba.

Me recosté sobre las rodillas buscando un desahogo. No podía más con todo aquello, sin nadie con quien compartirlo. Parecía una pesadilla macabra, extrañamente salpicada con las distintas pruebas que Noah proponía enigmáticamente. Solo me servían para no pensar en lo peor. No podía concebir ni por un momento la posibilidad de perder a Marina. Fue entonces, escondiendo la cabeza entre las manos, ensimismado en mis más oscuros pensamientos, cuando escuché una voz. Era la voz de una señora, que hablaba con una dulzura poco común.

–Sé lo que le pasa a su niña. No se preocupe. Va a empeorar, pero se va a recuperar. Todo terminará bien.

–¿Cómo sabe todo eso? –dije levantando la cabeza.

Observé que tenía el pelo muy negro, la cara algo pálida y una mirada profunda. Hundido en el vacío me parecía estar soñando, pero esa mujer mayor me hablaba con serenidad y desprendía mucha paz.

–Tiene a alguien que no se separa de ella y que la cuida para que no se marche a ningún sitio. Tome esta estampita, téngala siempre cerca y no olvide darle gracias cuando esto haya pasado.

–La recogí y en ella pude ver a un Cristo sufriente sosteniendo una cruz con la mano en el pecho; abajo llevaba la inscripción «Cristo de la Victoria».

Quise agradecérselo pero al levantar la cabeza la señora parecía haberse desvanecido. Ni rastro de ella.

A los pocos minutos salió el médico.

–Sabe que el estado de Marina es delicado por estar inmunodeprimida. Tiene una sepsis meningocócica. Está sedada en la unidad de cuidados intensivos. La buena noticia es que lo hemos cogido a tiempo, estas horas son claves... pero su situación es crítica.

42

Demasiados días habían pasado desde la desaparición de Bellmont. Las oraciones se habían sucedido, pero esta vez no parecían encontrar respuesta. Las malas lenguas del pueblo decían que se marchó buscando una mejor vida; al fin y al cabo era un muchacho joven con toda una vida por delante.

Los equipos se dividieron en tres, marchando al este, al oeste y al sur, pero fueron regresando sin noticias. Mientras, en su celda, el obispo de Avranches seguía con un proceso infeccioso, en el que no había mejoras.

–Siento que me he equivocado –dijo el obispo.

–No diga eso, padre –exclamó Gérard.

–Debería haberle prestado más atención, haberle hecho hablar más.

–¿Por qué dice eso?

–Bellmont lo guardaba todo dentro; debía haberle escuchado. Él necesitaba predicar y hacer de este un lugar santo de peregrinaje. Es un hombre de Dios. Es lo único que puedo saber con certeza.

–No se castigue. Aunque no lo entendamos, sea la razón que fuere la de abandonarnos, seguro que lo hizo pensando en obrar del mejor modo posible.

–Eso no me preocupa. Y además Dios perdona a sus criaturas las veces que sean necesarias. Lo que me parte el corazón es que algo haya podido sucederle y no podamos asistirle.

–Siempre he pensado que marchó a evangelizar, que seguramente sintió que estaba llamado a ello. No me creo las habladurías de las gentes de los pueblos; no viven aquí, solo lanzan vituperios por ignorancia.

–Eso no debería llenar tu corazón, querido Gérard.

–Pues me ocupa. Y lo peor... y que Dios me perdone, ese Edouard no ha traído más que división, sembrando cizaña por donde pasa. Debería hacer algo, padre.

–Deberías medir tus palabras, Gérard –dijo el obispo elevando la voz–. No me tientes...

–Perdóneme, padre... solo quiere hacer las cosas a su manera y quitarle del medio. Desde que llegó solo busca la división, hacer de esto más un palacio que la casa de Dios.

–Todos los hijos de Dios tienen la oportunidad de venir aquí y servirle. Él también, y tenemos que dejar al Señor hacer su trabajo.

–Pero... está aprovechando esta situación para hacernos creer que su regla es extremadamente dura...

–Basta, Gérard, por favor.

–Está bien –dijo el monje tratando de calmarse y agachando la cabeza–. Sabe que le hablo desde nuestra amistad. Solo quiero lo mejor para...

–Lo sé, lo sé –le interrumpió–, pero presiento que esto no tendrá solución. He tomado una decisión. Reúne a todos por favor en el claustro.

Unos instantes después los canónigos aguardaban expectantes dispuestos a escuchar al obispo.

–Queridos hermanos, la desaparición de Bellmont es para mí una tragedia. Un pastor no puede dejar a sus ovejas. Soy consciente del esfuerzo que habéis hecho en su búsqueda con la ayuda de nuestros amigos y de las buenas gentes del pueblo... pero lo cierto es que no ha dado resultado. Os he convocado para deciros que mañana yo mismo partiré en su búsqueda. Iré yo solo y el hermano Gérard será mi voz mientras me ausente...

Todos irrumpieron en un alboroto colectivo.

–Padre, ¿cómo va a ir solo? –preguntó Pierre alzándose en pie como un resorte–. No está en condiciones de viajar, y mucho menos de ir solo. Está enfermo... esto podría matarle. ¿Se da cuenta? Aquí le necesitamos.

–¿Qué le lleva a pensar que yendo solo sí lo encontrará? –preguntó Paul Dumont.

–Siento que debo ir yo. Tengo la intuición de que si llega a sus oídos la noticia de que le busco en persona pueda regresar. El ángel me guiará.

–Hace bien en partir; está dando el mejor ejemplo para todos –dijo Edouard.

–¿Ejemplo? –gritó Pierre indignado–. Auberto no necesita dar ejemplo; lo ha dado con su vida cada día en este monasterio. Tal vez te interesa tenerle lejos para hacer lo que te venga en gana.

Edouard se levantó con aspavientos.

–¿Le oye, padre? Esa es la caridad cristiana de algunos que viven aquí.

Pierre se levantó, abalanzándose sobre Edouard, pero todos se interpusieron. Pierre tenía mucha fuerza y arrastró a dos monjes con él al suelo.

–¡Basta! –cortó en seco Auberto tosiendo con fuerza–. Me apena mucho esta situación. Aunque no os guste lo que dice el hermano Edouard, tiene razón. Un pastor da la vida por sus ovejas, y si una marcha la busca por encima de todas las cosas.

El obispo se quedó sumido en el silencio, meditando sobre sus decisiones.

–Edouard, Pierre... encerraos toda la tarde en vuestras celdas y no dejéis de orar hasta que sintáis deseos de abrazar al otro en vez de estrangularlo.

Los dos monjes se marcharon cabizbajos en direcciones opuestas. Pierre iba mascullando.

–La decisión está tomada –aseguró tajante Auberto–. Procuraré enviaros noticias en cuanto sea posible.

–Por favor, padre... acepte al menos que le acompañe uno de nosotros como mensajero –intervino Gérard–. O tal vez podría ir alguno de los muchachos; son fuertes, valientes y saben moverse lejos de aquí.

–Está bien, pero no ha de ser ninguno de vosotros. Llamad a Eugene. Si le parece bien iré con Nicolas. Ayudadme con las provisiones, por favor. Saldremos mañana con el sol.

Pasadas las Vísperas, Gérard fue a ver al padre Auberto. Estaba de rodillas en el suelo, con los ojos cerrados y la expresión ausente. Gérard no quería interrumpirlo, cuando oyó su voz que le llamaba.

–Gérard... amigo.

El monje se dio la vuelta y lo abrazó.

–Auberto, por favor, no te vayas. Esta despedida me hace sentir que tal vez no vuelva a verte.

–Volveremos a encontrarnos, y si no es aquí será en la otra vida, mi querido amigo. Ten fe.

–Tengo algo para vos. Bellmont se dejó esta extraña cruz de madera en la celda; es chocante porque es lo único que posee. Se la regaló su madre antes de morir. Pensé que le gustaría llevarla. Ojalá la pueda traer de regreso con él.

Auberto de Avranches apretó con fuerza la cruz, mientras Gérard no podía ocultar su tristeza; tal vez no volvería a ver jamás a su maestro y amigo del alma.

43

—¿Y dices que no las viste marchar? –preguntó Teresa.

–No. Me dejó la estampita y se fue.

–¡Ay Pablo!, se me ponen los pelos de punta. La señora lo clavó. Marina comenzó a mejorar de forma increíble después de aquella noche. Los médicos eran los primeros sorprendidos.

–Sí, no me puedo olvidar de ella. –Noté que la voz me temblaba–. Y si esta mujer dice la verdad, Marina se recuperará. Tal vez fue fruto de mi estado emocional; estaba muy alterado. Pero estoy cansado, no termina de mejorar y sigue en esa habitación espacial que aísla hasta la última bacteria del mundo. Y yo siento deseos de abrazarla.

–Ten fe, Pablo. Es sorprendente que Marina haya superado estas semanas. ¡Por Dios que si sale de esto saldrá adelante!

Teresa me miró dubitativa.

–¿Puedo contarte algo?

–¿Por qué no?

–No sé, Pablo; eres una persona a la que le están ocurriendo sucesos inexplicables, pero, perdona, nunca tienes bastante. Siempre buscas excusas y razones para todo. ¿Por qué estabas alterado? ¿Y la estampa? ¿Vino por el aire?

–Qué sé yo; igual estaba allí, pero...

–Mira, Pablo; ya sé que estas cosas no te suelen hacer gracia, pero tengo que decírtelo.

La miré intrigado.

—He estado indagando. Esa estampita en realidad es un Jesús de la Victoria porque es Jesús resucitado. Parece que en torno a esta escultura ha habido algún milagro que...

—Mira, Teresa... ya está bien. ¡Nos vamos a volver todos locos! —dije visiblemente molesto—. Hay que vivir en este mundo.

—¡Escúchame, merluzo!... ¡Tienes que escucharme!

Reconozco que aquel apelativo me hizo gracia y me dispuse a atender.

—Como te dije, seguí investigando, y no te vas a creer lo que encontré...

Teresa se quedó en silencio mientras buscaba las palabras adecuadas.

—Esa mujer se le ha aparecido a más gente en una situación muy similar a la tuya. Conoce perfectamente al enfermo, dice cosas que nadie más sabría y predice perfectamente su recuperación... Y le entrega esa misma estampita.

—¿En serio? —pregunté estremecido por su descubrimiento.

Teresa puso cara de circunstancia, cuando entró una enfermera y nos dijo:

—¿Familiares de Marina Arzola? Pueden pasar a verla con mascarillas y guantes. Pero a la distancia de dos metros, y por favor, solo cinco minutos.

Tras la preparación de rigor, entramos a la habitación de la NASA. Marina nos esperaba con una sonrisa.

—¿Cómo estás, mi niña? —se adelantó mi suegra.

—Bien pero aburrida. Papá, ¿cuál era el tercer enigma?

Me sorprendió que fuera tan directa.

—Ya no importa, lo he dejado. Lo único importante es que te pongas bien e ir pronto a casa.

—¿Pero qué dices?... ¿Estás loco? —preguntó visiblemente molesta—. Ahora que esto se pone interesante y con lo que nos aburrimos aquí.

–Ya está, Marina. Si no hubiese estado metido en esos juegos habría estado contigo. Si te hubiera ocurrido algo no me lo habría perdonado nunca.

Marina se cruzó de brazos y miró hacia el lado contrario resoplando.

–Pablo, mira cómo está la niña. ¿Qué te cuesta? ¿No te das cuenta, eh? Es de las cosas que ahora mismo le ilusionan más. ¿Cuándo has quedado con ese señor?

–No he quedado. Tocaba esta tarde, pero no tengo nada que decirle.

–Da igual, ¡ve! –me ordenó sin dejar espacio a la duda–. Ten el móvil encendido, pero no se te ocurra no ir.

–Por favor, papá... prométemelo.

Miré a Marina. No había escapatoria. Y casi había olvidado el mensaje.

–Está bien –asentí–; haré lo que pueda.

La cara de Marina se iluminó.

–¡Gracias, papá!... Pero en cuanto puedas me cuentas todo –dijo advirtiéndome muy seria con su dedo acusador.

Supongo que en esa situación todo padre se hubiera rendido a cualquier petición de su hija. Lo único que pude averiguar era el nombre de la vidente de los Reyes Magos. Era una tal Ana Catalina Emmerick que había vivido en el siglo dieciocho. Y me fui hacia el café.

Allí estaba poco después, sentado frente a Christophe, aunque con pocas ganas de seguir con el juego de Noah.

–Pablo, no sabes la ilusión que me ha hecho tu llamada. ¿Cómo está Marina?

–Está fuera de peligro, pero delicada... apenas podemos entrar en la habitación. La buena noticia es que la han metido en un ensayo clínico y eso permitirá que tenga un seguimiento más meticuloso si cabe. Ella fue la que me animó a venir, pero ya le dije... no he sabido nada, solo el nombre de esa vidente –dije con escepticismo.

–No te preocupes, contaba con ello, y Creta puede esperar. Lo importante es que Marina esté bien, y lo del ensayo clínico me parece toda una oportunidad. Esta vez te ayudaré yo, si me lo permites.

Me di cuenta de que ni siquiera le había preguntado por su búsqueda particular, y me disculpé. Christophe era un gran tipo. Durante ese horrible mes me llamó en tres ocasiones para preguntar por Marina, y creo que no lo hizo más veces para que no me sintiera presionado.

–Te lo agradezco. Claro, estoy deseando escucharte.

–Antes de comenzar quiero hacerte unas preguntas, Pablo... ¿Crees en el poder de los sueños? ¿Crees en los llamados sueños proféticos?

Me quedé pensando; aquella pregunta golpeaba la línea de flotación de mis dudas.

–Hace un tiempo hubiera dicho que solo es el modo en que el subconsciente pone orden a tanto caos, pero tuve un sueño muy extraño acerca de una mujer que a punto de morir ahogada es rescatada junto al Monte Saint-Michel. Mi hija, sin haberlo visto, soñó con ese lugar; y poco después del primer sueño, ojeando un libro en la librería de Noah, descubrí que lo ocurrido en mi sueño había sucedido de un modo sorprendentemente similar hace más de mil años. Así, en sueños se le aparece san Miguel a un tal Auberto, y este no cree en ello hasta que se le aparece por tercera vez y le deja una señal física. Así que si hoy estoy aquí sentado junto a ti, definitivamente es por esos sueños misteriosos.

–Entonces, ¿a través del sueño podemos romper la barrera del tiempo y ver algo que sucedió en un pasado remoto que nosotros desconocemos?

–Creo que sí, pero una prueba sería algo definitivo... para mí.

–Ay, Pablo, tú y yo necesitamos pruebas, evidencias... ¿Recuerdas o conoces el nombre de la vidente de los Reyes Magos?

–Sí, porque... hoy lo hemos buscado... –sentí que me estaba sonrojando–. Ana Catalina...

–Emmerick... Te daré la prueba que necesitabas, Pablo. El enigma tres hablaba de un lugar que servía como un canal entre la Tierra y el cielo. Así que, leyendo las visiones de Ana Catalina, averiguo que la misma madre de Jesús pasó sus últimos años en un lugar llamado Éfeso, junto a uno de los apóstoles... Juan, el único que murió de forma natural. Según la tradición, María fue ascendida al Cielo. Lo sorprendente de esta historia es que aquella monja tuvo la visión de aquel lugar. Lo relató con todo detalle... Señaló que se encontraría a tres horas caminando de Éfeso, en mitad de la colina desde la que se divisa el mar. Describe la casa con cada una de estas estancias, un manantial natural de agua en un punto exacto...

–Es sorprendente, sí... ¿Entonces se trataba de un punto geográfico?

–Sí, pero creo que ese punto significa más –dijo sin confirmar su sospecha–. Parece ser que a los treinta y nueve años sufre los estigmas de la pasión, ya sabe, heridas en el costado, manos y pies. Una comisión formada por un vicario y tres médicos se encierra con ella, sin dejarla noche y día. Constataron que no había truco –dijo haciendo una señal de comillas–. ¿Qué me dirías si te cuento que estuvo casi toda su vida enferma y postrada en una cama sus últimos dos años sin comer más que agua y la comunión... y que jamás había salido de Alemania?

–Que no podía conocer el lugar.

–Correcto, Pablo. Cuando muere en 1824, a los pocos años se reúne un grupo de arqueólogos y con todos los datos deciden hacer una expedición... Encuentran exactamente lo que ella había descrito sin ninguna dificultad: una casa en ruinas, que resultó ser del siglo I y en la que desde siglos posteriores se había realizado un oratorio en el que, casualmente, ya veneraban a María.

Me quedé callado, admirando el hallazgo arqueológico de alguien que a miles de kilómetros detallaba todo, en tiempos en los que no había siquiera cámaras fotográficas.

–Y ahora, querido Pablo, tú y yo tenemos la prueba... ¿qué sacas de todo esto?

–Que es increíble... que realmente todo es posible... aunque vivimos una vida aborregada, pensando que siempre viviremos, y pensando que solo existe lo que tocamos.

–Claro, Pablo... los milagros existen. Que no podamos encontrar una explicación científica no significa que algo no haya ocurrido.

Me quedé pensando en todos aquellos sueños, en la visión de Andrea cuando presentía que se marchaba a otra vida, en cómo Marina había sentido su presencia después...

–Hice bien en hacer caso a mi suegra y a Marina...

–Cierto, Pablo; la clarividencia es un hecho. Poder recibir mensajes del pasado o del futuro a través de una dimensión diferente. Quizá a través de una mente colectiva, quizá... a través de los ángeles... No lo sé. Esta búsqueda es tu búsqueda. Y la mía también. Recordarás que te hablé de ese uno por cien de posibilidades de la existencia de algo más y que no cesaría hasta encontrarla. Pues mira por dónde que gracias a tu ausencia en este enigma ese uno por ciento ha aumentado muchísimo más. Para ti aparece el tercer don del Espíritu y, tal y como me señaló Noah... es el consejo. Saber distinguir entre lo bueno y lo malo. Supiste que debías atender a Marina por encima de todo; y luego supiste que debías venir y seguir. No has tirado la toalla. Esto, aunque lo parezca, no es un juego.

Me impresionaba la evolución de Christophe. Era un hombre de ciencia y aportaba pruebas; no podía mirar a otra parte.

–Efectivamente; se trataba de un lugar que, como Saint Michel, llevó al cielo a María. Y ahora supongo que querrás escuchar el cuarto enigma...

–Claro, por supuesto –dije frotándome las manos.

Como ya comenzaba a ser costumbre, sacó el sobre y me lo entregó. Lo rasgué y lo compartí en voz alta:

Escucha el lenguaje de Dios, y aprende.
Es un mensaje que puede serte revelado.
Este traerá luz a su debido tiempo.
Esto es mucho más que un juego.
El tiempo se acerca, es la hora.
Ocurrirá cuando el día se haga eterno
Sabrás dónde, y la fecha está escrita.

Me quedé boquiabierto. Christophe permaneció con los ojos en el papel, tratando de comprender algo del significado del mensaje; realmente aquello era más que un juego, o al menos lo parecía. O bien Noah tenía una información muy valiosa, o quería sorprenderme de veras. Pero, ¿qué tiempo se acercaba?... ¿La hora de qué? Si no fuera porque la conocía, hubiera pensado que lo había escrito un lunático, pues tenía un tinte un tanto apocalíptico.

–¿Qué piensas?

–Desde que todo esto comenzó, cada día pienso más que la ciencia y la fe pueden coexistir en diálogo. Podría haber una explicación bioética, podría aceptarse la selección natural, la evolución dentro de un todo armónico. Pablo, mi ateísmo rancio se está desmoronando. Cuando estudias el ADN o una molécula o una célula... ves una inteligencia superior, lo mismo que cuando es el universo entero lo que observas. ¿Qué hace que tu corazón siga latiendo sin tu esfuerzo o que dentro de una bellota haya un árbol en potencia? «Sin el hombre, el universo es estéril», decía Kant. ¿Es tan extraño comprender un universo hecho para nosotros? ¿Que esto es una casualidad cósmica? Eso al menos requiere tanta fe como creer en esa inteligencia.

–Y... ¿cuál es el lenguaje de Dios?

–El lenguaje será diferente para un científico, para un poeta o para un filósofo. A cada uno nos habla según nuestro ser. A muchos les habla a través de cada criatura. Quizá tú y yo estemos más cerca de evidencias, de algoritmos, ¡quién sabe!

–¿Números? Nunca lo hubiera pensado, pero... por ejemplo, ¿qué pasa con el número siete?

–¿A qué te refieres?

–¿Fue cosa tuya el que quedáramos el día siete de cada mes?

–Pues no, la verdad... Recuerdo que hablamos del puente de diciembre, y creo que me indujo a quedar en medio... Y el medio entre la Constitución y La Inmaculada era el siete de diciembre. Luego Noah habló de quedar una vez cada mes y de ser puntuales a la cita.

–¡Ya! Noah es una auténtica crack.

–¿Por qué dices eso, Pablo?

–Siete días, día siete... Y mira el mensaje: siete frases de siete palabras.

–¡Vaya! –exclamó sorprendido mientras repasaba el enigma–. Eres muy astuto, Pablo.

–Pues en este caso está hablando de una fecha, y esa fecha es cuestión de números, eso está claro...

–Pensándolo bien, trabajé con alguien que podría ayudarnos. Hablaré con él y te pasaré su contacto. No dejo de pensarlo. ¿Y por qué el siete, Pablo? –me preguntó intrigado.

–Eso mismo vamos a averiguar.

44

—Siete días llevamos caminando sin parar y ni rastro, padre. Tal vez deberíamos descansar.

–En eso tienes razón, querido Nicolas. Las fuerzas de este viejo se están apagando.

–No diga eso, padre; le queda mucho por hacer en la abadía.

–No creas, Nicolás; presiento cercana mi hora.

–Por favor, no diga eso. Encontraremos al hermano Bellmont, y eso le repondrá. El esfuerzo habrá merecido la pena.

–El esfuerzo siempre valdrá la pena, aún cuando no le encontremos. No hay mayor amor que el que da la vida por su hermano. –Los ojos se le humedecieron.

–Mire, ahí a lo lejos... Parece una posada cercana al muelle. Podríamos reponer fuerzas y hacer noche.

–Me parece una estupenda idea, Nicolas. Además, esta humedad se me está colando en los huesos; necesitamos entrar en calor.

La posada estaba iluminada con la luz de los candiles a escasos doscientos codos de un pequeño puerto con algunas modestas embarcaciones pesqueras amarradas. Dentro, unas mesas rústicas de madera de roble flanqueadas por bancos. El olor a queso se extendía por doquier, mientras el mesonero atendía las mesas junto a la que parecía ser su hija. Al entrar, las personas de las otras mesas los miraron de arriba abajo sin el menor disimulo.

–Buenas noches nos dé Dios. ¿Tienen alguna habitación? –preguntó el obispo.

–Sí, están de suerte. Queda una libre. Sean bien recibidos. ¿Cenarán algo? Estamos a punto de cerrar.

–Sí, por favor –suplicó Nicolas.

–Pueden sentarse; enseguida estoy con ustedes.

Los dos caminantes tomaron asiento extenuados en una mesa, desparramando sus alforjas en el suelo, cuando una voz llegó de la mesa contigua.

–¿Es usted el obispo de Avranches? –preguntó un hombre que estaba cenando un asado.

–Sí... –respondió Auberto desconcertado–. ¿Cómo lo ha sabido?

–Comenzáis a ser conocido más allá de vuestros muros. Cada día más peregrinos van a vuestro monte.

–¿Mi monte? –Rio el obispo interrumpiendo la carcajada por una tos seca.

–Ya sabemos cómo comenzó aquello... ¿es cierto?

–¿Cómo lo sabe, si no es indiscreción? –preguntó Nicolas.

–Bueno, los peregrinos pasan por aquí a menudo.

–Y luego está ese monje loco que no para de hablar de aquel lugar –contestó otro hombre barbudo con el que compartía mesa.

Auberto y Nicolas se miraron estupefactos. La descripción encajaba perfectamente con la de Bellmont. Fuera, un trueno sorprendió a todos. Se desató un tremendo aguacero y se dejó escuchar golpeando los tejados. El mesonero puso dos palanganas para evitar que una cascada de goteras inundara el suelo.

–¿Cuándo le vieron por aquí por última vez? –inquirió Nicolas.

–Viene por aquí de vez en cuando, pide un pedazo de pan y queso, y poco más. No sé nada más y además no me incumbe. ¿Qué van a tomar? –preguntó con brusquedad el mesonero.

–Ese asado estará bien –aseguró Nicolas antes de que la cena se le pudiera escapar de la boca.

–Necesitamos encontrarlo; puede estar en peligro. Si tienen a bien darnos una idea de dónde podría estar... –suplicó Auberto.

–Este es un lugar para comer y dormir, no para chismorrear –cortó con aspereza la conversación el hombre.

Los dos monjes se encogieron de hombros y volvieron a entregarse a su asado sin dar muestras de querer hablar más. La muchacha, que estaba siguiendo la conversación, les sirvió la cena. Se acercó con disimulo hacia ellos, miró de soslayo comprobando que su padre no la observaba, y comenzó a limpiar las migas de la mesa con un trapo. Mientras lo hacía, bajando el tono de voz les susurró:

–Es un hombre bueno. Alguna vez le he visto por el mercado. Parecía algo perdido. Conmigo tenía más confianza y llegó a decirme que tenía un tesoro que salvaguardar...

–¡Vamos, niña! No te entretengas, que tenemos que cerrar –gritó el mesonero.

–¡Voy, padre!... –La muchacha volvió a bajar la voz mientras recogía algunos cacharros de la mesa–. Le dije que no contase eso; por aquí también hay maleantes y no podía ir por ahí hablando de un tesoro como si tal cosa... ¡Es peligroso! Mi padre es un buen hombre, pero algo temeroso. Me llamo Valérie, para servirles.

–¿Cómo está el monje? ¿Está bien? –preguntó Auberto.

–Sí, aunque... parece triste. Creo que prepara algo, pero no sé qué más decirles, pues no suele hablar con nadie.

–Por favor, mañana saldremos a buscarlo. Si le ve, ¿le daría un mensaje?

–Sí, claro, padre. Dígame.

–Dígale que Auberto de Avranches estuvo aquí. Que le suceda lo que le suceda, le queremos... y que Dios Nuestro Señor le perdona cualquier error que haya podido cometer.

Poco más tarde, los viajantes subieron a descansar a la alcoba preparada y el mesón quedó cerrado. Las luces de los candiles se fueron apagando, la noche se fue colando por cada rincón. Llovía con fuerza sobre la madera vieja de la posada. Las gotas comenzaron a hacer rebosar la palangana. Súbitamente el portón trasero se abrió; debía ser el viento de esa desapacible noche. Una sombra entró silenciosa en el mesón. Llevaba una capucha sobre la cabeza. De repente, la figura se detuvo. Observó algo sobre una de las mesas que le era muy familiar.

Mientras esto sucedía, Auberto, dispuesto a echarse en el jergón, recordó algo:

–¡La cruz! Nicolas, he olvidado la cruz de Bellmont. Creo que me la dejé sobre la mesa.

–Tranquilo, padre Auberto, bajo enseguida a por ella.

45

Superé mis dudas. Superé mi mal humor. Salía de la cueva y empezaba a acostumbrarme a la luz del sol. Una luz esperanzadora, aunque sorprendente y misteriosa. Disfrutaba de un Madrid vacío al fin por la llegada de la Semana Santa. Aún no habíamos salido del maldito hospital. Las mejorías eran muy leves; hoy estás bien y al día siguiente los parámetros son diferentes. Dos días antes de nuestro encuentro conseguí la ansiada entrevista con Rubén Rodríguez Montagnier, todo un doctor en física cuántica y matemáticas. Más extraño era el que hubiera estudiado Teología y que solo tuviera cuarenta y pocos años. Tras no pocas llamadas, mensajes y alguna cerveza conseguí ponerme en contacto con él. Vivía en un calle estrecha, cerca de la plaza de Santa Ana. Me imaginaba a alguien muy serio, con bata blanca y lentes, pero me sorprendió por su amabilidad y su ropa casual. Por sus gafas no; ese hombre debía devorar libros, a tenor de las paredes de su despacho, que nos rodeaban por los cuatro costados. Me ofreció algo de beber. No quería ser descortés, pero prefería entrar en harina, no fuera a acordarme después de los minutos del refresco.

–Me dijo Christophe que estás procurando investigar Monte Saint-Michel. Un lugar excepcional, sin lugar a duda. Dime, ¿en qué te podría ayudar?

Le conté cómo todo había comenzado como un juego, pero que sin embargo ahora parecía mucho más. En cuanto le pregunté acerca del significado del número siete, me miró entre divertido y sorprendido por mi ignorancia.

–¿El número siete, dices? Es el número sagrado y mágico; hice una de las dos tesis sobre su influencia y simbología en el ciclo de la vida. Pero, ¿quién va a leer ese rollo?

Pedí permiso y saqué un pequeño cuaderno para apuntar; no quería perderme nada. Me observaba a mí mismo como un auténtico documentalista, recogiendo una información tan valiosa como extraña.

–Por venir de parte de quien vienes entiendo que esto es algo más que una de esas *gymkhanas* que la gente organiza para divertirse.

–No lo creo. Pero debo serte sincero; tampoco sé a dónde me llevará todo esto.

–Sí, es verdad. Esto es como las muñecas rusas... La muñeca del interior no puede imaginar que está dentro de algo más grande, y cuando lo descubre, no imagina que luego hay otra, y otra...

–Buen ejemplo –asentí.

–Está bien. Escucha con atención, Pablo, con total receptividad... –Me pareció que me miraba examinándome para ver si estaría a la altura de lo que tenía que contarme. Resopló y comenzó–. El siete es el número místico en todos los cultos y tradiciones. El número de la clarividencia, ¿entiendes? Ver el pasado para reconstruir el futuro. Es la perfección. Dios creó el mundo en siete días y el séptimo lo bendijo, y, lo creas tú, simbólicamente o no, observa el mundo...

Me quedé pensando que me iba a soltar todo lo que dice la Biblia, ya que algo conocía, pero no estaba preparado para asimilar todo lo que ese hombre sabía.

–Los hebreos lo consideraban el número del ciclo en plenitud... Siete son los días de la semana, conocemos las siete notas musicales y ¡vaya!, siete son los colores del arcoíris. ¿Sabías que en la tradición japonesa hay siete días entre el punto entre la vida y la muerte? Y en la tradición tibetana el paso entre la vida y la muerte dura siete grupos de siete días.

Los hindúes nos hablan de siete centros sutiles o chacras. Pero mira por dónde que para otra de las religiones importantes, la musulmana, en el Corán se recogen siete sentidos esotéricos. En China se dice que hay siete unidades de tiempo para librarse del cuerpo físico. El periodo lunar está compuesto de cuatro ciclos de siete días. Siete sabios había en la antigua Grecia. Las tablillas asirias aparecen llenas de grupos de siete. Para los caldeos el número siete era sagrado, mientras que para los egipcios representaba la eternidad. Y hasta los antiguos hablaban de las siete maravillas del mundo. La Biblia lo nombra más de trescientas veces: siete machos y siete hembras de cada especie debían ocupar el Arca de la Alianza. Recientemente los científicos dicen haber descubierto una galaxia... Ya imaginarás cuántos planetas tiene...

–Pero, ¿por qué el número siete?

–El número siete une dos números: el número del espíritu, que es el tres, con el de la materia, el cuatro. Como sabes es número primo, no replicable. Representa todo aquello que une el reino de lo material y lo espiritual.

Me quedé perplejo recordando las palabras de Noah sobre Monte Saint-Michel que resonaban en mi cabeza: «es un lugar mágico, que traza un punto entre la Tierra y lo celestial».

–Por ello –prosiguió Rubén– el siete es considerado símbolo del universo en constante transformación... tierra y aire, lo humano y lo divino.

Saqué el sobre con el enigma en su interior; Rubén se ajustó sus gafas y leyó con el interés:

Escucha el lenguaje de Dios y aprende.
Es un mensaje que puede serte revelado.
Este traerá luz a su debido tiempo.
Esto es mucho más que un juego.
El tiempo se acerca, es la hora.

Ocurrirá cuando el día se haga eterno
Sabes dónde, y la fecha está marcada.

–¿Qué te hace pensar que esto no es más que un inocente acertijo? –me preguntó retador.

–Sería muy largo de explicar; digamos que desde hace un tiempo en mi vida se han dado una serie de sincronicidades sorprendentes. Digamos que la muñeca rusa ha descubierto que sobre ella hay una muñeca mayor que la envuelve... y que puede haber más. Hay muchas cosas que no podemos explicar... pero no por ello dejan de existir. ¿Puedes medir o pesar con una báscula el amor, por ejemplo?

–Eso es cierto, Pablo... Cuando encontramos cosas que no logramos explicar con el método científico, solemos condenarlas y llamarlas ilusión o fantasía, o las tratamos incluso como un problema de salud mental. Se habla muy fácilmente de pseudociencia, sin recordar que muchas de las cuestiones hoy aceptadas, algún día también fueron llamadas así. Solemos evitar todo lo que pone en jaque nuestras creencias o no creencias, pensando que ataca nuestra integridad.

Volvió a analizar el papel. Esta vez lo miró con más detalle.

–La verdad es que es sorprendente: siete palabras en siete frases... Y mira bien, Pablo –dijo señalando con sus dedos–, están divididas en dos párrafos de tres y cuatro líneas. Todo conecta: las tres primeras te hablan de lo espiritual... un mensaje divino que traerá mucha luz, supongo que a la humanidad; o tal vez sea para ti, eso no lo tengo claro. Y abajo cuatro líneas, lo material. Habla de algo concreto, y lo que parece claro es que se trata de una fecha.

–¿Qué fecha puede ser...?

Los dos mirábamos el enigma intentando ver más allá de las palabras.

–Creo que ya lo sé... –dijo Rubén mesándose la barba–. Sí, parece sencillo. Dice «cuando el día se haga eterno», y esa fecha no puede ser otra que el solsticio de verano, cuando el sol está más tiempo en lo alto. Este año ocurrirá el 21 de junio de 2023. Será un miércoles, tercer día de la semana.

Rubén parecía estar pensando en voz alta, y ajeno al mundo, siguió con su discurso.

–Casualmente el 21 es siete por tres, o también es tres si sumas sus cifras por separado; y el tres es el número de lo espiritual, y el año, sumando sus cifras, suma cuatro y tres, es decir, siete. En cuanto al mes seis... es símbolo de maternidad, de algo nuevo que comienza. Podría haber sido el mes siete, pero no es el día más largo. Te diría que esa es la fecha... La hora es más difícil conocerla, aunque este año el solsticio comenzará hacia las tres del mediodía.

–Pero... ¿de qué mensaje puedes tratarse? –pregunté cada vez más intrigado.

–Puede significar varias cosas... Supongo que conoces el Apocalipsis. Fue escrito por el apóstol Juan. Recordarás los siete sellos, muy de película de cine... Para casi todo el mundo son ideas simbólicas, aunque para otros... Mira, vamos a buscarlo exactamente...

Tecleó en el ordenador y rápidamente leyó:

–Escucha, Pablo la cita textual: «*Vi, en la mano derecha de aquel que estaba sentado en el trono, un libro escrito por dentro y por fuera, sellado con siete sellos. Cuando el último sello se rompa la historia habrá llegado al final y el Gran Juicio comenzará*». Sin despegar sus ojos de la pantalla cambió el tono de voz.

–Espero que no estés involucrado en una loca secta del fin del mundo... –dijo con sarcasmo.

–No, la idea no me hace mucha gracia... De estas ideas catastrofistas del fin del mundo huyo como de la peste.

–Sí claro, yo también... aunque es evidente que nos estamos cargando el planeta sin necesidad de ayuda externa.

Se quedó callado con la mirada perdida; luego se quitó las gafas y me miró fijamente.

–Hay otra idea que me parece interesante. Monte Saint-Michel es un lugar con una tradición espiritual muy importante desde antiguo. El lugar que eligió el jefe de la milicia de los ángeles, el mismísimo arcángel Miguel. Podía ser el lugar elegido para los siete ángeles que irán delante del trono de Dios...

–¿Lugar elegido... para qué?

–No lo sé, Pablo; es una visión más teológica... No sé qué más decirte. –Me miró dejando caer la nota sobre su escritorio–. No soy amigo tanto de profecías como de los números, de los algoritmos que a menudo nos muestran la llave de muchos secretos del universo. Pero una cosa sí te puedo decir...: el siete integra los dos mundos, el material y el espiritual.

Se quedó en silencio.

–No sé cómo más te puedo ayudar, Pablo.

–Tranquilo, me has sido de gran ayuda, créeme.

Me despedí de Rubén muy agradecido por la clase y con una fecha del calendario en mi mente: veintiuno de junio de dos mil veintitrés. Salí a la calle con un poco más de conocimiento, pero con muchas más preguntas, y con el deseo de aprender mucho más sobre la increíble historia de Monte Saint-Michel.

* * *

Dos días después, allí estaba. De nuevo día siete, y esta vez era Viernes Santo. Durante casi toda mi vida estos días habían sido para descansar, poco más. Todos los acontecimientos me hacían mirar las fechas señaladas con un nuevo respeto. Marina se divertía con la magia del número siete; deseaba salir conmigo de casa y descubrir de primera mano el nuevo enigma, pero las reglas habían sido estrictas… sin acompañante.

Christophe me esperaba ojeando unos libros en el lugar de siempre y lo primero que hizo al verme fue preguntar por ella. Yo por mi parte tenía muchas ganas de contarle mis descubrimientos. Indudablemente casi todo giraba en torno a la fecha, así que cuanto hube terminado no pudo reprimir un vivo y sincero entusiasmo.

–¡Bravo, Pablo! Todo es muy emocionante. Me sorprende que incluso casa con nuestras fechas.

–¿Nuestras fechas?

–También he de hablarte de fechas. Como vas a ver, querido Pablo, parece que todo estuviera calculado. La idea es salir desde Barajas, destino Rennes; desde allí tomaremos un tren. Saldremos el día 19 de junio, llegando por la noche. El día 20 lo dedicaremos entero a conocer Monte Saint-Michel. Como sabes somos un grupo, digamos, particular. No hace falta decir que esto para todos es mucho más que un viaje de turismo o incluso de placer; cada uno, por una razón, se ha embarcado en esta aventura. Además de nosotros dos vendrán cinco personas más. Mira, otra casualidad; ya lo habrás adivinado… somos siete. Visita privada por la abadía y por la noche cena en un lugar reservado para conocernos y si acaso descubrir qué nos ha traído hasta allí a cada uno. Será muy interesante, según me ha dicho Noah. El 21 es libre, por lo que te deja en una situación cómoda para… lo que tenga que suceder. El 22 regresamos, pero si quieres puedes prolongar tu estancia más días; eso correría de tu cuenta, claro.

–Quisiera ir con Marina. Necesito ir con Marina.

–No creo que haya problema. Debo confesarte algo… y pedirte disculpas. Noah nunca dijo que vinieras solo. Fue algo que salió de mí. Me dijo que estas pruebas eran para ti y me tomé la libertad... Lo siento, Pablo.

Debo reconocer que me sentó mal. A pesar de que comprendiera su deseo por que me concentrara en cada prueba, me parecía excesivamente celoso de su labor; aunque sentí un alivio muy grande pensando que al menos no había sido decisión de Noah. La verdad, no podía imaginármela poniéndome restricciones y prohibiciones para solucionar los enigmas. Desde el comienzo me transmitió un especial cariño hacia Marina; a pesar de conocerla de poco tiempo, siempre hablaba desde un gran respeto. Me alegraba recordar a esa Noah risueña, tierna y con esa sorprendente pero sencilla sabiduría espiritual. Agradecí sus disculpas.

–Gracias, Christophe; sé que lo hacías con la mejor intención. Pero de repente me asalta una duda... ¿esos enigmas... esos sobres... son producto de la mano de Noah o ha intervenido alguien más?

–No, Pablo. De eso puedes estar seguro. Todos los enigmas vienen de ella. Solo soy el mensajero, de veras... –procuró tranquilizarme–. ¿Algún avance interior?

–Supongo que he visto que el lenguaje de la inteligencia creadora al que se refería el enigma es sorprendente... Puede revelarse incluso a través de los números, si uno se atreve a adentrarse en el misterio.

–Eso es, es otro don del Espíritu, el don de ciencia, no entendida como la consideramos nosotros, sino como una visión más elevada, como el don para comprender que todo lo creado son señales que llevan a una inteligencia superior. Para ello hay que entrenarse en una mirada diferente. Con ella sientes la sabiduría infinita, la belleza y bondad del Creador con sus criaturas. Tal y como lo veía expresando san Francisco de Asís y tantos maestros contemplativos de Oriente y Occidente. Es el Tao, la unidad.

Guardó un momento de silencio mientras se llevaba la mano al interior de su chaqueta.

–Bien, querido Pablo, ha llegado el momento de conocer el quinto enigma.

Me erguí en la silla y me preparé a escuchar sus palabras. Christophe sacó el sobre, se colocó las gafas. Con un gesto le invité a que esta vez fuera él mismo quien lo leyera.

«Ron Difrancesco, John Smith... y tantos otros que no se conocerán».

Repasé el mensaje sobre la mesa en silencio y agarré el móvil con idea de hacer una búsqueda rápida, pero pensé en Marina. Estaría entusiasmada de hacerlo, y así sería; podría aguantarme las ganas por ella. Debería seguir siendo una investigación en equipo.

46

Nicolas logró encender una de las lámparas con algo de grasa y descender lentamente la escalera que llevaba de las habitaciones al comedor. Unas hojas mojadas corrieron por el suelo. Le pareció oír un golpe del portón. Sería la lluvia, supuso. Se acercó a la mesa en la que poco tiempo antes habían compartido la cena. Nada sobre ella. Miró alrededor extrañado. Por el suelo... ni rastro de la cruz de Bellmont. Seguramente estaría arriba. El padre Auberto estaba realmente cansado y con tantas emociones seguramente la habría guardado en otro lugar.

Regresó silencioso por no despertar a los demás huéspedes. Auberto le esperaba sentado.

–No había nada, padre.

–¡Qué extraño! Yo no la tengo... –exclamó pensativo–. Bien, Nicolas, acuéstate y descansa; mañana con la luz del día la encontraremos.

–Padre, ¿puedo preguntarle algo? –susurró mientras se metía en el camastro.

–Claro, Nicolas.

–¿Cree que mis padres estarán en el Cielo?

–Algo me dice que sí, Nicolas. Si fueron tan bondadosos como tú, allí estarán.

–Y... –no sabía cómo preguntárselo.

–Dime, Nicolas.

–Yo amo a Paulette, aunque no hay día que no extrañe a mis padres... ¿Podemos hablar con nuestros difuntos?

–¿Oyes cómo la lluvia golpea los tejados, verdad?

Nicolas hizo un silencio para agudizar los sentidos.

–Sí, la oigo.

–Sabes que está ahí, aunque ahora no la veamos. Lo mismo sucede con nuestros seres queridos. No podemos hablar con ellos como tú y yo lo hacemos aquí, pero están en otra dimensión; solo tienes que hacer silencio para escuchar sus voces en tu interior. Al hombre le da miedo que esto sea posible. Estoy seguro de que nunca te han dejado solo.

–¿Padre Auberto?

–¿Sí?

–Me gusta hablar con usted.

* * *

Al amanecer Auberto y Nicolas desayunaban un caldo de vegetales acompañado de un pedazo de pan.

–¿Y la muchacha tampoco ha visto la cruz? –preguntó Auberto.

–No la he visto aún. Habrá salido al pueblo, o tal vez siga dormida –contestó Nicolas.

Desde una ventana alguien los observaba. Era Bellmont, que, con los ojos llenos de lágrimas, los miraba oculto tras las contraventanas. La joven Valérie lo acompañaba.

–Tu secreto, querido padre Auberto, no morirá contigo –murmuró el monje.

–¿Estás seguro? El mar tiene hoy mucho oleaje, está muy peligroso salir.

–Tengo que hacerlo, Valérie. Todo está preparado. Gracias por no haberles dicho nada más y por confiar en mí.

–El padre Auberto te quiere mucho. Me pidió que si te veía te dijese que Dios misericordioso siempre te perdonará.

A Bellmont los ojos se le humedecieron y tragó saliva.

–¿Harías una última cosa por mí?

Valérie asintió en silencio.

–Dile que siento en el alma el daño que le estoy causando, pero que debo hacer algo. Pronto regresaré a la abadía y les contaré todo. Que me perdone por haberle desobedecido. Debo irme enseguida. Entrégale mi cruz –dijo ofreciéndosela–. Me la podrá devolver cuando regrese. –Se la dio al tiempo que le cerraba los dedos, envolviéndola con las dos manos.

–¿Te volveré a ver, Bellmont?

–No, Valérie. Siempre te estaré agradecido por lo que has hecho por mí... Pero debo zarpar antes de que se den cuenta... –dijo mirando el bote que le esperaba y dirigiéndole una última sonrisa. Una fina lluvia volvió a arreciar.

Ella le sujetó el rostro con sus manos y le besó.

Bellmont se quedó paralizado sin saber qué hacer ni decir.

–Lo siento... Sé que nunca podremos estar juntos –dijo ella entre lágrimas.

–No hay nada que perdonar... ¡Hasta siempre, querida Valérie!

Bellmont salió corriendo como un furtivo que se escapa de la prisión. Soltó el amarre y preparó el velamen. La despidió con la mano una vez más desde la embarcación y comenzó a desaparecer lentamente entre la lluvia, que cada vez arreciaba con más fuerza.

Valérie se quedó contemplando como aquel muchacho de mirada honesta desaparecía por el horizonte para no regresar jamás.

No vio aparecer a Nicolas, que advirtió a la chica empapada y con la mirada vidriosa.

–Mmm... hola. ¿Ocurre algo?

–Tengo que contaros algo –dijo la joven.

El padre Auberto salió al exterior colocándose el sayal y protegiéndose del agua al resguardo de un tejadillo.

–Siento no haberos relatado todo. Padre, como ayer le dije, Bellmont es un hombre bueno. Le pide perdón, pero debe hacer algo importante... Me entregó esta cruz para usted. Dijo que cuando cumpla su misión regresará a la abadía... si vos se lo permitís.

–Pero... ¿ha estado aquí? ¿Cómo no me has dicho nada?

–Le juré que sería una tumba.

–Pero, ¿qué es lo que debe hacer? –dijo agarrándola de los brazos.

–No puedo decírselo. Solo hablaba de un tesoro muy valioso que el mundo debe conocer...

–Por favor, ¿por dónde se ha ido? –gritó Nicolas.

–¡Le juré silencio! –gritó procurándose alejarse de ellos–. No sé a dónde iba... Solo sé que se adentró en el mar.

–¡Dios Todopoderoso! ¡Mira cómo está la mar! ¿Ha perdido el juicio? Pero si no sabe navegar –exclamó Auberto.

–Sí, yo le enseñé... –confesó Valérie.

–Corre, Nicolas, vamos tras él –dijo Auberto agarrándolo del brazo.

–¡Ayúdanos! –gritó Nicolas pidiendo el socorro de la joven–. Su vida está en peligro.

Valérie tardó un momento en reaccionar. No deseaba traicionar a su amigo, pero el mar estaba demasiado bravo para un navegante inexperto. Los tres se precipitaron hacia el muelle. El terreno se había vuelto un barrizal y Auberto resbaló cayendo al suelo.

–Padre Auberto, por favor –le suplicó Nicolas–, ya no podemos hacer nada; debemos ponernos a cubierto.

Auberto no oía sus palabras. A lo lejos ya no se divisaban las velas de Bellmont. Pareciera que el dragón hubiera vuelto a hacerse dueño del mar. No había ningún bote en condiciones de zarpar. Las olas comenzaron a golpear con furia el muelle y los lejanos acantilados por los que el monje se había adentrado hacía tan solo un momento. Auberto cayó exhausto de rodillas, implorando al cielo que regresase, mientras la lluvia azotaba sin piedad sus rostros. Los dos muchachos lo agarraron, uno por cada lado. Bellmont había vuelto a desaparecer una vez más sin poder evitarlo.

47

Dos días después me encontraba con Héctor tomando una caña al solecito de mayo, que calienta, pero no quema. Y mientras cogía unas aceitunas, hablamos de John Smith, un muchacho que con once años, desoyendo los consejos de un vecino, cayó a un río helado junto a dos amigos. Ellos lograron salir. Permaneció en el fondo del agua turbulenta a cuatro grados, no un minuto ni dos, sino quince hasta que llegaron los equipos de rescate. Tras cuarenta y cinco minutos sin respirar, el médico le aseguró a su madre que, en el caso remoto de sobrevivir, sería como un vegetal y con daños irreversibles debido a la congelación y la hipotermia. Su madre no había dejado de rezar junto a él, que se encontraba clínicamente muerto.

Recordando las Escrituras, reza al Espíritu Santo a viva voz para que le devuelva a su hijo, y al momento, ante la sorpresa de todos, la máquina a la que lo habían conectado dio señales de que John estaba recobrando los signos vitales.

–Por otro lado, uno de los bomberos que lo socorrían escuchó una voz clara y nítida indicándole por dónde debía mover el gancho entre un agujero del hielo para encontrarlo, ya que la visibilidad era nula y el chico se encontraba a varios metros de profundidad en el fondo del lago.

–Pues no te lo vas a creer, socio, pero el otro día vi esa peli. Un flipe, de verdad.

–¿Qué crees que pasó? –pregunté. Quería conocer su opinión.

–¿Tú qué crees? Allí ocurrió algo muy grande. Nadie sobrevive tanto tiempo bajo el agua helada, y menos sin secuelas. Yo estaría aún de tiritona. No... en serio... La fe a lo bestia es algo con una fuerza que no imaginamos. Ya sabes que yo paso bastante de estos rollos, de misas y todo eso... pero tonto tampoco soy.

–Te creía más pasota de todo esto.

–Después de morir mi abuela pasé una época en la que leí muchos de esos libros de vida después de la muerte. Muchos casos de peña que está muerta y el espíritu de esa persona, o lo que sea, se da un rulo y observa todo lo que sucede alrededor con todo tipo de detalles.

Incluso hablando de temas sobrenaturales, Héctor no perdía su gracia.

–¿Un rulo? –pregunté divertido.

–Sí, ya me entiendes –dijo con seriedad.

–Perdona... ¿tu abuela dices?

–Pues... fuera de la familia nunca lo hemos hablado. Pero te lo contaré por ser tú. –Me incorporé en mi asiento. No lo podía creer; Héctor haciéndome una confesión sin bromas–. Tú sabes, Pablo lo que yo quería a mi abuela. Era adoración. Bueno, y toda mi familia. Yo no sé si existen los santos, pero si alguna conocí, esa era mi abuela. Estabas con ella y te sentías en la gloria. Nos quería con locura, y lo demostraba a cada segundo... Pero con todos, ¿eh? El día que murió estábamos todos alrededor suyo en el hospital. Ya sabes lo que es un hospital. Entonces, justo cuando falleció, comenzó a oler a rosas, a lo bestia... Vamos, exagerado. Te aseguro que allí no había flores, ni colonias, ni leches. La ventana estaba cerrada. Nos quedamos todos mudos, mirándonos... Fue muy raro, Pablo, pero mucho más extraño fue que todos... –tragó saliva–, y te digo todos, sentimos en ese momento una paz increíble. No es que me haga feliz pensar lo que nos dijeron de niños, que vamos al cielo... Es que no te puedo explicar cómo ni por qué... pero así lo sentí.

–¡Vaya! –suspiré aliviado, sintiendo que podía empezar a hablar de otras cosas con Héctor; es increíble como incluso un amigo como yo del barrio de toda la vida, después de tantos años se fabrica una idea de una persona creyendo conocerla.

Me animé a contarle la increíble historia de Ron Difrancesco, el último superviviente que salió de las Torres Gemelas diez segundos antes de derrumbarse la Torre sur entre las plantas 77 a 85. Ron se encontraba en la planta 84 y ascendió hasta la 91. Un grupo de personas decidió subir allí; todos ellos encontrarían la muerte minutos después cuando el edificio se desplomó. Cuando estaba a punto de desmayarse, oyó una voz clara y tranquila de hombre que le llamaba: «¡Levántate!, sigue por aquí, por este camino» y le señalaba el camino a seguir, paso a paso, atravesando tres plantas entre el fuego. Sintió su presencia y la voz que lo guiaba hasta el piso 70, en que desapareció. A pesar de los años, cada vez que lo recuerda su voz se quiebra, no puede seguir. Él sabe con certeza que esa voz no provenía del edificio. Son muchas las personas a lo largo de la historia que en el momento de su muerte piensan que esa voz era de un ser superior. Solo sobrevivieron cuatro personas por encima de las plantas del accidente. Fue un día que cambió el mundo. Sabíamos que el mal existía... pero de allí en adelante siempre sería mayor o más retorcido. Nadie estaría a salvo.

Al despedirme, Héctor me agarró el brazo:

–Todo esto que cuentas... es increíble, tío, pero tienes que tener cuidado.

–¿Por qué me dices eso?

–Me da miedo. Ten cuidado, Pablo. Intuyo que hay un mundo espiritual muy cercano, pero hay mucha gente perturbada por ahí. Hay gente que se raya o entra en sectas... Ten cuidado con quien vas a ese viaje. Tal vez prefiera verte escéptico en mi bar que con mucha fe en otra vida pero en un psiquiátrico.

–Durante mucho tiempo ataqué sin piedad a todos los que tenían cualquier idea que no se entendiera a la luz de la ciencia. Solo sé que hay muchas cosas que aún no sabemos ni de cerca, ni entendemos... pero no debemos asustarnos por ello.

Aquello no debió tranquilizar demasiado a Héctor. Sin embargo, por una vez desde hacía mucho tiempo estaba seguro de que debía continuar mi búsqueda personal.

Aquella noche no podía conciliar el sueño. Cada historia me acercaba a un gran misterio. El enigma añadía... «y tantas personas que no se conocerán». En Occidente no es fácil contar esto. Es fácil que te encierren, o como mínimo te tomen por loco; son pocos los que se animan a compartirlo. Ron huyó durante años de cualquier publicidad, pero su historia debía ser narrada. Entendí que Noah me quería recordar que alrededor nuestro, desde antiguo, siempre han existido historias de ángeles que aparecen en el momento de mayor peligro para salvarnos, para guiarnos, para protegernos, o quizá para acompañarnos en el trance. Muchos montañeros y personas los han oído en una situación de extrema gravedad. Todo aquello me hacía concebir nuestro cada vez más cercano viaje a Monte Saint-Michel con otros ojos. Pero sentía que había más. Demasiadas señales y casualidades en mi camino. Al tiempo comenzaba a temer que luego no hubiese nada más. Si después de todo nada ocurriese, ¿qué pasaría? Supongo que nuestras vidas seguirían adelante... Con las dudas tuve un fuerte presentimiento, la convicción de que algo importante iba a suceder. Algo que escapaba a mi imaginación.

Con todo ello acudí a nuestra cita. Juraría que Christophe me esperaba más inquieto de lo habitual. Cuando escuchó todos mis descubrimientos guardó un silencio que no esperaba. Parecía que todas aquellas historias hubieran hecho mella en él. Luego, cuando llegó el momento, me dejó sobre la mesa el sexto enigma dentro de su correspondiente sobre. Pude leer:

«*Une los puntos, y que la espada te guíe*».

Aquella noche me acosté recordando que el misterio de la espada seguía sin resolverse y se me antojaba demasiado grande para mí. Serían las cuatro de la madrugada cuando un ruido cerca de mi habitación me despertó. Caminé hasta la habitación de Marina, pero dormía plácidamente. La corriente debía haber cerrado la puerta de un portazo, de modo que cerré la ventana con cuidado. Había papeles sobre el suelo, así como un póster enrollado que estaba apoyado sobre el lateral de mi escritorio. Lo volví a colocar, esta vez entre el escritorio y una columna, cuando reparé de nuevo en él. Se trataba de un mapamundi que había comprado Irene años atrás. Quité la cinta que lo anudaba y lo desplegué; lo conseguí extender sobre un corcho con fotos nuestras descolocadas y olvidadas desde hacía tiempo. Al hacerlo una fotografía cayó al suelo. Me agaché a recogerla. Era un precioso retrato de Irene, de cuando estuvimos en un pueblecito de

Andalucía. Irradiaba luz con su sonrisa. Lo dejé en la mesa. Y entonces recordé cómo le gustaba a ella poner un alfiler en los lugares a los que habíamos viajado. París, Venecia, Praga, Lisboa... estaban marcados con un rotulador, a la espera de comprar unos alfileres, de esos coloridos, y construir juntos... nuestro mapa. Sus palabras me llegaron como si hubiera sido ayer.

–Tengo que comprar algunas cosas. De paso compraré los alfileres, si los encuentro. De dos colores. Uno para los lugares que hemos visitado y otro para aquellos a los que viajaremos pronto.

–Déjalo para otro día, está lloviendo un montón.

Me besó y me dijo:

–Ya sabes que me gustan los días de lluvia.

Se acercó a mí colocándose el abrigo y se despidió sonriente:

–Hasta luego, te quiero.

Esas fueron sus últimas palabras. Ahí se quedó el mapa. No lo había abierto desde entonces, me sentía incapaz. A cada milímetro que lo abría, noté como cada fibra de mi ser se estremecía. Cual fue mi sorpresa cuando en uno de los bordes apareció un breve mensaje escrito en tinta y firmado por ella. Jamás lo había visto.

«Te sigo queriendo, loco».

Así me llamaba cariñosamente a veces. Sí, me lo regaló después de haber discutido por un viaje que no llegaría a hacerse. Estaba cansado y no me sentía con ganas de escaparme de fin de semana. Su forma de hacer las paces fue regalarme ese mapa. Siempre llevaba la iniciativa. Tal vez yo era un perezoso, un orgulloso, o las dos cosas juntas. Me explicó lo que haríamos con él, y luego se marchó a por esos dichosos alfileres. Y allí estaban marcados nuestros grandes viajes. Extendí el mapa y encontré cuatro chinchetas para clavarlo en la pared. Abrí la cajita y puse uno a uno los pinchitos verdes sobre la ciudad a la que ya no volveríamos jamás, o al menos en esta vida. Con cada alfiler parecía que se me clavase un recuerdo distinto. Praga... alfiler... Edimburgo... alfiler... y así uno a uno. Al llegar a París me asaltaron vivos recuerdos y tuve que sentarme. Entonces sentí su presencia. Parecía como si ella misma estuviera poniendo su mano en mi hombro, se sentara en mis muslos y me besara. Cerré los ojos.

Debí quedarme traspuesto por un instante perdido en mis ensoñaciones; entonces agarré un alfiler de color rojo. Con él pondría los viajes que haríamos Marina y yo, en los que Irene siempre estaría presente, y pinché en Monte Saint-Michel. Me quedé mirándolo y tuve, ¿cómo llamarlo?... una intuición. ¿Y si la espada de san Miguel realmente no fuera un objeto sino algo simbólico? Comencé a buscar santuarios en honor a san Miguel. Me quedé sorprendido viendo la imagen de Skelling Michael en Irlanda... ¡Tenían tantas coincidencias! Un monte elevado construido en el siglo VI. Se podía acceder a él solo en barca durante la marea alta y caminando en pleamar. Encontré un tercer santuario en Inglaterra, el St. Michael's Mount, en el islote solitario de Cornualles, que, de nuevo con la marea baja, se conectaba con la tierra firme. Su parecido geográfico con Monte Saint-Michel era aún mayor. Según se contaba, el arcángel se apareció allí a un grupo de pescadores.

La noche avanzaba pero no podía cesar la búsqueda. Encontré un nuevo lugar, la Sacra de San Michele, en Italia, un paraje extraordinario que había servido para rodar «El nombre de la rosa». Continuaron saliendo a la luz otros santuarios, Sant'Angelo en Italia, una cueva donde san Miguel se le apareció en el año 490 a San Lorenzo Maoriano. De nuevo otro monasterio, el de Symi en Grecia, y otro más en Israel, el monasterio Stella Maris.

Me separé del mapa. Comencé a echarme para atrás. No podía creerlo. Saqué un rotulador y una regla, y tracé una línea uniendo todos los puntos, como rezaba el mensaje de Noah. Siete puntos. Ahí estaban delante de mis ojos. Ver para creer. Una perfecta línea recta. Una línea invisible unía los siete santuarios en honor a san Miguel. Siete exactamente, desde Irlanda hasta Israel. Tres hasta Saint Michel, y otros cuatro desde Saint Michel a Tierra Santa. Allí estaba, ante mis ojos, una sorprendente línea desde el nordeste de Europa hacia el sudoeste en Oriente. Luego confirmé su existencia en Internet mientras el pelo se me erizaba. ¡La línea sacra! Alguien ya lo había descubierto antes que yo. Dos preguntas comenzaron a rondar por mi cabeza... ¿Y si esta era la espada de san Miguel que tanto había buscado Christophe? ¿Qué significado podría tener todo aquello?

Agarré el móvil y llamé a Christophe; tenía que saberlo cuanto antes.

48

Pasaban los días sin tener noticias de Auberto y Nicolas. En ausencia del obispo, Pierre continuaba su lucha personal con Edouard. Una mañana, Pierre entró descompuesto sudando en la enfermería, en la que Paul Dumont se hallaba poniendo un poco de orden.

–¿Qué te trae por aquí, Pierre?

–Necesito hablar contigo. No encuentro a Gérard, y sin el padre y sin Bellmont tengo que soltarlo o aquí va a pasar algo terrible.

–¡Tranquilo, tranquilo! Siéntate por favor.

Paul Demont movió una silla y se la acercó a Pierre.

–¿Puedo contar con tu discreción? –preguntó Pierre.

–Claro; cuéntame, hermano.

–Quería hablarte de Edouard. Sé que no debemos hablar mal de nadie, pero he de decirte que desde que llegó al monte no ha dejado de enredar con sus argucias; quiere convertir esto en una posada para nobles más que otra cosa.

–¿Por qué dices eso, Pierre?

–¿No te has dado cuenta? Con la excusa de querer mejorar este lugar quiere reducir las horas de oración, acomodar las estancias, cobrar a los peregrinos, por no hablar de las veces que desoye al padre Auberto. Está deseando destituirlo, solo que lo hace como una serpiente, sin que apenas nos demos cuenta. ¡Pero a mí no me engaña!

Paul intentó calmarlo con las manos, pero Pierre se estaba ofuscando más a cada minuto que pasaba.

–Esta mañana he ido al pueblo. A decir verdad llevo bastante tiempo acercándome a averiguar algo sobre su pasado.

–Pierre, eso no está bien.

–Si hay algo en lo que ese demonio tiene razón es en que no deberíamos admitir a cualquiera. Él llegó un buen día aquí, pero no sabemos nada de él ni de su pasado.

–Cierto, pero tampoco sabes mucho sobre mí, o sobre los demás.

–Es diferente. Él oculta algo, lo sé.

–¿A qué te refieres? –preguntó Paul.

–Para él esto es un escape a sus penurias. Ha visto en este lugar una oportunidad de vivir bien y sin estrecheces.

–Creo que estás sacando conclusiones precipitadas, querido Pierre. Es verdad que a veces uno no sabe muy bien qué es lo que piensa de las cosas... pero eso es una cosa y otra muy distinta esos planes.

–Tengo que decírtelo. Parece que estuvo metido en deudas. Le perseguían para saldarlas. Tenía mala fama, y se dice que una de las personas que lo acosaban desapareció. Muchos lo señalaron y pensaron que podía haberle asesinado y haberse deshecho de él para que nadie lo encontrase.

–¡Santo Dios! ¿Estás seguro de lo que dices? Estas acusaciones son gravísimas, Pierre. Le estás tratando de...

–Asesino, sí. Creo que es un hombre sin escrúpulos. Y creo que Auberto lo debe saber. Y todos los hermanos.

–Para, para, Pierre. No tenemos pruebas de lo que dices, y aunque así fuera, puede haberse arrepentido de ello, seguir cargando con ese pecado. Si Dios le hubiera perdonado en su misericordia, ¿no deberíamos nosotros hacer lo mismo?

–Sí, tal vez, si hubiera sincero arrepentimiento. Pero no creo que sea el caso.

–Pierre, ¿te parece que lo hablemos con el padre Auberto cuando regrese? Estoy seguro que nos dará un poco de luz y perspectiva del caso.

Pierre se quedó pensativo meneando la cabeza de lado a lado.

–Creo que no me crees... Pero supongo que tienes razón y lo mejor es esperar. Cuento los días para que regrese Auberto.

–Lo siento, Pierre. Eres un gran hombre, pero creo que estás obsesionado con Edouard.

–Eso supongo que lo piensan todos; sin duda es muy astuto. Gracias, Paul.

Aquella misma noche todos se reunieron en el comedor tras las Vísperas. Los monjes presentaban en fraternidad sus preocupaciones y dificultades para ser ayudados por el resto. Llegó el turno de Edouard.

–Hermanos, el obispo Auberto aún puede tardar unos días o semanas, aunque esperemos que no sea así, hasta su regreso. Como bien saben, el padre decide dónde deben emplearse los donativos de los fieles y peregrinos, pero algunos asuntos requieren urgencia.

Paul Demont miró a Pierre de reojo, que estaba enrojeciendo por momentos, tratando de calmarlo con la mirada. Edouard prosiguió.

–Es necesario arreglar el acceso a la fuente; hay peligro de resbalar, y reforzar algunas barandillas; cada vez vienen más chiquillos y hay peligro de caída. Si les parece bien...

Mientras algunos asentían, Pierre se levantó fuera de sí. Solo Paul lo vio venir, pero no pudo impedirlo.

–¡Tú quieres quedarte con las monedas, Judas!

–Esto es una ofensa, no lo voy a consentir –contestó Edouard.

–¿Vas acaso a tirarme por el barranco? ¿Ya lo hiciste con Bellmont? –gritó Pierre enfurecido.

–¿A qué viene eso? ¡Basta ya de injurias! Habría que echar a este hombre de la comunidad; está loco, ¡fuera de sus cabales!

Pierre se abalanzó sobre Edouard y le propinó un golpe en la cara; el segundo se lo llevó Paul, que intentó detenerle, y no hubo tercero porque todos los hermanos se le echaron encima.

–¡Ya está bien! –gritó Paul–. Esto no puede ni debe seguir así. La violencia nos convierte en animales.

Pierre se soltó de los brazos que lo sujetaban.

–Hasta que venga el padre, no podemos permitir esto. Pierre, deberías reflexionar sobre lo que te está ocurriendo. Deberías abandonar el monte hasta que regrese. Necesitas calma y distancia.

–¡Está bien! –gritó Pierre–. Uno menos para salirte con la tuya. Lo has conseguido, Edouard.

Pierre abandonó la estancia cabizbajo. Gérard salió raudo a acompañarlo, pero él rehusó cualquier ayuda.

–No; gracias, Gérard. Sé que he obrado mal, no importa si tengo o no razón. He dejado de ser fiel a aquello en lo que creo.

–¿Qué puedo hacer por ti, Pierre?

–Nada. Solo tenerme en tus oraciones.

Gérard lo abrazó, pero él se escurrió rápidamente. Al caer la tarde ya se encontraba muy lejos del monte.

49

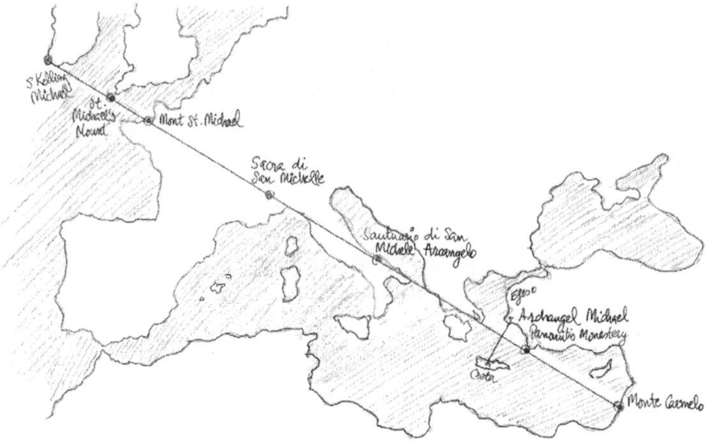

Christophe estaba eufórico. ¿Cómo no había podido caer en que la espada no era algo físico? Cuando uno está tan centrado en conseguir algo, su percepción se ve limitada. Creía haberlo oído, pero jamás lo relacionó. Enseguida se puso a investigar sobre la misteriosa Línea sacra o espada de san Miguel. Según la leyenda representaba el golpe definitivo que el ángel le propinó al diablo para mandarlo al infierno. Monte Saint-Michel en Francia, la Sacra de San Miguel en Val de Susa y el santuario de Sant'Angelo en el monte Gargano... están todos exactamente a la misma distancia unos de otros: mil kilómetros. Según otras teorías sería el lugar en el que habría un nuevo enfrentamiento en el fin de los tiempos. Aquellas ideas me parecían arcaicas y más propias de una película de ciencia ficción, aunque su existencia era cierta en las Sagradas Escrituras.

Me sentía feliz de haber podido aportar algo a Christophe; desde nuestro primer encuentro había estado pendiente de mí, de los enigmáticos retos planteados por Noah, e incluso de Marina. Era nuestro último día y pensaba que lo iba a echar de menos. Al tiempo que avanzábamos en un conocimiento mucho más profundo de lo que podía significar Monte Saint-Michel habíamos conseguido entablar una relación de amistad. Nuestra expedición, como a él le gustaba llamarla, se aproximaba, y con ella la sensación de que algo importante sucedería y posiblemente se quedaría para siempre en nuestras vidas.

Al fin, fiel y puntual como siempre, llegó a nuestra cita. Cruzando la calle llegó, aspirando por su pipa, y llevaba uno de sus elegantes sombreros, bajo el cual enseguida advertí una generosa sonrisa; sus claros ojos azulados me miraban agradecido, casi diría que con cierta reverencia. Tras preguntarme por Marina, me agarró del brazo y cruzamos al interior de la cafetería.

–No imaginas la alegría que me diste, Pablo. Resulta que buscaba un resto arqueológico y nos encontramos con algo sorprendente... tan sorprendente que no sé cómo el mundo no lo conoce.

–Como tantas cosas, supongo...

–Así es... Estamos embebidos en la miopía de nuestras vidas, a menudo mediocres, sin levantar la vista más allá... creyendo que tenemos toda una vida, dilapidando el tiempo en programas basura, en proyectos sin interés, en mirarnos el ombligo... mientras hay otra vida, que está ahí pero que no podemos observar con los ojos. Pero mira por dónde, ahora sé que es cierto que hay lugares geomagnéticos, como nuestro querido Monte Saint-Michel, como esa línea invisible, tal vez una brecha de energía espiritual... Todo son suposiciones, por supuesto, pero escucha, Pablo... –Se arrimó a mí con la silla y bebió un trago.

–Antes de la llegada de san Miguel al monte, algunas leyendas afirmaban que la isla marcaba un pasaje entre este mundo y el más allá. Los que murieran en la región serían llevados cerca para que su alma fuera enviada.

–Debe ser sin duda, un lugar con una energía especial –comenté.

–En 1970, un académico llamado Jean Richer exploraba antiguos templos griegos antiguos, haciendo unos descubrimientos sorprendentes. Su hermano Lucien, siete años después, en 1977, publica en la revista «Atlantis» lo que llamó «el eje de san Miguel y Apolo», el mapa de los templos alineados a lo largo de la línea recta que tú descubriste.

–¿Apolo, el dios griego?

–Sí, para ellos era el dios de las artes, pero también el dios de la muerte súbita, de las plagas y enfermedades, y al tiempo el dios de la curación y la protección contra las fuerzas malignas. Hace varios miles de años de todo esto.

–¿De modo que hay un parecido razonable con san Miguel?

–¡No, Pablo! No hay evidencia de que Apolo se haya aparecido, pero san Miguel sí. Apolo es un dios de la mitología griega. Sin embargo no deja de ser un lugar de los que ya antiguamente podían servir como portal, por así decirlo, hacia el mundo espiritual. Nunca lo sabremos, pero tal vez por eso fue elegido por el arcángel. ¿Cómo averiguar si en tiempos remotos Él ya estaba allí presente y por ello lo eligió...?

Tomó otro trago y continuó:

–Hay más, Pablo –dijo con una voz intrigante–. Lo más increíble es que la Línea sacra guarda una perfecta alineación con el ocaso del sol en el día del solsticio de verano.

–¡Ahora me acuerdo! Claro, esto encaja con aquel enigma... ¿Cómo era?... «Un mensaje que puede serte revelado, y que traerá luz a su debido tiempo».

–¡Ocurrirá cuando el día se haga eterno! –exclamó emocionado Christophe–. Todo encaja con la fecha; el 21 de junio será el solsticio de verano, el día con más horas de sol.

–Estoy pensando que en esa dirección podría suceder algo... aunque espero que no sea nada apocalíptico, la verdad... ¿Pero esto no era más que un juego de enigmas?

–Ya uno de los enigmas nos advertía de que todo esto se trataba de mucho más que un juego –me recordó Christophe.

–Pero ¿quién es entonces Noah? ¿Quién es que tanto sabe? Porque si esto no es un juego, si algo va a suceder, ¿cómo puede ella saberlo?

–Pablo... ¿a estas alturas no creerás que Noah es solo una librera, verdad? Noah es una persona sorprendente; estudiosa de campos muy diversos... Historia del Arte, Filosofía, Teología, Astronomía, Poesía... Es mucho más que una intelectual. Creo que conoce muchos idiomas, pero lo que más llama la atención es que no va jactándose de ello. Eso es lo que la define; es una persona única y especial como no he conocido a ninguna.

–¿Cómo la conociste, Christophe?

–Fue en un congreso... de Antropología, creo. Salí muy confuso y saturado de la jornada, sin parar de hacerme preguntas. Busqué un parque cercano para evadirme; me quedé mirando un lago y allí la conocí. Ya sabes cómo es; yo la llamo persona-balneario.

–Sí, puede ser una buena definición; es una de esas personas que te dejan mucho mejor de lo que estabas. Bueno, compañero, pienso que ahora sí que estamos llegando al último enigma.

–Comenzaba a pensar que no me lo ibas a pedir. –Christophe llevaba un sobre doblado por la mitad en el bolsillo de la camisa; me lo entregó ceremonioso–. Pablo, por favor, haz los honores.

Abrí despacio el sobre; no sabía qué me encontraría. Deseaba estar pronto camino de Monte Saint-Michel y descubrirlo con mis propios ojos. Saqué el papel con detenimiento y esto decía:

«En el día señalado, descubrirás que era verdad.
Y la verdad os hará libres».

–No hay más –dijo Christophe.

–¿A qué te refieres?

–No tendremos más encuentros hasta nuestro viaje. Allí conoceremos al resto del grupo; será interesante descubrir por qué caminos diversos han llegado hasta aquí.

–Hemos ido haciendo descubrimientos sorprendentes; mira, he dibujado la espada en este mapa.

Se quedó mirando fijamente el dibujo.

–¡Vaya!... no había caído.

–¿Qué ocurre?

–¿Recuerdas los enigmas dos y tres? Eran puntos concretos en el mapa. Éfeso, la casa de María,y Creta, a donde fue a parar la descendencia de los sabios de Oriente...

–Ya veo... no importa. –Saqué un portaminas–. Pinta encima si quieres.

–Hombre... no quiero estropeártelo...

–¡Vamos!, déjate de historias...

–Está bien. –Puso dos cruces en los dos puntos–. Si los unimos... forman una perpendicular perfecta. Y no es en vano que toda espada tiene una guarda. Como sabes, la guarda protege la mano, cuida del portador de la espada.

Quién sino María, la madre, y los Magos guardaron en secreto el anuncio del ángel.

–Vaya... es fantástico... –Me quedé prácticamente mudo.

–Ahora sabemos hacia dónde mira esta espada y a quién protege... De qué o de quién no lo sabemos. Tal vez el 21 de junio, con el solsticio de verano, salgamos de dudas, mi querido amigo.

–Sí, ojalá... –deseé en voz alta–. Hemos obtenido muchas pruebas y señales para creer... O tal vez sean solo conjeturas... y estos descubrimientos hayan encendido nuestra imaginación.

–Hace meses no hubiera pensado lo que te voy a decir, pero considero que los dos estamos encontrando cada día más razones para creer. Otra dimensión nos rodea, como la muñeca rusa de la que me hablaste tras tu visita con Rubén. Vivimos en una burbuja. De repente, un suceso, la muerte de un ser querido, una experiencia vivida o traumática, una percepción diferente, deja una diminuta grieta. Por ella se cuela una potente luz que nos es extraña. Muchos preferimos mirar hacia otro lado e incluso taparla. Nos da miedo, es desconocida. Tal vez solo unos pocos queremos acercarnos a observar el misterio.

* * *

Teresa me había dicho lo mucho que el viaje significaba para Marina. El colegio se acababa, y pese a todas las interrupciones estaba sacándolo con nota. La tutora nos había animado a marcharnos unos días antes de la finalización del curso. Marina no paraba de contarles a sus amigas el viaje que iba a hacer al lugar con el que había soñado. Supongo que después de tercero de primaria queda mucha vida. A escasos diez días de la partida empeoró. Una caída importante de las defensas nos hizo volver a ingresar en el hospital y las posibilidades de tomar el avión para Francia se complicaron. Las indicaciones del médico eran precisas; la idea de salir en diez días se hacía inviable y, en palabras de su facultativo, nada recomendable. Marina se puso a llorar como no lo había hecho hacía tiempo. Se me encogió el corazón. Seguimos viviendo en constante incertidumbre. A las sesiones de quimio, los dolores y las complicaciones ahora se le añadía el maldito linfoma de Hodgkin y la imposibilidad de tener un respiro para poder viajar. Un momento para romper y olvidar, aunque fuera por unos días, un infierno demasiado cruel para recibirlo con ocho años.

Al rato apareció Lucía, su enfermera preferida; en esos momentos, cualquier detalle de cariño, por mínimo que sea, se agradece infinitamente. Sabía cómo animarla, y supongo que para levantar el ánimo y olvidar pronto las malas noticias, los niños son genios a nuestro lado. Allí estaba la abuela Tere, visiblemente preocupada, algo poco común en ella. Las expectativas no eran halagüeñas. Dos largas noches después vino a visitarnos Beatriz. Las dos se emocionaron, aunque Beatriz procurara contenerse; seguía viendo a su hija Andrea en Marina por lo muy unidas que habían estado. Yo la esperaba fuera, ya que solo podía pasar una persona con grandes medidas de protección. Salió de la habitación cariacontecida, me dio un abrazo sentido y después puso su mano en mi hombro.

–Pablo... me imagino por lo que estás pasando. Pero he visto a Marina... y tengo que decírtelo. Sé que es una locura y que los médicos podrían negarse; pero si reacciona bien estos días... valora lo del viaje; ella solo habla de ir a ese lugar. Le sugerí ir en otra fecha, pero ella insistía una y otra vez en que no sería lo mismo. Solo tú y ella sabéis qué tenéis entre manos. La habitación tiene una pared llena de dibujos... desde distintas perspectivas, con unas puestas de sol preciosas... con ese lugar de cuento... ¿Cómo se llama?

–Monte Saint-Michel.

Se quedó mirándome. Una persona como ella, que había perdido a su hija, podía decirme lo que quisiera, que yo lo escucharía siempre con inmenso respeto.

–Marina se recuperará... seguro. Pero mientras, lo que puedas hacer por cumplir sus sueños, sus ilusiones... simplemente, hazlo. Unas semanas antes de que Andrea se marchase se emperró en ir al Parque de Atracciones... –Su voz se quebraba–. Pensé que habría días mejores para ir, pero jamás pudimos hacerlo, Pablo; ese día no llegó.

Beatriz luchó por contener las lágrimas. La abracé con fuerza pero pronto se separó de mí.

–Aprovecha cada oportunidad, Pablo. Escucha a los médicos, pero escucha también tu corazón. Marina saldrá... todo irá bien. Desde que Andrea nos dejó no hay un día en que no la tenga presente. –Sonrió secándose las lágrimas con las manos–, pero ella también me enseñó a confiar, y no hay un día en que no rece para que esté feliz en ese lugar del que me habló.

Me quedé muy tocado tras la conversación con Bea. Regresé a la habitación y, para acabar el día, volvimos a su libro preferido. ¡Vaya! *El Principito* tiene frases para todo, y allí me esperaba una para aquel preciso momento... «*Algunos hombres ven las cosas como son y dicen: ¿por qué? Yo sueño cosas que nunca fueron y digo: ¿Por qué no?*». –Y así, poco después, Marina se quedó dormida. Entonces, tras besarla en la frente bajé casi corriendo a la capilla del hospital, mientras su abuela se quedó haciendo guardia junto a ella. Y allí entré, perdido, como un niño en una boda, sin saber bien qué decir. Cerré los ojos y todo a mi alrededor fue desapareciendo. Dejé a mi alma ser. Le dejé hablar, gritar, llorar, pedir, exigir, amar, enfadarse, implorar... Lo hice sin poner freno, como un hijo lo haría con su padre si este le propusiera dejarle sin cumpleaños. No sé el tiempo que transcurrió.

Terminé por caer rendido y quedarme dormido... ahí, en el penúltimo banco. Soñé con un enorme sol que descendía sobre el mar. Y allí, contemplando desde lo alto del monte los últimos rayos de sol, estaba abrazado junto a Marina. Creo que, al fin, éramos felices.

Me hubiera quedado en aquel sueño, pero en la realidad todo avanzaba demasiado deprisa. La fecha se acercaba y el que Monte Saint-Michel se nos escapase era mucho más que una posibilidad.

–Papá, quedan tres días para el viaje. Y aquí seguimos. No nos va a dar tiempo de hacer la maleta.

–Cariño... tu mejoría ha sido pequeña... –No sabía cómo decírselo–. Quiero que conozcas a Christophe... y a Noah. Sabes que si no pudiésemos ir allí estarán ellos para...

–Papá, vamos a ir –dijo muy segura–, ya verás. Estoy mejor.

–Marina, no podemos pasar de los médicos. Haremos todo lo posible, pero podrías ponerte peor, y allí estamos muy lejos de casa.

–Papá, hoy he vuelto a soñar con ese lugar. Es como si tuviera que ir allí...

–Marina, por favor, no te pongas cabezota... Vamos a esperar a ver qué dice el médico.

Marina se giró en la cama, dándome totalmente la espalda en un visible gesto de enfado.

–¡Si fuera por los médicos me atarían a una cama!

–Marina, por favor, quiero ir tanto como tú...

–¡Déjame! –gritó ofuscada–. Si quisieras harías todo lo posible por ir.

Me quedé junto a ella, sabiendo que en ese momento lo mejor era no tocarla y dejarla tranquila. Lo pensé mejor. Tenía que hacer lo imposible, aunque las cartas no me dieran ni para unas tristes parejas en el póquer.

–Vale... está bien... lo intentaré...

Se quedó quieta por un momento y luego se giró con rapidez hacia mí.

–¿Lo prometes?

–Lo prometo, Marina.

–¿De verdad? –Me miraba de reojillo, queriéndose fiar de mí.

–Cuánto me recuerdas a tu madre... Pues claro. –Le sonreí–. Quiero saber por qué los dos soñamos con ese lugar y con aquella mujer que iba con el bebé que se ahogaba. Quiero conocer más de Auberto de Avranches y de cómo comenzó a construirse aquel lugar... Quiero ver Monte Saint-Michel, su abadía, sus calles, el mar rodeándolo... Y quiero saber qué va a ocurrir el 21 de junio... porque incluso si nada ocurriese toda esta historia me ha ido descubriendo un mundo diferente... y me he dado cuenta de que una parte de mí estaba anestesiada.

Marina me volvió a sonreír.

–¿Qué parte, papi?

–Mi alma.

–¿Qué quieres decir?

–Que antes tenía muchas razones para no creer... pero ahora tengo muchas más para no poder dejar de creer.

Pocos minutos después irrumpió en la habitación nuestro médico carpeta en mano.

–Antonio... queremos decirte algo... –dije.

Miré a Marina, queriendo buscar el impulso que necesitaba en la expresión de su cara.

–Dime, Pablo.

–Queremos irnos de viaje –dije al fin, soltándolo de golpe.

A Marina se le iluminó la cara.

–¿De viaje? –dijo el facultativo como si nunca hubiera oído esa palabra.

–Sí, queremos ir a Francia. A Monte Saint-Michel... –Pensé que, llegado ese momento, había que rematarlo–. Saldríamos... mejor dicho... el vuelo es dentro de tres días.

Me miró desconcertado. Juraría que hubo unos segundos en que dudó de mi sobriedad. Pero viendo mi inusual determinación, me llevó al pasillo para hablar.

–La verdad es que hoy los resultados son ligeramente mejores; tenemos motivos para ser optimistas. El nuevo tratamiento pensamos que puede tener una respuesta positiva, y Marina está reaccionando bien. De hecho estábamos valorando que regresara a casa, pero no tanto como que viajara fuera de España. Creo que sabes que corre un riesgo innecesario ahora mismo, aunque pareces muy seguro y dispuesto. Sé que ella está muy ilusionada; yo creo que lo sabe todo el hospital. –Se quedó en silencio por un momento con los brazos en jarra–. La verdad es que si extremáis el cuidado... viajar y cambiar de aires también le puede hacer bien.

–¿Eso es un sí? –pregunté.

–Si os vais, debería moverse para asimilar mejor la quimio, pero sin cansarse mucho. Te prepararíamos la medicación oral, siempre en mano pero con mucha precaución; está muy expuesta. Que vaya con mascarilla en el avión y en los sitios con mucha gente, por favor. Preparad la tarjeta sanitaria europea. No quiero asustarte, Pablo, pero quiero que sepas que el viaje es bajo tu responsabilidad. No quiero pensar qué nos podemos encontrar al regreso... –Hizo un breve silencio para asegurarse de que digería la información.

–Estos dos días previos en casa observa cómo se encuentra, y por favor, sin tonterías; si vemos cualquier síntoma, rápido al hospital, que Francia puede esperar... ¿de acuerdo? –Me ofreció su mano como si de un pacto de cordura se tratase.

Le estreché la mano. Las piernas me temblaban, pero ya no había marcha atrás. Marina me abrazó cuando se enteró de cómo lo había hecho. Enseguida le advertí de los riesgos y cuidados que debíamos poner, pero seguía sin despegarse de mí. Aquella noche confirmamos los billetes, que no había anulado.

Pero no todo iban a ser buenas noticias. Noah no podría estar con nosotros. ¡Tenía tantas ganas de descubrir el monte con ella, y por qué no decirlo, de conocerla un poco más. Pensaba que si algo sucedería en el día más largo del año, ella estaría junto a mí. Me sentí decepcionado. Christophe, parco en palabras, solo indicó que le iba a ser imposible acudir, pero que estaría pendiente de cada uno de nuestros pasos. La ilusión de Marina llenó en buena medida el vacío que me había causado la noticia. Llamé a Alejandro; necesitaba contárselo, pero también agradecerle la aventura que estábamos a punto de iniciar; sabía que en buena medida, aquello iba a ser posible gracias a su empujón, sacándome de mi cantinela de víctima por una vida de elecciones, de libertad, en la que comenzaba a sentirme dueño, al fin, del rumbo de mi propio destino.

Así fue que poco después cerramos la puerta de la habitación del hospital. Abrimos la de casa. Cerramos la carpeta de informes médicos y abrimos la maleta. Mundos paralelos que se cierran y otros que se abren. Marina introdujo una foto de su madre y otra de Andrea, su *Principito*, las pinturas y dos novelas infantiles más. Yo guardé el repertorio de medicinas, pero también el cuaderno de notas, la mejor de mis estilográficas, las acuarelas y un par de libros de la historia del monte. Los vómitos desaparecieron y apareció al fin su camiseta de la suerte. Por el día contábamos las horas para nuestra partida y por la noche las estrellas antes de dormir. Y así, entre cuenta y cuenta, llegó el gran día.

50

Unos días después regresaron al monte. Auberto de Avranches llegó con unas fiebres altas, pálido y consumido. Los cirios traídos por los monjes iluminaban más que nunca el querido oratorio mandado construir por él; sobre la pared, el tapiz de su querido arcángel Miguel los acompañaba en las oraciones. A los dos días de su llegada, el obispo quedó inconsciente a causa de la fiebre. Paul Demont estaba junto a él día y noche.

–Hermanos – dijo–, su estado de salud es muy delicado. Puede que no lo supere; debemos estar preparados para su marcha.

Los monjes trataban de asimilar la noticia en el silencio de la noche, solo interrumpido por el crepitar del fuego en la chimenea.

–No debimos haberle dejado marchar… –dijo Gérard en tono culpabilizador.

–Sabemos cómo es él. Siempre fue testarudo y no hubiéramos podido retenerlo contra su voluntad –lo tranquilizó Paul–. No debéis hostigaros. Recordad que partió de aquí estando ya enfermo. Sabía muy bien a qué se exponía. Él siempre daría su vida por cualquiera de nosotros. Y a buen seguro le mereció la pena la partida, ya que, aunque no pudiera ver a Bellmont, pudo hacerle llegar un mensaje esperanzador y reconciliador.

–Debemos ser previsores y pensar en cómo obrar si llegase el momento de la despedida, Dios no lo quiera –opinó Edouard.

–Vaya; todavía está aquí con nosotros y ya estás pensando en su sucesión –le acusó Pierre.

–No es el momento de discutir –medió Gérard–. Es momento de orar juntos por él.

Mientras las oraciones se elevaban, todos aguardaban el regreso de Bellmont con esperanza e impaciencia. Pero los días se sucedieron sin dar señales de vida. Una noche de septiembre, Paul Dumont corrió presuroso hasta la celda de Gérard.

–Es el padre Auberto. ¡Ha despertado! Rápido, desea hablar contigo.

La expresión de Auberto no era la de un enfermo y ni mucho menos la de un moribundo. Era la de alguien que se siente feliz de estar con los suyos y del que no puede experimentar temor.

–Mi querido Gérard…

–Padre, es una alegría volver a escucharle…

–Debes buscar a Pierre. Este es su lugar. Hazle responsable de los peregrinos. En cuanto a Edouard, debes apoyarlo siempre pero mantenerlo lejos de la administración de los bienes. Se encargará de la nueva remodelación del *scriptorium.*

–¿El *scriptorium*? Tal vez sea preferible que lo escuche de su propia boca.

–Mi momento ha llegado. Solo quería que estuvieses tranquilo; voy con nuestro Creador, nada hay que temer... ¿Alguna noticia más, querido amigo?

–No, lo siento, padre, no hay noticias. Bueno, el pequeño Jaques, hijo de Nicolas e Isabella, quiere consagrarse.

Auberto sonrió con debilidad.

–Es hermoso, pero aún es muy joven...

–No hable, debe descansar.

–No amigo... no hay tiempo –dijo el obispo esforzándose por hacerse entender–. Escúchame bien, mi querido Gérard: debemos construir un *scriptorium* para estudiar y escribir sobre los textos sagrados... y para avanzar en conocimiento cada día. Edouard se encargará de dirigir la construcción... ¿Lo harás?

–Claro, padre; se lo prometo.

–Hay algo más... Este es el lugar que quiso el ángel y que siempre he amado... Quisiera ser enterrado aquí... en el oratorio –dijo apretándole la mano con fuerza.

–Se hará como dice, padre.

–Quiero despedirme de todos los hermanos... y de mis amigos de la mar... y de mi querido Monte Saint-Michel.

Y así se hizo. Aquella misma noche Auberto de Avranches cerraba los ojos y se preparaba para el viaje final a otro mundo. Dicen que en el último suspiro su rostro se llenó de luz; tal vez su querido ángel había acudido para recibirlo. En su nombre hubo cánticos, oraciones y lágrimas durante semanas. Tiempo después Gérard consiguió encontrar a Pierre. La última petición de su amado Auberto bastó para anular para siempre su resistencia.

Los días pasaban sin noticias de Bellmont; su regreso fue siempre esperado, pero jamás volvió y su ausencia dejó un vacío difícil de llenar y muchas preguntas sin respuesta. Alguien encontró una cruz mucho tiempo después, que Nicolas reconoció. Los marineros pensaron que el mar se lo había tragado.

Gérard lideró el comienzo de las obras del *scriptorium* junto a Edouard, y los monjes encontraron su lugar para el estudio y la ciencia. A la muerte de Auberto, Edouard fue adquiriendo poco a poco más influencia y poder, siendo partidario de una vida más relajada. Los pescadores lentamente se recluyeron en el poblado que crecía en la falda del monte, que se convertía en un lugar para que la descendencia de marineros, artesanos y comerciantes creciera feliz, ajena a la vida de los monjes.

El tiempo pareció detenerse y aquellos días de fraternidad comenzaron a desvanecerse con el paso del tiempo. El ángel custodio del monte parecía haberse quedado dormido y que todo aquello le fuese ajeno. Y así seguiría siendo a los ojos de los hombres.

A la muerte de Carlomagno, aquellas tierras, llamadas entonces Neustria, terminaron su época de paz. En el año 847 comenzaban las primeras invasiones vikingas. Los monjes se acomodaron y fueron expulsados del monte.

Lentamente, las gestas de aquellas gentes fue quedando primero en el recuerdo, luego se convirtieron en historia, después en leyenda, y con el paso de los años fueron cayendo en el olvido.

En el año 966, el duque de Normandía Ricardo I establecería una comunidad benedictina. El monte soportaría más tarde, como lugar militar estratégico, las incesantes embestidas de los ingleses durante la Guerra de los cien años, sin caer jamás, protegidos de forma misteriosa.

Muchos se perdieron en el camino, pero otros pidieron y obtuvieron respuesta; así, en el año 1103 se supo que un monje benedictino, cuyo nombre no consta en ningún lugar, oraba para que el Todopoderoso le enviase una señal de que su vida en el santuario no se estaba perdiendo. Aquella noche, mientras todos rezaban en el oratorio a una hora poco usual, se derrumbó la zona norte, salvándose todos ellos del desplome.

Diez años después se originó un incendio en una de las casas inferiores del pueblo, y ante la impotencia de todos, el fuego fue extendiéndose de hogar en hogar hasta llegar a lo alto de la abadía, que cayó también pasto de las llamas.

En 1204, Guido de Thouars, con su ejército de guerreros bretones, incendiaron Monte Saint-Michel, perdiéndose para siempre una gran parte de su historia. Una vez más sería levantado de sus cenizas. Pero la fe se fue apagando, con los intereses políticos y personales de unos y otros, enfrentados eternamente. En el siglo XIII, las luchas entre bretones, normandos e ingleses destruyeron los albergues, con lo que se construyó una mayor fortaleza para evitar que volviese a suceder.

Con el pasar de los siglos, el ángel custodio parecía continuar dormido; con la Revolución francesa el enclave acabaría convirtiéndose en una gran prisión durante años para los monjes opuestos al nuevo régimen.

Y así seguiría siendo durante mucho tiempo... Pero el ángel estaba a punto de despertar.

51

Tras un vuelo muy revuelto nos metimos algo apretados en una gran furgoneta; éramos un grupo variopinto de personas provenientes de varios rincones del mundo. Una de las mujeres, posiblemente inglesa, hablaba con Marina y parecía entenderse con ella a las mil maravillas. Poco más tarde el vehículo se detuvo, al fin, frente al destino soñado durante tantos meses. No podía creer que estuviéramos allí. Nos quedamos absortos al poner el pie en tierra. Luego el grupo echó a andar. Marina y yo nos quedamos mudos y agarrados de la mano poco antes de afrontar la pasarela a Monte Saint-Michel. Una gran emoción nos embargaba y no éramos capaz de pronunciar una sola palabra. Marina me abrazó por el costado con fuerza, pegando su cabeza a mi cadera sin dejar de mirar aquel paisaje de ensueño. El cielo comenzaba a despedir el día, pintado por sorprendentes nubes malvas, doradas y púrpuras, que enmarcaban el monte. La marea se iba retirando, dejando una fina lámina de agua sobre la arena, que formaba un sorprendente espejo, reflejando toda la majestuosidad y magia del santuario. El tiempo parecía haberse detenido. Mi imaginación se disparó. Me pareció estar viendo a los primeros moradores de aquel lugar, resistiendo incólume la batalla de los cien años sin caer jamás, como si una mano invisible y amorosa lo sostuviera con firmeza. Marina permanecía abrazada a mí sin pestañear.

–Papá, gracias. No es como lo había visto en sueños... es más bonito.

Atravesamos la puerta del pueblo, y pareciese que estuviéramos entrando en un túnel del tiempo. Fuimos subiendo la primera calle que asciende serpenteando junto al muro del flanco este. El grupo avanzaba, con Christophe a la cabeza, y de vez en cuando se giraba mirando hacia atrás para que no nos despistásemos, pues nos habríamos quedado allí embobados, indagando cada callejuela, las diferentes subidas a la muralla, las vistas infinitas desde ella y desde los restaurantes, pero no era posible ya que nos debíamos instalar. Ya habría tiempo para explorar cada rincón. A cada paso la visión cambiaba según dirigiéramos nuestra mirada hacia abajo, a cada lado o hacia arriba, donde despuntaba la espectacular figura dorada de san Miguel coronando el Monte. El horizonte se perdía en el infinito.

El hotel La Vieille Auberge tenía unas estupendas vistas por encima de los tejadillos, pero casi no pudimos apreciarlas. Reparto de habitaciones, una ducha rápida y a cenar. Al fin íbamos a conocer a las otras cinco personas que viajaban con nosotros y con Christophe. Nadie puso pegas para que Marina nos acompañase. Ni por asomo imaginaba las increíbles historias que encerraba la gente que iba con nosotros.

A los postres, Christophe ejerció de maestro de ceremonias. Golpeó suavemente una copa con la cucharilla y tomó la palabra.

–Todos nosotros estamos aquí por nuestra querida y apreciada Noah. Creo que todos me conocéis, por lo que evitaré presentarme. Así que, con vuestro permiso, tal y como he comentado con cada uno de vosotros en privado, haré una semblanza de los siete buscadores, como me gusta llamarnos, y a los que Noah ha logrado convocarnos. La finalidad no solo es conocernos y poder conectar mejor de aquí en adelante unos con otros, sino ayudarnos. Es muy posible que la misión de cada uno de los siete, siendo muy diversas, forme parte de una misión mayor y más importante si cabe. Y perdonadme si lo llamo misión, pero a estas alturas pienso que todos sabemos que para cada uno este es mucho más que un hermoso viaje por todo su significado.

Uno de los responsables del restaurante le hizo un gesto cortés retirándose y cerró una puerta doble, de modo que pudiéramos tener más intimidad en el apartado reservado para la ocasión. La luz era tenue y nuestros rostros quedaban débilmente iluminados por las velas de la mesa, enmarcando un momento que adivinaba único. Christophe comenzó su presentación,

–La doctora Elizabeth Floyd, de Reino Unido, luchadora infatigable e investigadora del cáncer. Sus avances con las *Natural Killers* son realmente prometedoras. Pero deben saber que además de los proyectos internacionales en los que participa dirige un grupo de investigación que estudia la relación del cáncer con terapias alternativas, y en particular la respuesta al cáncer en personas creyentes de cualquier confesión, y en lugares a los que le gusta llamar... de elevada espiritualidad.

En cuanto dijo la palabra clave, Marina y yo nos miramos; era la mujer con la que ella había mantenido una divertida conversación en la furgoneta. Sin duda era una oportunidad el poder charlar con ella y preguntarle muchas dudas que me seguían carcomiendo por dentro. Elizabeth dirigió una sonrisa a todo el grupo y después le guiñó el ojo a Marina. Christophe prosiguió.

–Irena Kyriazis es chipriota y la más joven de nuestro grupo. Historiadora del arte, especialista en arqueología y cultura antigua. El modo en que ha llegado a nosotros es realmente sorprendente. Participó como ayudante de la Universidad Técnica de Atenas en las excavaciones que en 2017 destaparon el Santo Sepulcro por primera vez en siglos. Recordarán quizá que fue un proyecto de National Geographic. Aquella excavación no solo destapó la tumba de Cristo, sino su deseo por conocer qué hay después de la vida.

Me quedé muy sorprendido con la historia de Irena; presentía que todos en aquella mesa deseábamos conocer mucho más de alguien que había tenido la oportunidad única de abrir el Santo Sepulcro.

–Paul Trebek es canadiense, fotógrafo y cineasta. Ha realizado varios documentales y dos películas, aunque de eso no le gusta hablar. Según os contará, y en sus propias palabras, estaba asqueado de hacer cine comercial y de rodar lo que todo el mundo. Tuvo... digamos una epifanía, y se conjuró a sí mismo para aportar al cine historias con alma, contando aquello que de verdad importa. No sabe muy bien si la llamada a venir aquí es para buscar inspiración o quiere contar algo relacionado con este lugar. Estos días le encontraremos perdido con su cámara –bromeó lanzándole un guiño.

Todos sonreímos. Me sorprendía cómo cada uno a su manera había seguido un camino con puntos comunes al mío, pero confieso que me quedé algo intimidado por las historias de cada uno. Aunque lo habíamos hablado, comencé a pensar cómo me iba a presentar Christophe... ¿como periodista en paro? Entonces todos los ojos se posaron en mí, aunque aquellas miradas no me pesaban.

–Pablo Arzola es una persona extraordinaria, a pesar de que él no lo crea. Comenzó a buscar en medio del dolor. Le acompaña su preciosa hija Marina, que, como él afirma, ha sido determinante en su aventura personal. Varios sueños, pequeñas y grandes sincronicidades le han llevado hasta aquí. Como veis, es el único del cual, al presentarlo, no he dicho su profesión. Se encuentra en un momento de despertar espiritual, y tal vez aquí en el Monte Saint-Michel descubra algo de sí mismo y de su futuro. Diría que Pablo viene a ser la crisálida a punto de hacerse mariposa.

Sentí las miradas de todos; confieso que me había gustado como me había presentado Christophe, a pesar de no terminar de creerme su visión de mí.

A menudo que avanzaban las presentaciones me sorprendía cada vez más el profundo conocimiento que Christophe tenía de cada uno de nosotros. Me llamaba la atención la admiración y el cariño con el que hablaba de cada uno.

–Iria Mitman es una artista neoyorquina. Sus pinturas no son aún conocidas; creo que todos sabemos lo caprichoso que es el arte moderno, pero os aseguro que están llenas de autenticidad. Recientemente ha tenido un despertar creativo y está comenzando a explorar el mundo de la escultura... y lo que se le ponga delante. Desea expresar el dolor y la insensibilidad de nuestro mundo, para ella una sociedad a la deriva. Sueña con una obra que despierte al espectador, que no le deje indiferente. El arte como medio de despertar a la trascendencia. Desde niña siempre ha sentido muy cercana la presencia de estos seres de luz que nos acompañan allá donde vayamos. Es también una buscadora, y para ella la originalidad artística no tiene por qué estar reñida con la ética y el compromiso social. No todo vale, ¿me equivoco?

–No te equivocas nada –corroboró ella con una sonrisa.

–Ramiro González es colombiano, profesor de escuela primaria. Bromista, ingenioso, divertido, y sobre todo un soñador. Su ilusión es asombrar a cada niño con la belleza de toda la Creación, ayudar a formar personas que amen a los demás sin importar colores, religiones o ideologías. Está convencido de que una era está finalizando, que un nuevo ciclo está comenzando para la humanidad; será una nueva sociedad sin fragmentaciones, conflictos bélicos, sin el individualismo y el materialismo enfermizos que han reinado durante buena parte de la historia. Y cree que todo ello comenzará... o mejor, está comenzando, en una nueva escuela. Ojalá así sea, Ramiro.

–Amén *brother* –dijo el aludido asintiendo, pero con una gracia especial con la que todos reímos; con solo dos palabras había conseguido quitar la solemnidad excesiva al momento y nos regresó a la Tierra.

Aquella noche tuvimos una de las conversaciones más increíbles que he tenido en mi vida; cada uno sentía como suya la historia de los demás. Se despertó en todos una conexión increíble. Era como si la vida de cada uno de nosotros tuviese algo de las del resto. Así, yo tenía algo de la búsqueda científica de Christophe para encontrar razones para la fe, para entender que los caminos de la ciencia y fe se están acercando más cada día. Adivinaba la curiosidad y el deseo de investigar, más allá de lo convencional, de Elisabeth, y de entender que existe un poder superior en nosotros para curarnos como criaturas del Creador. Como Iria y Paul sentía el deseo de expresar al mundo a través del arte que hay un mundo paralelo, y con él, el deseo inherente del ser humano de trascendencia. Y así, como decía Einstein, hay dos maneras de vivir la vida: como si nada fuese un milagro o como si todo fuese un milagro. También Ramiro era uno de los que deseaba vivir y hacer vivir a sus alumnos como si todo fuera un milagro; una parte de mí entendía que todo comenzaba con la educación. Intuía que tendrían que pasar varias generaciones de personas espiritualmente avanzadas, como decía

Elizabeth, con el lóbulo frontal más desarrollado. También deseaba recuperar la espontaneidad y el humor de Ramiro, y tal vez por ello y sin ser consciente me pegué a él, tal y como en su día lo hice en Héctor. Y luego estaba nuestra joven arqueóloga, que me interpelaba a seguir buscando los tesoros que realmente merecen la pena; ella parecía más reservada, y por ello menos accesible. Los siete formábamos un grupo sorprendente, en el que de la mano de la filantropía de Christophe, ciencia, arte y educación caminaban juntos hacia un futuro diferente.

Marina estaba fascinada con todos, aunque especialmente con Iria, con la que pintaba a dúo con unos lápices el san Miguel dorado que coronaba el monte sobre un papel. Ramiro mientras disfrutaba haciéndola reír, y lo lograba sin mucho esfuerzo, la verdad. El primero en abandonarnos fue Paul, que quería levantarse antes del sol para fotografiar el amanecer en el monte. Me hubiera quedado hasta las tantas con aquella nueva tribu, pero el viaje pasaba factura y Marina necesitaba descansar.

Me costó mucho dormir; demasiada excitación, siete vidas que habían ido a parar a un lugar mágico por diferentes caminos y un solo día para la fecha señalada. Extrañaba mucho a Noah, la que nos había convocado a unos y a otros. Fue así que, recordando nuestro encuentro en la playa, caí rendido.

52

Nos pasamos toda la mañana recorriendo las murallas, descubriendo cada rincón, cada callejón, las vistas, las gárgolas, las tiendecitas. Marina, a la que no le quitaba el ojo, estaba radiante. A veces nos juntábamos con unos o con otros del grupo. Comimos unos creps en una terraza con Elisabeth y con Ramiro. No fue fácil conseguir mesa, pero Ramiro era un lince. Nos reímos mucho. Elisabeth hablaba bastante bien español, por lo que nos entendíamos fácilmente. En un momento nos pusimos a hablar sobre la importancia del humor; Elisabeth nos decía que las personas que son capaces de reír y hacer reír tienen menos problemas cardiovasculares y enfermedades psicosomáticas, y que el humor es propio de personas inteligentes y más avanzadas. Ramiro apuntilló, bizqueando con los ojos hacia Marina:

–Mira, se lo tendré que decir a mi mamá, que decía que al final resulta que voy a ser listo y todo.

Marina no paraba de reír, y cuanto más reía, más volvía Ramiro a la carga.

–Toma, Marina, otra racioncita gratis para tu sistema inmune. ¡Invita la casa!

–¿Y la fe, Elisabeth? –pregunté yo deseando que me lo explicase mejor.

–Pablo, que la fe mueve montañas no es exageración. Es necesario seguir investigando para que las personas no piensen que esto depende del sesgo del investigador.

Todos escuchábamos muy atentos, Marina también.

–Pero no se trata de hacer una plegaria sin más. Lo que hemos descubierto es que cuando se dan ciertas circunstancias, lo que llamamos milagros existen. El cuerpo guarda una sorprendente forma de curación y de autogenerarse; cuando la persona se imagina siendo curada, sintiendo en el cuerpo la emoción real que produciría el sentirse saludable y pletórica, envía una señal al cerebro y entonces comienzan a darse cambios a nivel epigenético. La mente es realmente poderosa. Y en la mente está el poder de hacerlo con fe o no. El cómo y el cuándo no es algo que nos ocupe a nosotros. Hay que poner ese deseo y entregárselo a esa inteligencia superior y dejar que actúe... Cada día tenemos más casos, pero aislar las variables hace muy complicada la investigación; pero algún día, más temprano que tarde, espero, la ciencia lo reconocerá y le pondrá nombre a lo que no podemos ver pero existe.

–Ya lo dijo el maestro de maestros –irrumpió Ramiro–: «En verdad os digo que cualquiera que le diga a este monte: 'quítate y arrójate al mar', y no dude en su corazón sino crea que lo que dice va a suceder, le será concedido». Así que, mi niña, todos los que estamos aquí lo vamos a pedir de ese modo, y te pondrás buena muy prontito, ¿okey?... Pero mientras, ¿puedo invitar a la princesita a esa copita de fresas con nata?

–Papá, por favor –me suplicó Marina.

–¡Claro!, pero cuidado con el azúcar.

Los dos se levantaron al mostrador y aproveché para sincerarme con Elisabeth.

–Desearía hacerlo así, pero si en mí hay, aunque sea una brizna de duda, no hay nada que hacer.

–Nunca digas no es posible. Creo en un Dios misericordia; entrégale esa duda, pero pídeselo con todo el corazón. Y me da la impresión de que tu hija no tiene nuestro problema, Pablo. Los niños están en una dimensión superior para contactar con la fuente universal.

–¿Fuente universal?

–Pablo, como sea, en tu corazón, como tú lo concibas, llámalo. Cuando nombran a Dios, algunas personas se cierran para siempre; es tan difícil encerrar en una palabra a nuestro Creador...

A las cinco de la tarde comenzaba nuestra esperada visita al lugar en el que todo se originó. Christophe había conseguido un pase especial para nuestro grupo con una de las guías oficiales, que parecía estar entusiasmada con el recorrido; es un gusto cuando alguien muestra la misma pasión cada día, porque evidentemente no era el primero.

–Todo comenzó en el año 708, cuando al obispo Auberto de Avranches se le apareció al arcángel por tres veces. Pero claro... si es que ni apareciéndose el arcángel le hacemos caso... Así que fue a la tercera que fundó una comunidad de canónigos que vivían aquí de modo austero, años antes de formarse a pies del monte el pueblo, seguramente con gente sencilla, pescadores y más tarde comerciantes. Parece que con los años se relajaron y fue en el año 966 cuando se establecieron los monjes benedictinos. La iglesia románica está elevada ochenta metros sobre el mar, con el crucero apoyándose en la punta de la roca, mientras el coro y los brazos del crucero reposan sobre las criptas y la nave se sitúa sobre la antigua iglesia prerrománica. Increíble, ¿verdad?

Se quedó por un momento mirando el lugar; parecía que también era su primera visita.

–Pero primero visitaremos la sala de los guardias...

Marina y yo íbamos absortos pues la guía lograba que nos introdujéramos en otro tiempo. Subimos por la escalera de Grand Degré casi tantos escalones como días tiene un año, y que ascendía hasta la terraza oeste de Saut Gaultier. Al momento de verla pensé que era el lugar perfecto para aguardar lo que tuviese que suceder al día siguiente. El aire pegaba fuerte en ese alto. Desde allí se divisaba todo el lado oeste de la bahía, situado frente a la iglesia albacial. Christophe pareció adivinar mis pensamientos y se acercó a mí.

–Para mañana este podría ser tu lugar escogido, ¿me equivoco?

–Eso pensaba, sí; creo que debe ser este –dije admirando la increíble vista sobre el océano.

Nos encontrábamos encima de la iglesia primitiva, hasta que un incendio la hizo desaparecer en el siglo XVIII. Desde allí entramos en La Maravilla, una joya gótica con tres refectorios en el interior, donde comenzó a desatarse mi imaginación, evocando al obispo de Avranches comiendo con los primeros moradores del Monte... El claustro abierto al cielo del Atlántico, el *scriptorium*, sala de estudio y lectura de los monjes, que se convertiría en la sala de los caballeros en donde se recibía a los huéspedes. Más tarde accedimos a las criptas, la zona más antigua, donde las paredes parecían hablarnos de mil historias. La cripta de San Martín respiraba una atmósfera especial. Marina me dio la mano; parecía absorta. Luego la cripta de San Esteban, que sirvió de capilla de los muertos... La voz de la guía parecía ir y venir.

–Cuando la comunidad fue creciendo, sobre el monte no había más superficie de roca. Así que, ¿imagináis qué hicieron?... Las plantas debían ser cada vez menos pesadas, creando columnas cruzadas y empleando la madera como material ligero. Una verdadera obra arquitectónica, artística y de ingeniería.

Desde el lado norte pudimos imaginar mil batallas en la Guerra de los cien años, que entre 1337 y 1453 amenazaron con la invasión; el monte se convirtió en un bastión inexpugnable, que ni por tierra ni por mar pudo caer al ataque de los ingleses.

–¿Ven aquella islita de ahí enfrente? –Todos miramos y observamos un montículo al norte realmente pequeño y muy próximo al monte–. Pues bien, los habitantes del monte permanecieron cercados por los soldados ingleses durante años, día y noche, pertrechados esperando la mejor marea, pero nunca fue posible.

–¿Vivirían aquí siempre los mismos monjes? –me pregunté casi en voz alta. Me estaba imaginando cómo podría ser el comienzo del enclave.

–Tras la llegada de los vikingos, en el año 933, todo este lugar pasó al dominio del ducado de Normandía. Ricardo I de Normandía introdujo una nueva comunidad. Su primer abad se llamaba Maynard. En el 992 un incendio destruyó buena parte del monasterio y el santuario. Posteriormente, en el año 1204, guerreros bretones dirigidos bajo el mando de Guido de Thouars incendiaron Monte Saint-Michel. El monte soportó varios incendios, sí, e incluso la caída de un rayo por el año 1594, y cayó con la Revolución francesa en 1789. Un año después, los monjes fueron expulsados de la abadía, y la morada del arcángel se convirtió en cárcel para aquellos que no apoyaran el régimen, hasta que en 1863 la prisión se suprimió. La abadía, abandonada y descuidada, amenazaba ruina. Fue la etapa oscura del monte...

–¿Qué pasó entonces? –inquirió muy interesada Marina.

–¿Sabéis quiénes lucharon por este lugar? –preguntó Christophe, convirtiéndose en otro guía más.

–Fueron los románticos los que hicieron por salvarla, los artistas –dijo clavando la mirada en Iria y Paul, los artistas del grupo– ...y particularmente los escritores, como Víctor Hugo. Y es que la pluma puede ser muy poderosa.

Christophe me lanzó una mirada divertida que me sorprendió, pero prosiguió:

–El monte ha recuperado su esplendor, pero tal vez no para lo que fue levantado allá por el siglo VII. Su historia y significado con el paso de los siglos ha ido perdiéndose. Pero, quién sabe, quizá parte de nuestra misión sea despertar el poder de este sagrado lugar y convertirlo en algo mucho mayor que una atracción turística...

–Yo, desde luego lo veo –dijo Paul Trebek–. Esta sí es una historia digna de ser contada.

–La increíble obra del mensajero de Dios que jamás debió ocultarse –dijo Iria.

–El despertar de Monte Saint-Michel –se me ocurrió decir sin pensar.

–Me gusta –sonrió Christophe.

Mientras agradecíamos a la guía su profesionalidad, comenzó a oscurecer. Un viento fuerte arreció sobre el monte. El mar comenzó a embravecerse y las olas levantaban desde el horizonte grandes crestas. Nos despedimos rápidamente hasta la cena, pues comenzaban a caer las primeras gotas. Bajamos corriendo, mientras los turistas se afanaban por ponerse a cubierto, aún hipnotizados por nuestra visita, comentando cada estancia de la sorprendente abadía. Poco después llamé a Christophe para disculpar nuestra ausencia, ya que Marina se encontraba algo revuelta. Se desató la tormenta; grandes relámpagos iluminaban el monte y los truenos eran tan ensordecedores que tuvimos que encender la televisión y subir el volumen; desde luego habíamos tenido mucha suerte con el tiempo. Por otro lado debíamos descansar para nuestro día libre, el 21 de junio: la fecha señalada en que la espada invisible de san Miguel, tal vez, podría marcar un suceso inaudito. Me sentía abierto a todo.

–Mañana es tu día, Pablo, estoy seguro; creo que tengo tanta curiosidad como tú. Pero estarás mejor sin mí; te conseguiré un pase para que estés allí al atardecer. Si quieres podemos quedarnos con Marina.

–Te lo agradezco, pero presiento que mañana estará mejor que hoy; y creo que no querrá perdérselo.

53

La noche había dejado un aguacero increíble y un ruido atronador; algunos árboles se habían tronchado. Quise levantarme antes del amanecer; quería estar preparado. Realicé un ejercicio de meditación que me había enseñado Alejandro. Comenzaba a habituarme a él. Me ayudaba a sentirme más centrado y equilibrado durante el día, pero también a volver a conectarme. Me encontraba extraño, con el presentimiento de que algo podría ocurrir, aunque era cierto que ya estaba sucediendo dentro de mí. La vida había dejado de ser una losa, un reto, una pregunta eterna sin resolver. Lentamente me había ido abriendo a la posibilidad de que cada persona viviera algo más grande que ella misma. Sentía que aquel lugar había sido testigo de la mano de Dios;

desprendía una gran energía y realmente nos hallábamos en un lugar diferente, entre la Tierra y lo espiritual, como me decía Noah. Me predispuse con una actitud que no había tenido desde hacía muchos años. Tal vez se llamase fe.

A las seis de la tarde Marina y yo nos encontramos inquietos en el lado oeste, en lo alto de la terraza frente a la iglesia abacial. Nos tomamos nuestro tiempo para admirar la bahía. El río Couesnon se fundía con el mar, rodeando el monte y formando una isla. Los turistas iban y venían, realizando mil y una fotos de cada lugar. Nosotros estábamos expectantes; si las pistas de Noah eran predicciones, nos encontrábamos en el lugar exacto. Poco a poco se había ido cubriendo de nuevo el cielo y todo iba adquiriendo un color plateado. No era lo que esperaba. Faltaba poco para el atardecer. Era el solsticio de verano y allí se marcaría una invisible e increíble línea recta, la llamada espada de san Miguel que unía hasta siete templos erigidos al arcángel en dirección perfecta hacia el sol. Cada cierto tiempo miraba el reloj; no sabía qué sucedería, ni a qué hora, aunque el número siete rondaba mi cabeza. Me sentía como un niño al que se le ha prometido un regalo, y tal vez por ello intentaba anular toda posibilidad de que la duda se colase de nuevo en un momento tan perfecto y esperado haciéndome sentir ridículo.

Pensé en la posibilidad de que ese número divino, el siete, tuviera mucho que ver con la posibilidad de que algo se materializase. No quería aferrarme a ninguna señal del cielo, ni que apareciera el temor a que nada sucediese y todo siguiese como siempre. Fui consciente de que desde hacía mucho tiempo había pensado en una hora concreta, las siete y siete minutos; podría ser el momento.

—Papá, ¿qué crees que pasará? —me preguntó Marina.

Me quedé mudo, sin saber qué decirle, porque no tenía ni la más remota idea. Así que solo me encogí de hombros, le sonreí y la abracé con todas mis fuerzas. El mundo pareció que se detenía. El sol se escondió tras las nubes, pero no quise mostrar ni un momento de flaqueza. Los dos nos agachamos hasta que apoyé las rodillas, sentándome sobre los talones con Marina en mi regazo. La rodeé con mis brazos, y a las siete y siete quise dejar de mirar desde la terraza el horizonte. Sentí que, pasara lo que pasara, a esa hora quería rezar por ella, así que le susurré al oído:

–Marina, amor mío, te quiero mucho; vamos a rezar juntos para que te cures. Vamos a hacerlo con toda el alma. Quiero, cariño, que imaginemos que de verdad es posible con todas nuestras fuerzas.

Los dos permanecimos abrazados en silencio con los ojos cerrados; la brisa del mar nos rodeaba. Todas mis intenciones, mis planes, mis sueños se fueron desvaneciendo para conectar con ella y con la fuente de la toda la Creación. No sé cuántos minutos pasaron. Sentí una gran conexión con ella y luego con aquel lugar, con la gente que allí acudía, también con tantos que solo ansiaban sacarse un *selfie* o que no eran conscientes de qué suelo pisaban. Sentí una conexión grande con la vida. Y al instante sentí de repente un vacío; no podía comprender cómo la historia de aquel insólito lugar se había perdido y que todo un mensajero de Dios, el arcángel Miguel lo hubiera querido así. Había un mundo invisible, y sí, sentí por primera vez una presencia que me acompañaba suave, dulce, junto a mí. Un cuidador, un guardián, un protector que nunca había dejado de estar a mi lado. Y junto a Marina, y junto a cada uno de nosotros sin dejar de velar por nosotros. En aquel momento comencé a comprender para qué estaba allí. Debía volver a contarle eso al mundo.

En un momento dado de pronto haces «clic» y todo encaja con una armonía sorprendente, y sabes lo que quieres hacer, lo que tienes que hacer, lo que debes hacer. Tus habilidades encajan con tus intereses, tus pasiones y tu voz interior. Todo encajaba de un modo sorprendentemente sencillo.

Desconocía cómo sería el proceso ni sus resultados, pero sabía que escribiría sobre las primeras personas que llegaron a ese lugar santo. Las siete y siete habían pasado, y nada milagroso ni siquiera sorprendente había sucedido, y pese a ello me encontraba pletórico.

–¿Sabes, Marina? Ya sé lo que voy a hacer con mi vida.

–¿El qué, papi?

–Creo que escribiré la historia de Monte Saint-Michel. Tal vez también cuente algo de nuestra historia, porque está unida a él... para siempre.

Marina me abrazó. Luego me descolocó.

–Papá, me encanta que quieras contarlo; pero... no te enfades, de verdad...

–Estoy muy feliz, ¿por qué me iba a enfadar? –dije sorprendido por su respuesta.

–Prométeme que no te enfadarás...

–Claro, Marina... lo prometo.

–Pensaba que algo iba a suceder aquí. Hemos esperado mucho y todas las pistas parecían que nos llevaban a algo.

Me quedé desconcertado, cuando de repente apareció Irena.

–Hola, ¿cómo estáis? –Me sorprendió cómo había roto su habitual timidez.

Cruzamos unas palabras acerca de la belleza y la magia de aquel insólito escenario; luego, no sé cómo, me vi preguntándole por aquel otro lugar especial que ella había tenido ocasión de abrir de par en par, la losa del Santo Sepulcro. Supongo que lo hice solo por curiosidad. No esperaba nada. Me equivocaba. Su rostro se iluminó al instante.

–Aquellos días fueron increíbles –comenzó–. Armenios, ortodoxos y cristianos se reunían junto al sepulcro para orar cada día, mientras nosotros íbamos a realizar las obras de reparación del Edículo. Yo me hallaba allí en calidad de ayudante; solo era una becaria, pero me hice muy amiga de una de las arqueólogas; no puedo decirte su nombre, ella es muy celosa de su intimidad. Era chipriota como yo, y agnóstica como yo. Al realizar las pruebas descubrimos que realmente ese había sido el lugar donde se depositó el cuerpo de Jesús, y así lo recogimos oficialmente. Hacia el año 135, Adriano igualó el terreno y construyó justo encima un templo a Venus, pero lo que consiguió con su rechazo al cristianismo fue erigir una señal clara el punto exacto del sepulcro. Como imagináis, fue un hallazgo muy importante, porque confirmaba históricamente que fue el emperador romano Constantino El Grande, sobre el año 326, el responsable de revestir la roca madre de la tumba con losas de mármol, construyendo la basílica que vemos hoy.

El brillo de la mirada de Irena revelaba su pasión por aquello que nos iba relatando.

–Pero eso, que es lo que salió en los medios, no fue lo único, ni lo más importante. No estoy aquí por eso. Las pruebas que hicimos y que reveló el National Geographic no cuentan lo que comprobó mi compañera. Como te he dicho, yo nunca he creído, y mi colega no pensaba que pudiera comprobarse de ningún modo la existencia de Dios; el hecho de que fuera agnóstica, sin afiliación a la causa, le confería más autoridad para llevar a cabo las pruebas con rigor científico, sin apasionamientos ni credos. A ella le tocó llevar a cabo algunas de las pruebas que suelen realizarse de modo rutinario. Cuál sería su sorpresa cuando practicó las pruebas de radiactividad: las máquinas parecían haberse vuelto locas. Repitió las pruebas porque nunca había visto nada parecido, y de nuevo comprobó que ese lugar se había impregnado de una energía única, sorprendente... y para nosotras muy reveladora. Allí había sucedido algo hacía más de dos mil años que aún hoy escapa al entendimiento humano. Y desde entonces, Pablo, créeme, no he vuelto a tener miedo a morir. Porque pienso que allí se abrió una puerta a una realidad hasta entonces desconocida... y que la muerte no es el final.

Su relato era verídico; lo sabes cuando miras a los ojos a una persona, cuando observas cómo se emociona al volver a revivirlo. Y yo lo sentí así, como un regalo que llegaba de quien menos esperaba en aquel grupo, y curiosamente, de alguien cuyo nombre era una de las formas rusas de Irene, cuyo significado precisamente es «la que trae la paz». Su relato pareció cobrar vida y se me ocurrió una idea que, por rocambolesca, podía ser sorprendente. Le conté la historia de la espada de san Miguel... y cómo la descubrí. Y entonces tuve una intuición.

–La espada no mira al sol... es el sol el que indica hacia dónde debemos mirar... –Irena asentía conmigo; de repente se había convertido en ayudante de nuestra causa.

–La espada defiende... –dijo ella– el Oriente.

–Hacia Tierra Santa... ¡el Santo Sepulcro! –exclamé exultante.

–¡Rápido! El sol está próximo a ponerse; tenemos que ir al lado este del monte.

Los tres descendimos aprisa por las escaleras, buscando un lugar desde el cual abarcar una panorámica del lado este. Alcanzamos un lugar en la muralla. No se observaba nada... Entonces Marina sacó uno de los mensajes que había guardado y leyó...

Escucha el lenguaje de Dios y aprende.
Es un mensaje que puede serte revelado.
Este traerá luz a su debido tiempo,

Esto es mucho más que un juego.
El tiempo se acerca, es la hora.
Ocurrirá cuando el día se haga eterno.
Sabes dónde y la fecha está marcada.

Entonces sucedió que el sol, que seguía descendiendo hacia el horizonte, asomó por debajo de las nubes. La sombra de Monte Saint-Michel comenzó a extenderse alargada sobre la bahía. La marea estaba comenzando a retirarse.

–¡Papá! ¡El Ángel!... ¡La sombra de san Miguel!

Nos giramos mirando contra el sol la estatua dorada de casi cinco metros de altura del arcángel que coronaba el punto más alto de la abadía. El sol se reflejaba y entonces miramos sobre el mar. La sombra del ángel y su espada apuntaba a un lugar preciso.

–¿Veis algo en la playa? –preguntó Irena–. Allí, justamente... prácticamente sobre la sombra que deja el arcángel. La marea está sacando algo a flote... ¿qué es?

–No lo sabremos hasta que no bajemos –dije–. ¡Rápido!

Comenzamos a descender como tres locos por la muralla y más tarde por la calle principal, que comenzaba a despoblarse de gentío. Tuve miedo de que tropezáramos, pero Marina corría más que yo y la adrenalina corría aún más veloz por nuestra sangre. De camino, Christophe, que salía de una cafetería con el resto del grupo, nos vio pasar.

–¿Dónde vais, Pablo?

–¡A la playa! Vamos, venid con nosotros –grité casi sin detenerme y sin pensar lo que decía.

Mientras descendíamos no tuve la impresión de que no pudiera tratarse de algo importante; nuestra vista apenas alcanzaba, pero algo dentro de mí me empujaba a ello.

Atravesamos las tres puertas y enseguida estábamos fuera. Nos descalzamos y dejamos los zapatos sobre unas rocas, nos remangamos los pantalones y salimos corriendo a un punto alejado de nosotros unos quinientos metros. Los demás no podían seguir nuestro ritmo y debían venir más atrás.

–Pablo, ten cuidado; la marea está bajando, hay zonas de arena movediza y hay gente a la que han tenido que sacar.

El aviso de Irena y el cansancio de Marina hicieron que disminuyésemos el paso y prosiguiéramos caminando con algo más de prudencia. El suelo estaba embarrado y en algunos tramos era puro fango muy resbaladizo. El agua se retiraba tan veloz como había llegado y cubría por las espinillas.

–¿Qué es eso que asoma? –preguntó Marina

Nos seguimos acercando; la marea seguía descendiendo dejando diversas hileras y arroyos de agua. El cielo comenzaba a adquirir un colorido sorprendente, mientras Monte Saint-Michel era una silueta oscura frente al sol. Al fin, a apenas cien metros, Irena adivinó qué era aquello.

–¡Parece la quilla de una embarcación!

El agua al retirarse golpeaba la proa ladeada de un barco absolutamente carcomido.

–Tiene mucho tiempo; el temporal de ayer ha debido desenterrarlo, o tal vez la marea lo trajo desde lejos.

Todavía tardamos un tiempo en darnos cuenta de lo que teníamos ante nuestros ojos; nada más y nada menos que los restos de un naufragio.

Al poco comenzó a llegar el resto del grupo, encabezado por Ramiro y Christophe, que rodeó sorprendido el hallazgo. Nuestra presencia y la carrera cuesta abajo no habían pasado inadvertidas a los responsables del Patrimonio del Monte, así que poco después estaban allí, y más tarde una patrulla de la Policía. Aquello no era una barcaza cualquiera.

Al día siguiente supimos más. Se trataba de una barca, posiblemente de un pescador, que podría datar del siglo VII o VIII, a tenor de los restos. Sacarla de allí no iba a ser tarea fácil. Su estado era muy delicado. Por suerte íbamos a disfrutar del viaje tres días más. Por la tarde nos despedimos de nuestros compañeros de aventura, salvo de Christophe y de Irena, que también habían alargado su estancia. Los demás nos dejaban. Todos sentíamos que de algún modo aquel viaje nos había unido de forma invisible. Nos despedimos de

Paul, que había recobrado el deseo de rodar, y que cuando le dije de escribir una historia de Monte Saint-Michel se mostró fascinado.

–Me alegro de que desees escribir; el mundo necesita historias como esta, y... ¿quién sabe?, igual hacemos juntos una película –dijo divertido–. Esta historia es fantástica. Estamos en contacto, Pablo.

Elisabeth se despidió con un cariño especial de nosotros, y en particular de Marina.

–He rezado por ti estos días, mi niña –dijo sujetando con las dos manos sus mejillas–. Espero verte pronto recuperada. –Abrazó con mucha ternura a Marina, y sin soltarla, me miró y añadió–: tenme al corriente, por favor, Pablo.

Ramiro me abrazó visiblemente emocionado.

–No me gustan las despedidas, *bro*. –Luego hizo lo propio con Marina–. Eres una niña muy valiente; hablaré mucho de ti a mis niños en Colombia.

Todos intercambiaban abrazos, también nuestra pintora Iria.

–Tú escribirás sobre este lugar y yo lo pintaré... ¿de acuerdo?

Y así, entre unos y otros, fuimos sellando nuestra amistad con el compromiso de despertar al mundo ese otro mundo olvidado que el monte nos evocaba con tanta fuerza.

Aquella tarde abandonamos Saint Michel y pusimos rumbo a Saint Maló. No era lo que deseaba en ese momento, pero así lo habíamos planeado unas semanas atrás. Cuando el sol se escondió, ascendimos a la fortificación, observando por encima las múltiples buhardillas que salpicaban el recorrido de la ciudad amurallada. Desde allí podíamos contemplar las vidas de sus habitantes a través de las ventanas e imaginar una historia diferente para cada una de ellas.

Poco después, Christophe se unía con nosotros a cenar. Al llegar a la zona norte, en la que el mar ya se extendía hacia el horizonte, sonó el móvil. Era Irena, que estaba de visita por los pueblecitos cercanos. Christophe me pasó el teléfono. Se la oía agitada.

–Pablo, tengo noticias. Han encontrado algo en el barco. Es alucinante, pero prefiero contároslo mañana en persona... si aguantáis con la intriga.

No hubo posibilidad de tirarle de la lengua. Pero el cansancio nos vencía y no hubo más remedio que aguardar para desvelar el misterio.

* * *

A la mañana siguiente nos encontramos en una terraza frente al mar. Irena nos saludó efusiva; parecía otra persona desde aquella cena en la que el grupo se había conocido. Puso el periódico sobre la mesa.

–La noticia sale en «Le Fígaro», en contraportada. Aquí...

Christophe levantó el diario y comenzó a traducirlo para todos.

–«Hallados restos de un pecio al pie de Monte Saint-Michel»... ¡Guau!, creo que sales en la foto, Irena.

–Lee, por favor, Christophe –supliqué.

–«Un grupo de turistas encontró alrededor de las 20.00 horas del pasado 21 de junio lo que parece ser parte de un barco pesquero antiguo; las tormentas de la noche anterior y las fuertes mareas debieron ser la causa de la aparición del pecio a escasos metros del emblemático monte. Según las primeras pruebas de los expertos, los restos podrían datar del siglo VII-VIII, es decir, la época de construcción de la abadía. Gracias a la rápida intervención de los equipos de seguridad, Patrimonio y Protección Marítima, se ha logrado salvaguardar el casco de alrededor de cuatro metros, que de momento permanece en Avranches. En los próximos días se valorarán más en profundidad los restos de este sorprendente hallazgo arqueológico».

–¡Alucinante!, verdad? –exclamé.

–Hay más, chicos... –dijo Irena alterada, y bajando el tono de voz para no llamar la atención–. A pesar de que el barco estaba partido, en la parte de la proa, dentro de una especie de arqueta, han encontrado una caja de forja. En su interior hallaron algunas piedras, un crucifijo, y una especie de jarra de vidrio romano cerrada herméticamente. Lo han llevado al Museo Scriptorial de Avranches. ¿No es increíble?... Allí se encuentran precisamente muchos de los primeros manuscritos históricos de Monte Saint-Michel. Pensamos que podría contener algo en su interior... ¿Y sabéis lo mejor?... Resulta que conozco a Théodore Barraud, que trabaja en Patrimonio; nos conocimos en un curso de verano en Atenas y... el caso es que me ha mandado un mensaje de camino aquí; el vidrio contiene algo y piensa que podría tratarse de un pergamino... Me ha invitado mañana para analizarlo.

–¿Podría ser un tesoro? –preguntó Marina

–Sin duda, ya es un tesoro... –contestó Irena pletórica.

–Vaya... ¡es fantástico, Irena! Pero será prácticamente imposible que quede algo en buen estado, ¿o hay alguna esperanza? –inquirió Christophe.

–Los mejores pergaminos provenían de Pérgamo, eran de gran calidad y a veces se trataban con concentraciones especiales de sulfuro, sodio... todo para protegerlos de la humedad y el sol. Además, iban dentro de una caja forjada, perfectamente sellada y envuelta con pieles de animales... Esto se hacía para proteger el traslado de algo que consideraba valioso a otro lugar.

No me quería ir de allí sin tener ocasión de desvelar el misterio, así que casi le supliqué:

–Irena, será una oportunidad para ti poder ver con tus ojos ese pergamino. Por favor, no dejes de contarnos; mañana por la tarde regresamos a Madrid

–Pablo, lo encontraste tú; sin ti no habría tenido esta oportunidad. Hablaré con él y haré todo lo posible para que mañana te deje pasar.

Aquella noche no podía conciliar el sueño; demasiadas emociones. No me podía creer aún que toda esa búsqueda de pistas nos hubiera llevado a ese descubrimiento. Estaba a muchos años luz de aquello que escribía no hacía demasiado tiempo. El Pablo que se esforzaba por airear la suciedad de los demás quedaba muy lejos. Horas y horas de investigación para denunciar y dejar en evidencia a otras personas, casi siempre alejado de una mirada más justa y benévola. Acostumbrado a destruir, me hallaba ahora en el otro extremo: construir, o más bien reconstruir una antigua historia que el tiempo había enterrado. Me avergonzaba el haber dedicado tantos años de mi vida a asuntos mediocres, banales y vacíos. Ni siquiera la infusión lograba bajarme las pulsaciones. Deseaba saber mucho más y profundizar en la historia de Monte Saint-Michel. La sola posibilidad de la existencia real del arcángel Miguel ponía patas arriba toda mi visión del mundo. Realmente debían coexistir diferentes planos espirituales, y nuestro conocimiento de la vida debía asemejarse a la de un niño de dos años que acaba de comenzar a caminar. De golpe, un nuevo mundo de posibilidades se abría ante mis ojos. La sensación de estar solo con Marina desde la muerte de Irene había desaparecido. Ahora, estar en paz conmigo mismo era más que una posibilidad, vivir cada minuto de otro modo con Marina, e incluso cambiar de trabajo, me parecía sencillo. No encontraba por ninguna parte el laberinto en el que yo solo me había perdido. Y la vida por un momento cobraba infinitas posibilidades. Deseaba con todas mis fuerzas ver a Noah, comprender solo un poquito de su claividencia, de su gran sabiduría, preguntarle cómo podía suponer que algo podría ocurrir en ese lugar. Y, sin embargo, lo que más tenía ganas era de abrazarla, agradecerle la ocasión de estar ahí y haber vuelto a encender la chispa dentro de mí. Pero ni la chispa pudo con el cansancio de todo el día.

La llamada de Irena me despertó; Théodore accedía a que yo presenciara el examen del manuscrito. No hubo manera de que Marina pudiera acudir, por mucho que imploró. A pesar de que gozaba de buena reputación, Théodore se jugaba el puesto de trabajo: niños y restauración artística eran conceptos incompatibles.

A las ocho de la mañana, Irena me lo presentó. Era un hombre alto y corpulento, pero que me pareció que no estaba muy a gusto con mi presencia. Seguimos sus pasos al interior del museo. Al entrar, el espacio retiene la magia de los libros medievales y de nuevo parecimos viajar a aquella época. Hasta más tarde no abriría al público, por lo que podríamos estar tranquilos. Accedimos a una de las salas dedicadas a la elaboración de manuscritos, repleta de multitud de frascos de tintas y pigmentos, plumas de ave de diversos tamaños, colores y formas, y diferentes artilugios que debían utilizar los copistas. Las obras más valiosas estaban protegidas en vitrinas, como la *Crónica y revelación de la Iglesia de Monte Saint-Michel*, del siglo XI.

Théodore nos condujo a una estancia cerrada al público, donde nos dirigimos hacia una mesa apartada de madera de roble. Sobre una tela de apariencia suave, rodeado de varias lámparas, lupas y aparatos cuya desconocía utilidad, observé algo que parecía un amasijo de algas. Théodore se puso unos guantes y compartió con Irena otros, encendió una pequeña lámpara y mostró una jarra carcomida por el mar. Irena mantenía los ojos clavados, y yo seguía expectante, sin saber muy bien qué tenían sobre la mesa. No quería despistarlos un momento. Irena intervino:

–Es muy extraño que las halomonas no se hayan comido todo el hierro; no había visto nada parecido.

–La capa es de un gran grosor; es muy posible que además haya sido tratada con varias capas de barnices... Pero sí –confirmó Théodore–, es casi un milagro que el pergamino se conserve.

Aunque me sentía más como un espectador de primera fila, no pude contenerme...

–Parece como si sus portadores supiesen que podría caer al mar...

Irena me sonrió.

–En aquellos tiempos se pensaba que diversas fuerzas malignas podrían intentar destruir algo sagrado. Y si no hubiesen pensado así, ahora seguramente no estaríamos aquí.

–Sin duda; pero hay algo muy extraño –intervino Théodore–. No es normal que, aún con todas las medidas, haya podido llegar hasta hoy. Tengo la teoría de que, durante muchos años, la embarcación debió quedar misteriosamente encerrada en el interior de unos acantilados, en alguna de las muchas oquedades que guardan estas costas, siendo una protección de los hombres y del mar. La tempestad del otro día debió devolverlo al mar.

–¿Qué te hace pensar eso? –preguntó Irena.

–Por el tipo de moluscos que tenía adheridos, por el hecho de que quedara algún resto de madera, que se debía haber podrido ya en el agua, y por el tipo de verdín que lo recubría. No es propio del fondo oceánico común. En fin; es momento de conocer qué nos ha traído el mar.

A pesar de que el vidrio tenía una incisión, Théodore procedió a abrirlo con sumo cuidado; todo ello dentro de una urna de cristal que creaba una atmósfera concreta para evitar su rápido deterioro. Luego, con gran lentitud y minuciosidad fue desplegando el papiro, muy oscurecido, pero en el que pese a ello se advertían algunas frases escritas en latín.

No podíamos ocultar la emoción; estábamos siendo testigos de un hallazgo histórico, conscientes de que algo así sucede muy pocas veces en la vida, incluso para los arqueólogos más avezados. De repente, el restaurador suspiró y me dirigió una mirada indulgente.

–Gracias, Pablo; esto no hubiera sido posible sin ti.

Luego le hizo una seña a Irena, que contenía la respiración.

–Te concedo los honores...

Irena se aproximó al papiro con devoción, estrechó los párpados para agudizar su visión, y comenzó a traducirlo.

Monte Tombe, en adelante Mons Sancti Michaelis en Periculo Maris

A 16 de octubre del año de gracia 709.

Hoy el padre Auberto nos llama a introducir en esta caja del tiempo aquello que nos evoque este día santo. Tras haberme puesto en presencia de Nuestro Señor, he sentido que este fiel devoto debía relatar los sucesos extraordinarios que han precedido a la construcción de este santuario, que hoy consagramos al arcángel Miguel. Precisamente, debido a la humildad y discreción del obispo Auberto de Avranches, quien no desea revelar por el momento el origen de esta obra de Dios, he dispuesto escribir este otro manuscrito por si con el paso de los años se pierde su historia; tal es la belleza de este lugar que es sencillo apartarse de aquello para lo que fue erigido. Así, su deseo es que este santuario permanezca por los siglos como lugar de camino hacia nuestro Creador.

Fue el propio arcángel Miguel el que se le apareció para anunciarle su deseo. La humildad y la propia duda de nuestro amado padre Auberto hicieron que el ángel le advirtiera por tres veces. Esto fue revelado por él mismo al hermano Gérard y a este humilde servidor, sin que fuese de-

seo suyo darlo a conocer. Dios perdone mi falta de obediencia y mi atrevimiento.

Son tiempos difíciles y de intrigas en estas tierras. Desconozco los designios de Dios, y mantengo la fe y la esperanza de que este sagrado lugar no caerá en manos del enemigo; pero, para salvaguardar su historia, escribo estas letras para quienes puedan recoger este mensaje y en futuras generaciones sean portadores de la fe en Cristo Jesús, así como del mensaje del arcángel.

He sido testigo de los milagros que llevaron a la construcción de este santo lugar y doy fe de ello; yo mismo fui salvado siendo recién nacido, tal y como me relató mi madre, de morir ahogado en sus alrededores de un modo misterioso.

Siento cada día la presencia del ángel que nos acompaña.

Hermano Bellmont Mathieu

54

Solo han pasado unos pocos días desde nuestro regreso. Apenas tres días antes me hallaba en el Museo Scriptorium de Avranches, siendo testigo directo de un hallazgo que confirmaba el nacimiento de Monte Saint-Michel, y cómo, por avatares del destino, el propio mar que un día engulló su secreto nos lo había devuelto. A veces pienso que todo esto no puede estar ocurriendo. Esta mañana he comenzado a escribir. Al comienzo me encontraba tenso; había tanto que contar... Pero luego todo ha brotado de un modo sorprendentemente espontáneo y fluido. Tengo mucho que narrar. Todos los caminos me llevaban hacia un sepulcro vacío; es de locos, pero ahí comenzó todo. El ángel había despertado para recordarnos que la muerte no es el final. Quién sabe si sería el destino de nuestro próximo viaje. Mientras me hallaba sumido en estos pensamientos no escuché la voz del doctor que me llamaba:

–¡Pablo!... ¡Pablo! –La enfermera salió a buscarnos a la sala de espera.

–Lo siento, estaba en mis cosas...

–Pablo, realmente parece que ese viaje os ha sentado estupendamente. Marina tiene un aspecto radiante –dijo la enfermera mientras nos abría la puerta.

Antonio nos recibió con sus grandes brazos abiertos

–A ver... tenemos que ser prudentes, pero... los resultados son increíbles. Ni en nuestros mejores pronósticos pensábamos que pudieran ser así... ¡Todos los marcadores tumorales han desaparecido! Marina ha respondido fenomenal al tratamiento.

–¿Qué quiere decir, doctor?

–Debemos ser prudentes, pero, a día de hoy, podemos confirmar la remisión total del cáncer.

Abracé a Marina como hacía tiempo no lo había hecho y sentí como si mi cuerpo abandonara con aquel abrazo una carga muy pesada. Luego casi nos abalanzamos sobre Antonio, nuestro nuevo héroe sin capa pero con bata, que luchaba sin descanso en la investigación del cáncer.

–Antonio, lo que estáis haciendo es increíble. Algún día el mundo lo deberá conocer... No tengo palabras para agradeceros lo que estáis haciendo por Marina... y por tantos niños.

–Mi mayor premio es ver lo que acabo de presenciar. Por esto investigamos, y lo seguiremos haciendo... porque nos va la vida, ¡literalmente! en ello. Pero Marina, no te vas a escaquear; tienes que regalarme uno de esos ángeles que pintas de ese lugar tan chulo en el que has estado, ¿vale?

Marina asintió y fue corriendo en silencio a abrazarlo de nuevo con fuerza. Luego le miró y le susurró al oído:

–Yo sé que tú has sido mi ángel aquí.

* * *

Días después, el periódico me volvía a llamar. Supongo que no guardaba rencor, pero no entendían que quisiera dejar de seguir escribiendo críticas ácidas y demoledoras. Procuraron cambiarme a la sección cultural, pero allí tampoco iba a encajar. Parecía que si no echaba veneno por mis letras mi trabajo no merecía la pena. Me miraban como si fuera un bicho raro, aunque ciertamente algo me había sucedido. Finalmente llegamos a un acuerdo y dejé mi relación con el periódico en alguna colaboración puntual. Confiaba en encontrar revistas que apostasen por el verdadero trabajo de investigación.

Las cosas se iban colocando en su sitio. Héctor volvió a dejarme las llaves de su apartamento de Asturias. Me sentía feliz por que me lo prestara, pero sobre todo por mi deseo de escribir, de dejar ese mundo gris de periodista amargado y buscar mi nuevo sitio en el mundo. Ofreció su restaurante para cuando la presentación del libro fuera un hecho. Alejandro me había animado a buscar a la enigmática Noah y contárselo todo. Para Marina las ganas de volver al pueblo con su abuela eran aún mayores que las de conocer a Noah, que de por sí eran muchas.

—¡Bah, papá! Ya la conoceré, seguro. Invítala a venir a Madrid, o al pueblo.

Y Teresa estaba pletórica por llevarla.

Recogí mis cosas, el portátil y el cuaderno de notas, preparé mis listas de música para el viaje y me dirigí a ese mi querido paraíso natural. Carretera y manta. Un bocadillo rápido en el camino y a seguir. Apenas dejé el equipaje y me pegué una ducha, salí hacia la librería sin perder tiempo, no sin antes descalzarme y recorrer el camino de la playa. ¡Tenía tanto de qué hablar con Noah! Toda la evolución de la enfermedad de Marina, su milagrosa recuperación, el inolvidable viaje a Monte Saint-Michel, las increíbles personas que había conocido y mi decisión de convertirme en escritor... Tenía que hacerle tantas preguntas: ¿Cómo me había proporcionado esas pistas tan sorprendentes? ¿Por qué no había podido venir con nosotros? ¿Acaso intuía lo que iba a suceder en las playas de la bahía?

Mientras caminaba por aquella infinita playa pude al fin ir poniendo poco a poco en orden mis pensamientos mientras el sol iba perdiendo su calor de agosto. Me sacudí la arena con las manos sentado en la escalera de acceso a la playa y me calcé. Mi deseo de abrazar a Noah iba en aumento. Me aproximé a la pintoresca tienda de madera verde con sus letras de oro, que ya tenía las luces de la tarde encendidas. Un escaparate bien cuidado, que me invitaba a entrar a ese maravilloso rincón de los libros.

Al entrar, como aquel día, la mujer mayor organizaba un montón de ejemplares. Era agradable ver que algunas cosas nunca cambiaban.

–¡Buenas tardes! –exclamó mirándome por encima de las gafas.

La saludé con la mano para que mi voz no me delatara y poder darle una sorpresa... Me puse de puntillas, buscando a Noah por encima de la línea de las estanterías, pero preferí sorprenderla. Me acerqué hacia el rincón en el que allá por otoño habíamos tenido aquella conversación que desembocó en la increíble aventura de las siete pistas y nuestro viaje a Francia. Me acerqué despacio, sigiloso, con una gran sonrisa en los labios, pero no estaba allí. Miré a un lado y otro. ¿Habría librado? También sería mala suerte. Volví sobre mis pasos y me acerqué a la jefa de Noah, que seguía desempaquetando algunas cajas y marcando con etiquetas las nuevas adquisiciones.

–¡Buenas tardes!, perdóneme.

–¿En qué puedo ayudarle?

–Disculpe, ¿hoy no ha venido?

La mujer me miró con cara circunspecta.

–¿A quién se refiere?

–A Noah. ¿No trabajaba hoy?

–¿Noah? No sé de quién me habla.

Decididamente, aquella mujer me estaba gastando una broma.

–Una mujer de ojos azules, melena clara; suele llevar pañuelo al cuello y no creo que haya nadie que sepa de libros de arte e historia como ella. Tal vez dejó de trabajar aquí; tiene que acordarse.

–Perdóneme, aquí nunca ha trabajado nadie conmigo.

Me quedé petrificado. Un escalofrío me sacudió el cuerpo. No podía asimilar lo que me decía y ella debió advertir mi conmoción.

–Lo siento, señor; si quiere puede echar un vistazo a los libros.

–Pero... me enviaron un libro a casa, y lo encargó ella, ¿quién si no?

–Desde la tienda virtual se hacen muchos pedidos... Tal vez si dejó sus datos aquí... No sería la primera vez que enviamos a domicilio con una simple nota. ¿El libro no era de su gusto?

–Sí... sí... era perfecto.

–Lo siento, señor...

No sabía qué hacer. No podía digerirlo y caminé como hipnotizado hacia aquel rincón en el que nos habíamos conocido. En el que ella me enseñó el *Custodes in Monte Sancte Michael.* Lo busqué, pero no estaba. En el rincón de cuentos había un nuevo ejemplar de *El Principito.*

–¡Vaya! Parece que ha llegado un nuevo ejemplar de *El Principito* –dije en voz alta.

–¡Sí, gusta mucho!... ¡Se han vendido casi todos! –gritó desde el fondo de la librería.

Escogí el libro del muestrario y me acerqué.

–¿Se lo llevará entonces?

–Sí –dije, dejándolo en el mostrador–, y me llevaría también el *Custodes in Monte Sancte Michael*, pero quizá no lo tiene...

–No lo conozco... Espere y miro un momento en la base de datos.

La mujer metió los datos, pero comencé a imaginar su respuesta.

–No aparece. ¿Conoce el autor o la editorial?

–No, la verdad es que no, pero no se preocupe. Habrá que escribirlo entonces...

La mujer me miró extrañada y cogió el libro de Saint Exupéry; al instante un papelito salió volando desde el interior de sus páginas.

–¡Huy, perdón! ¿y eso?

Lo recogió del suelo; era una pequeña tarjeta. La giró y la leyó.

–Es una cita de *El Principito*; es el primer ejemplar en el que veo algo así... Si quiere quédesela.

Le di la vuelta y la leí. Me sonreí a mí mismo.

–Parece que le ha gustado –dijo mientras me cobraba.

–¡Oh sí, mucho!

Salí de la librería Olivier y caminé hacia el mar para ver la puesta de sol. Pensé en Noah... Me di cuenta del significado de su nombre; tal vez el monte era su arca, quizás, como aquel personaje que quiso reunir siete animales de cada especie, ella quiso reunir a siete personas de lugares diferentes para comenzar otro mundo. Tal vez el mundo esté lleno de pequeñas arcas... Mientras comenzaba a discurrir cómo comenzaría el libro, volví a releer, ahora con más detenimiento, aquella cita que había salido volando del libro como por arte de magia:

«El solo hecho de que nos hayamos conocido me hace muy feliz, al menos a mí. Y estaré feliz el tiempo que tenga el placer de tu compañía, así sean diez minutos, dos años o treinta años».

Monte Saint-Michel se erguía majestuoso sobre el atardecer, donde la tierra y el mar se unen para siempre. Cuando nuestro mundo parezca derrumbarse por el desamor, la vanidad, el orgullo, la envidia y el odio sabrás que quedará un lugar, un nuevo y verdadero arca que volverá a llevarnos en volandas a otro reino; un lugar en el que desde el principio de los tiempos, la Tierra y el mundo de lo espiritual estrecharon su mano a través de los ángeles, esos seres de luz que nunca hasta ahora hemos adivinado, que son mucho más que leyenda y poesía, acompañantes permanentes de otro plano que nuestros ojos humanos, hasta hoy, no han logrado alcanzar.

Tal vez, cuando cada persona lo sepa con certeza, sin abrigar duda alguna, nuestro mundo abandonará su adolescencia y resurgirá al fin una nueva civilización.

Sí, el despertar había comenzado.

El despertar del ángel fue comenzado el 14 de marzo de 2020, tres días después de decretarse el confinamiento, y finalizado el 19 de marzo de 2021, Día del padre.

GLOSARIO Y SIGNIFICADO DE LOS NOMBRES QUE APARECEN EN ESTA OBRA

- Adrien: «aquel que viene del mar».
- Alejandro: «el protector».
- Andrea: «valerosa o valiente».
- Antoine: «aquel que se enfrente a sus adversarios».
- Antonio: «aquel que se enfrente a sus adversarios».
- Armand: «hombre fuerte y valeroso». Baudin (apellido) significa «valiente».
- Auberto: «persona noble».
- Beatriz: «la que te hace feliz».
- Beauvoir: «bella vista».
- Bellmont: «hermoso monte».
- Christophe: «el que sostiene a Cristo».
- Edouard: «guardián de riquezas».
- Eliette: «Dios ha respondido».
- Elisabeth: «aquella que es ayudada por Dios».
- Eugene: «bien nacido».
- Frédéric: «aquel que impone la paz».
- Gérard: «guardián valiente». Lemoine (apellido) significa «puro» y «monje».
- Giraud: «fuerte y decidido».
- Guillaume: «aquel que es un protector decidido».
- Héctor: «educar» y «hombre bien educado».
- Irena: «paz».
- Iria: «aquella que anuncia» y «la de hermosos colores».
- Isabelle: «dedicada a Dios».
- Jacques: «el que sustituye o reemplaza».

- Jean: «Dios se ha apiadado».
- Louis: «guerrero».
- Luc: «luz».
- Lucía: «luz» o «la que nació con la primera luz el día».
- Luna: «luminosa», «la que ilumina».
- Marina: «nacida en el mar».
- Marius: «hombre».
- Nadine: «esperanza».
- Nicolas: «victoria del pueblo».
- Noah: «descanso», «paz», «consolar», también «delicia».
- Olivier: «el olivo».
- Pablo: «pequeño». Arzola (apellido): «la cabaña del pastor».
- Paul: «pequeño», «humilde».
- Paulette: «pequeña».
- Philippe: «amigo de los caballos».
- Pierre: «fuerte y sólido como una roca».
- Ramiro: «famoso en el consejo».
- René: «renacido». Dubois (apellido) significa «bosque».
- Rodolphe: «el famoso lobo». Laroche se utiliza para delimitar un terreno.
- Rubén: «el que actúa como un lobo».
- Teresa: «verano», «que lleva espigas de trigo».
- Théodore: «regalo de Dios».
- Valérie: «ser fuerte».

Evolución del Mont Saint-Michel hasta nuestros días
(dibujo según maquetas de la Abadía de Mont Saint-Michel).

KOLIMA
BOOKS